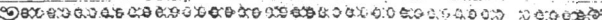

HISTOIRE DE L'OEUVRE

DES

BONNES LECTURES

POUR

LA JEUNESSE

(COURRIER DE LA JEUNESSE, ARC-EN-CIEL, ETC.)

DANS VINGT-CINQ DIOCÈSES

ET SPÉCIALEMENT DANS LES DIOCÈSES DE BAYEUX ET D'ÉVREUX

PARIS

TYPOGRAPHIE DE MORRIS ET COMPAGNIE

RUE AMELOT, 64

—

1860

HISTOIRE

DE

L'ŒUVRE DES BONNES LECTURES

POUR LA JEUNESSE

(COURRIER DE LA JEUNESSE, ARC-EN-CIEL, ETC.)

DANS

VINGT-CINQ DIOCÈSES ET SPÉCIALEMENT DANS LES DIOCÈSES DE BAYEUX ET D'ÉVREUX

(1856-1860)

4132

I

Quels étaient le but et la nature de l'œuvre?

Une Œuvre créée dans une pensée sociale et religieuse de l'ordre le plus élevé et de l'utilité la plus manifeste, une Œuvre patronée par les évêques, les magistrats et les écrivains les plus considérés, une œuvre conduite depuis le premier jour jusqu'à la dernière heure avec un désintéressement, une loyauté et un dévouement dignes de son origine et de son but, vient tout à coup, dans deux diocèses de France, de se voir non-seulement désertée par ceux qui en étaient et les protecteurs-nés et les associés volontaires, mais dénoncée par eux à la justice comme une association criminelle.

Cette Œuvre, qui depuis bientôt quatre ans vit en plein soleil sous le patronage et le contrôle de *vingt-cinq* archevêques et évêques, qui compte déjà plus de *quinze mille* souscripteurs sérieux et satisfaits, qui a publié plus de *trois cent mille* livraisons et près de *cent mille* volumes, a été présentée comme une entreprise chimérique, un mythe, un leurre.

Enfin, cette Œuvre, qui a coûté à ses directeurs, outre quatre années de soins et de labeurs *gratuits*, une perte incontestée de *cinquante mille francs*, a été présentée comme une entreprise d'escroquerie par des souscripteurs *qui n'y ont ni donné ni perdu un centime.*

Quelle était donc cette Œuvre?

« *C'est par les mauvaises lectures que la société a reçu ses plus dangereuses* » *blessures : c'est par les bonnes lectures qu'il faut la guérir.* » Cette parole d'un éminent prélat (l'archevêque d'Aix), qui n'était que l'écho d'un sentiment universel, renferme toute la pensée de l'œuvre.

1

La haute opportunité, l'urgente nécessité de cette création ne pouvait être plus éloquemment confirmée et proclamée que par la circulaire qu'adressait, hier, à tous les préfets, Son Exc. M. le ministre de l'intérieur : .

Paris, 1er juillet 1860.

« Monsieur le Préfet,

» ..... Le roman-feuilleton qui, dans les colonnes inférieures d'un journal, blesse les sentiments honnêtes, fait autant et peut-être plus de mal que les excitations politiques qui, dans les colonnes supérieures, tenteraient d'agiter les esprits.

» Cette littérature facile, ne cherchant le succès que dans le cynisme de ses tableaux, l'immoralité de ses intrigues, les étranges perversités de ses héros, a pris de nos jours un triste et dangereux développement. Envahissant presque toutes les publications périodiques, profitant de cette périodicité même pour tenir chaque jour en suspens et pour aiguillonner sans relâche l'ardente curiosité du public, c'est à profusion qu'elle ne cesse de répandre les inépuisables fantaisies de l'imagination la plus déréglée. Les journaux sérieux se sont laissés aller à lui donner asile ; elle pénètre avec eux jusque dans l'intimité du foyer domestique, et, une fois admise ainsi dans la famille, ni la jeunesse ni l'innocence n'y sont à l'abri de sa contagion.

» Ce n'est pas tout..... nous avons vu surgir une foule de petites publications uniquement consacrées à l'exploitation de cette littérature malsaine, et la livrant chaque semaine, à vil prix, par centaines de mille exemplaires à l'avidité des lecteurs.

» Pour qui conserve encore quelque respect de la décence et du bon goût, un tel débordement est déplorable ; **il est plus que temps d'y mettre un terme. L'intelligence du peuple a droit à des aliments meilleurs,** et il ne faut pas plus laisser corrompre les cœurs que pervertir les esprits.

» J'appelle donc sur ce point, monsieur le préfet, votre plus vigilante attention.....

» *Le ministre de l'intérieur*, signé : BILLAUT. »

Mais le vrai, le seul moyen de combattre cette nourriture malsaine, le ministre le comprend comme l'évêque, comme tout le monde : c'est de la remplacer par **des aliments meilleurs.**

Aussi, de son côté, Son Exc. M. le ministre de l'instruction publique et des cultes signalait-il à l'Empereur, dans un rapport spécial du 31 mai dernier, l'urgente nécessité de mettre à la disposition des écoles communales et des classes laborieuses des lectures attrayantes, utiles et morales.

C'est pour conjurer ce danger et satisfaire à ce besoin qu'avait été créée, dès 1856, l'Œuvre qu'on accuse aujourd'hui.

Un fragment du prospectus suffira pour montrer combien elle était d'accord avec la pensée du gouvernement, aussi bien qu'avec celle de l'épiscopat :

« Il n'est plus permis d'en douter, la question des bonnes et des mauvaises lectures est l'une des questions capitales de l'époque. Tout le monde aujourd'hui sait lire et veut lire. L'institutrice de la génération nouvelle, c'est la presse.

» Or, au grand péril et à la honte de notre société, les lectures qui dégradent l'intelligence, qui faussent le jugement, qui corrompent ou énervent le cœur, se multiplient dans des proportions incalculables et sous des formes jusqu'alors inconnues.

» En face de cette immense séduction de l'esprit, de l'art et du bon marché réunis, la presse honnête et chrétienne, il faut bien l'avouer, n'a opposé jusqu'ici que des efforts isolés et impuissants.

» Cependant le Souverain Pontife ne cessait de renouveler les invitations les plus pressantes de *n'épargner ni soins ni peines* pour organiser une croisade pacifique par la presse. La parole auguste du Chef de la chrétienté ne faisait qu'exprimer solennellement le vœu unanime de l'épiscopat et le désir de tous ceux que préoccupent non-seulement l'intérêt de la religion, mais le salut de la société.

» La vue de si grands devoirs, d'un côté, et de si grands dangers de l'autre, fit naître enfin la pensée de créer une *Œuvre des bonnes lectures*, ayant pour but de publier chaque semaine des feuilles illustrées, attrayantes par le fond et par la forme, accessibles à toutes les classes, à toutes les intelligences et à toutes les bourses ; dignes, en un mot, d'une popularité sans limites.

» La génération nouvelle, qui représente l'avenir, avait les premiers droits à la sollicitude de l'Œuvre. Aussi a-t-on eu tout d'abord en vue ces jeunes imaginations, qui demandent une nourriture si délicatement préparée et qui trouvent partout mille mains prêtes à leur offrir un poison déguisé.

» Faire aimer le bien en le présentant sous ses aspects les plus aimables, instruire en faisant de la leçon une récréation, évangéliser par les faits et les exemples bien plus que par les longs discours ; montrer qu'il y a dans l'histoire du christianisme, dans la vie des saints, des martyrs et d'une foule d'âmes héroïques, mille drames plus palpitants et plus dignes de nous émouvoir que ceux qu'on court chercher dans les romans et les théâtres ; transformer en spectacles saisissants l'enseignement le plus fécond, par d'ingénieux voyages à travers tous les pays et tous les siècles ; montrer partout le vrai, le beau, le bien ; et enfin, dans les merveilles de l'art et de la science, comme dans celles de la nature, dans les chefs-d'œuvre du génie, comme dans ceux de la foi, faire resplendir aux yeux des plus aveugles la main cachée de Dieu.... tel est le programme que se tracèrent, dès le premier jour, les fondateurs de l'Œuvre. »

II

Quels étaient les hommes chargés de la direction.

Mais cette Œuvre, si noble dans son principe et si salutaire dans son but, par quelles mains sera-t-elle conduite ? Quels sont les titres religieux et littéraires des hommes chargés de cette mission d'honneur et de confiance ?

Vingt personnages éminents ont tout d'abord concouru à la conception et à la réalisation de cette pensée ; mais deux hommes ont consenti à en assumer sur eux la charge matérielle et la responsabilité publique.

C'est donc sur ces deux hommes que pèse l'accusation. Ils en acceptent le fardeau tout entier, et ils n'en veulent laisser à nul autre ni la moindre part ni même une ombre. Leur personnalité est donc seule en cause, et il est nécessaire de connaître leur passé, afin de pouvoir mieux apprécier quels furent, dans cette Œuvre, leurs intentions, leur but et leur rôle.

M. Victor de Civry s'est le premier lancé dans l'arène, et, plein de foi en la cause qu'il embrassait et qu'il acceptait comme une inspiration d'en haut, il s'en est fait et en est resté jusqu'à la dernière heure le courageux champion.

Appartenant à une famille où l'honneur et la foi sont héréditaires, il avait reçu non-seulement au foyer domestique, mais dans les leçons intimes d'un des princes actuels de l'Église, les principes et les traditions qui devaient le préparer dignement à une telle tâche.

A seize ans (le 27 juin 1839), il faisait partie de la société de Saint-Vincent de

Paul, et voici comment, six ans plus tard, il y était apprécié par son président, l'honorable député de la Meurthe :

Nancy, 26 janvier 1845.

« Je viens, mon cher Victor, au nom de tous nos confrères, vous remercier de votre bon souvenir, souvenir de *cœur*, souvenir d'*argent* : le premier est plus précieux que l'autre, mais dans les circonstances où se trouve placée notre chère société, le second n'est pas non plus à dédaigner. Merci donc, et à double titre, en attendant que, dans leur séance de mercredi prochain, vos confrères ratifient l'expression de gratitude que je vous transmets ici de leur part.

Je dis *vos confrères,* mon cher Victor, car, malgré votre démission, j'aime à penser que votre nom figure encore sur nos registres; en tous cas, si votre éloignement l'avait fait effacer, on le rétablira, soyez-en sûr. Quant à votre souvenir, il nous est toujours présent comme celui d'un des membres les plus zélés et les plus dévoués de notre conférence. . . . .

» Au revoir, cher confrère, et merci encore une fois. Présentez, je vous prie, à madame votre mère mes respectueux hommages, et si Eugène est près de vous, partagez avec lui l'expression de mes sentiments affectueux et dévoués.

» Signé : MAURICE FOBLANT. »

A M. Victor de Civry, au château de Saint-Urbain (Haute-Marne).

Vingt ans après, il était encore à Paris l'un des membres les plus dévoués de cette société, dans laquelle il avait fait de si bonne heure l'apprentissage de toutes les bonnes œuvres.

Les ouvrages sortis de sa plume montrent, d'autre part, quel fut l'emploi de son temps. Les citer c'est énumérer ses titres les plus honorables au double point de vue littéraire et moral :

Vie de Philippe de Gueldres, duchesse de Lorraine, etc.;

Histoire du Culte de la sainte Vierge, etc.;

Les Ruines lorraines ;

Histoire du Château de Mousson ;

L'Abbaye de Sainte-Marie-aux-Bois.

Ces sérieux travaux lui valurent de la part d'un grand nombre d'évêques et de juges compétents les témoignages les plus flatteurs. Il suffit de rappeler textuellement la brève appréciation qu'en fit un ministre éminent de l'instruction publique : « *Vous n'ignorez pas, monsieur le vicomte, combien je dois borner et choisir mes lectures : vous dire que j'ai lu* Sainte-Marie-aux-Bois *jusqu'à la dernière ligne, c'est assez vous dire ce que j'en pense.* »

A vingt-cinq ans, il était reçu membre de l'Académie impériale de Metz.

Enfin en 1856, le ministre de la guerre et l'un des hauts dignitaires de la couronne le jugeaient digne d'un poste élevé, et les témoignages écrits qu'il reçut d'eux à cet égard l'honorent autant qu'eussent pu le faire les fonctions elles-mêmes.

Son frère aîné, M. Eugène de Civry, ne tarda pas à lui prêter son concours le plus dévoué et à partager avec lui le fardeau de cette noble mais lourde tâche.

Qu'était M. Eugène de Civry ?

Il avait eu, comme son frère, la rare fortune de recevoir son éducation religieuse des lèvres et de l'intimité d'un des hommes les plus éminents de l'Eglise de France ; et hier encore, le R. P. Jandel, général des dominicains, écrivait de Rome à « *son jeune disciple et vieil ami* » pour lui renouveler les plus vifs témoignagnes d'une amitié de trente ans, lui énumérant avec complaisance tous les actes importants de sa vie auxquels il avait pris part depuis 1830, et l'invitant, pour resserrer cette longue chaîne d'étroites et affectueuses relations, interrompues seulement depuis son élévation au généralat, à venir faire le pèlerinage de Rome.

A dix-sept ans (le 25 janvier 1838), il fonde, avec sept des hommes les plus honorables de la ville, la société de Saint-Vincent de Paul de Nancy, l'une des trois premières de France par l'ancienneté ; et, vingt ans plus tard, il est encore secrétaire d'une conférence composée des magistrats et des fonctionnaires les plus élevés.

A dix-huit ans, il devient le disciple et bientôt l'ami du P. Lacordaire, qui l'honore d'une intimité et d'une correspondance où se manifeste une affection que les années et les circonstances les plus solennelles n'ont fait qu'accroître et consacrer.

L'illustre dominicain, qu'il avait suivi à des centaines de lieues, emporté par la magie de l'éloquence et de l'amitié, qu'il avait vu au lit de mort de son père et à qui il devait la foi catholique de sa future compagne, le citait le 23 juin 1844, dans une pièce officielle, « *comme un jeune homme pieux, instruit, membre de toutes les bonnes œuvres et désireux de consacrer ses talents au service de l'Église.* »

Depuis sa sortie du collège jusqu'aujourd'hui, il n'a cessé d'être en relations affectueuses avec les prélats les plus éminents, et s'il était permis de publier cette correspondance intime de vingt années avec dix archevêques et évêques, leurs lettres apparaîtraient comme ses plus beaux titres de noblesse.

Il suffira de citer la première ligne de celle que lui écrivait l'un des plus illustres d'entre eux au moment où il quittait en 1848, après quatre années de séjour, le château maternel en Champagne :

« Monsieur le Comte,

» Votre départ a été une vraie perte pour mon diocèse. »

Et cette autre, à l'occasion de la naissance de son premier enfant :

« Il est consolant, pour la religion et pour la société, de voir se multiplier des familles aussi dignes et aussi pures. »

Deux lignes pareilles, signées des noms les plus vénérés de l'épiscopat français, sont des certificats qu'on ne *capte* pas facilement.

Mais les faits sont plus éloquents que les paroles.

D'autres prélats viennent confirmer ces témoignages écrits par le plus rare et le plus exceptionnel témoignage d'estime et d'affection :

En 1848, le vénérable évêque de Châlons consent à être le parrain de la fille aînée de M. Eugène de Civry, en disant dans sa lettre d'acceptation : « *C'est un honneur dont je sens tout le prix.* »

En 1852, le premier aumônier de l'Empereur, Mgr l'archevêque de Bourges (alors évêque de Nancy), le devient également de son fils aîné, et célèbre lui-même le baptême, assisté de M. l'abbé Montera, chanoine du chapitre impérial (*le président de l'Œuvre qu'on incrimine*), de M. le curé de Saint-Philippe du Roule et d'un chapelain de l'Empereur.

En 1858, Mgr l'archevêque d'Aix accepte enfin cette même paternité spirituelle à l'égard d'un autre fils de celui qu'il se plaît à appeler « *son bon ami de vingt ans* » et à qui il écrit : « *La charge d'un parrain n'est pas lourde quand l'enfant appartient à des parents si profondément chrétiens.* »

Voilà pour le côté religieux.

Quant au côté littéraire, voici les titres de M. Eugène de Civry :

A dix-neuf ans il est admis dans une société académique, où il a pour collègues le vicomte de Bonald, le comte de Montalembert, Dom Gueranger, Mgr de Freyssinous, un cardinal, deux archevêques et trois évêques. Il y occupe la tribune à côté du P. Lacordaire, et l'assemblée vote l'impression de son discours.

En 1848, il va en Belgique avec sa famille rétablir une santé ébranlée et respirer un air plus calme. Le spectacle de ce royaume catholique, resté si paisible au milieu de l'Europe en feu et devenu tout à coup le rendez-vous de tant d'exilés volontaires, lui inspire deux petits poëmes et quelques pages politiques. Les suffrages et les sympathies qui accueillent sa plume et sa personne lui font tout à coup une seconde patrie de ce sol étranger. Enregistrer les lettres, les vers et tous les témoignages publics qu'il reçut alors, ce serait composer un volume ; mais en citer quelques-uns, c'est rappeler un des honorables souvenirs de sa vie.

Le roi Léopold voulut le féliciter en personne dans une audience particulière, et la reine lui témoigna son suffrage par un présent royal. Quatre ministres lui exprimèrent non-seulement de vive voix, mais par écrit, leurs vives félicitations. Quelques lignes d'une lettre du ministre de la guerre suffiront :

« Monsieur le Comte,

» J'ai lu votre poëme avec le plaisir et la satisfaction qu'on éprouve tout naturellement à la lecture d'une œuvre où le mérite de la forme la plus brillante se trouve réuni à l'expression des sentiments les plus nobles et les plus élevés.

» Il mérite toute notre reconnaissance et surtout celle de l'armée : elle verra dans vos éloquentes paroles un hommage rendu à la nationalité belge, et en même temps une leçon à l'adresse de ceux qui ne voient aujourd'hui de vertu que dans les clubs, de vice et de faiblesse que sur le trône.....

» Je vous félicite de la pensée qui vous a inspiré et du bonheur avec lequel vous l'avez rendue, etc., etc.

» *Le ministre de la guerre*, signé : Baron CHAZAL.

» **A M. le comte de Civry**, Bruxelles. »

Parmi les notabilités belges et étrangères dont les sympathies et les relations honorèrent et prolongèrent son exil, il n'est besoin que de citer les noms du prince de Hohenlohe, du prince de Metternich, qui voulut bien l'initier aux trésors de sa vieille expérience ; du baron de Gerlache, l'illustre premier président de la cour de cassation, qui ne cessa de l'honorer d'une bienveillance presque paternelle ; du baron de Stassart, l'éloquent président du sénat, qui unissait la gloire du poëte à celle de l'homme d'État, et qui voulut traiter en frère son jeune compatriote de France.

Le suffrage et l'amitié qui lui semblèrent peut-être les plus précieux furent ceux de l'illustre doyen de la littérature française en Belgique, l'honorable et vénéré M. Lesbroussart. Non content d'avoir donné, par sa plume dans les journaux, et par ses affectueux entretiens dans une intimité presque quotidienne, les gages les plus éclatants de ses sympathies pour celui qui s'honorait de se nommer son disciple, il lui offrit de le présenter à l'Académie royale de Belgique, dont il était le directeur, et il trouva dans sa noble amitié l'inspiration d'un poëme qu'on croirait signé par la Fontaine et qui demeurera l'un des titres d'honneur de la famille de Civry.

Dans l'impossibilité de reproduire même un extrait de ce poëme, non plus que la longue série de lettres aux signatures historiques que le jeune écrivain rapporta de son séjour en Belgique, il importe de terminer cette rapide revue par quelques lignes qui donneront une idée de la volumineuse correspondance forcément laissée dans l'ombre.

Elles sont dues à la plume d'un homme dont le nom est connu de toute l'Europe, M. le baron de Reiffenberg, conservateur en chef de la Bibliothèque royale, membre de l'Institut de France et de toutes les académies, écrivain aussi brillant que savant universel, ne comptant plus ni ses décorations ni ses ouvrages.

« Monsieur le Comte,

» Vous me traitez avec une prodigalité de bienveillance qui n'appartient qu'aux riches : le mérite éminent est toujours plein de courtoisie. En vous lisant on reconnaît à chaque ligne l'homme d'esprit, de savoir, et le gentilhomme de haute naissance. La République aura beau faire, elle n'effacera jamais de pareils titres. Ah! monsieur le Comte, en quels temps vivons-nous!... Ce qui console de tant de malheurs, c'est qu'il reste encore un petit nombre de personnes qui vous ressemblent de loin, ou qui du moins ont l'avantage de partager vos principes et vos convictions. Vous savez qu'ils sont les miens, et c'est la seule chose qui puisse me donner quelque droit à votre indulgence.....

» Agréez, etc.

» Signé : Baron DE REIFFENBERG.

» **A M**. le comte de Civry, Bruxelles, 8 septembre 1848. »

« Monsieur le Comte,

« Je rentre à l'instant même dans mon ermitage; j'y rentre souffrant et trouvant devant moi un effrayant arriéré de paperasses. Par bonheur, au milieu de cet amas de papiers importuns, je trouve... un trésor! Je trouve des vers pleins d'harmonie, d'éloquence, d'imagination et de nobles idées; je vous retrouve, en un mot. Mais ce qui me confond, c'est que vous daigniez ajouter mon nom à ce poëme qui mérite de fixer si vivement l'attention publique. Votre indulgence est cause que vous vous surfaites un homme qui n'a d'autre mérite que de savoir aimer le mérite véritable.

» Je sens que cette faveur est bien au-dessus de ce que je puis valoir, mais elle me va droit au cœur, et j'y attache un trop haut prix pour la refuser.

» Veuillez, monsieur le Comte, présenter mon respectueux hommage à Mme de Civry et agréer la nouvelle assurance de ma haute considération.

» Signé : Baron DE REIFFENBERG.

» Bruxelles, 26 octobre 1848. »

Après de tels témoignages, il serait bien superflu de reproduire les sympathiques appréciations de tous les principaux organes de la presse belge.

Disons seulement que l'un des articles de l'*Indépendance* consacrés à ces opuscules se terminait ainsi : « *Tous les Belges voudront conserver ces éloquentes pages comme on garde précieusement des trophées de victoire.* »

Citons enfin la première et la dernière ligne de l'article du *Journal de Bruxelles* du 1er décembre 1848. Il avait une valeur exceptionnelle, tant à cause du journal, qui est l'organe le plus respectable de toute la presse belge, qu'à cause de l'auteur de l'article, qui est un des hommes les plus distingués de la Belgique :

« Le public a ratifié nos éloges : la première édition du poëme de M. le comte de » Civry a été promptement épuisée, etc.....

» Pour nous, qui avons l'honneur de connaître l'auteur, nous pouvons affirmer bien » haut qu'il conservera sur le sol belge des amis qui n'oublieront ni son noble cœur ni » ses beaux vers. »

Honoré à l'étranger de suffrages si spontanés et si unanimes, le jeune écrivain crut pouvoir tenter dans son pays l'essai d'un ouvrage plus sérieux, et, le premier mai 1852, il publia le livre intitulé *l'Armée française, sa mission et son histoire.*

Laissons les voix les plus autorisées de l'État et de la presse prononcer sur l'ouvrage et sur l'auteur.

Le *Moniteur*, qui y avait consacré un premier compte rendu, le 10 juillet, résumait ainsi son jugement dans un long article du 8 décembre 1852 :

« L'alliance de la croix et du drapeau, qui constitue le caractère et la mission des armées chrétiennes, telle est la thèse que s'est proposée l'écrivain, et il y a puisé une vigueur de coloris et une élévation de pensée qui donnent à son style une éloquence parfois biblique.

» Il ne nous paraît pas que, depuis Bossuet, le rôle du soldat ait été aussi largement compris, aussi éloquemment rendu.

Le *Moniteur de l'Armée* s'exprimait ainsi par la plume de M. le baron Haussmann :

Numéro du 1er juin 1852.

« ... M. le comte de C... n'a pas voulu se révéler à ses lecteurs autrement que par quel ques lignes où il se présente comme « un homme dont la main n'a pas eu l'honneur de por- » ter l'épée, mais qui, gardant avec un respect jaloux celle qu'il tient de ses pères, en sait » la valeur et l'histoire. »

» Si cette main est vierge du contact de l'épée, elle montre du moins une rare habileté dans l'usage de la plume. Il est impossible, en effet, de voir de belles et nobles pensées emprunter le secours d'une parole plus riche et plus élevée. C'est tout un poème que ce brillant ouvrage.....   » HAUSSMANN. »

Numéro du 11 juillet 1852.

« Lorsque, le 1er juin, nous avons rendu compte du remarquable ouvrage ayant pour titre *l'Armée française*, nous ignorions encore le nom de l'auteur.

» Nous savons maintenant que c'est M. le comte de Civry qui a débuté d'une manière si brillante dans la littérature politique et militaire.

» Nous apprenons avec une vive satisfaction que le prince Président, auquel M. de Civry a fait hommage de son livre, a été frappé de tout ce qu'il renferme de belles pensées et de patriotiques sentiments, rehaussés encore par l'éclat du style et le bonheur de l'expression. Le prince Louis-Napoléon, qui ne laisse échapper aucune occasion de manifester ses vives sympathies pour tout ce qui glorifie l'armée, a voulu témoigner lui-même à M. de Civry, en l'honorant d'une audience particulière, les favorables impressions que la lecture de l'ouvrage a produites sur son esprit, si digne d'apprécier les nobles et généreuses inspirations.

» M. le général Magnan, commandant en chef l'armée de Paris, frappé aussi du mérite de cette œuvre éminemment française, et dont la propagation dans les corps de troupe ne peut produire qu'un excellent effet, vient d'autoriser, etc....

» HAUSSMANN. »

M. le commandant baron Du Casse, aide de camp du prince Jérôme (l'auteur des *Mémoires du roi Joseph et du prince Eugène*), écrivait à l'adresse de l'armée, dans le *Spectateur militaire* du 15 juillet 1852, l'appréciation suivante :

« ... L'ouvrage de M. le comte de Civry, un des plus remarquables, et surtout un des plus *éloquents* qui aient été publiés depuis longtemps, demanderait un talent véritable pour que son analyse fût à la hauteur non-seulement du sujet, mais de la manière dont ce sujet est traité.

» Ce n'est pas sans motifs que nous avons appliqué à ce beau livre l'épithète d'*éloquent*, car, selon nous, rien ne saurait rendre mieux que ce mot ce qu'on trouve dans les quelques pages brûlantes livrées à l'impression par M. le comte de Civry.

» *L'Armée française, sa mission et son histoire*, est plutôt un magnifique discours sur l'armée qu'un ouvrage. Les nobles pensées dont fourmille cette remarquable production littéraire font regretter qu'au lieu d'être simplement imprimé, et par conséquent lu dans le silence du cabinet, il n'ait pas été prononcé devant une assemblée d'élite. Le succès de cet éloquent plaidoyer en faveur des choses les plus saintes eût été immense.

» Tel qu'il a été mis au jour, l'ouvrage de M. le comte de Civry a déjà obtenu un grand retentissement et les plus flatteuses approbations, car le prince Président, le prince Jérôme et enfin, après eux, le ministre de la guerre et le commandant en chef de l'armée de Paris, se sont plu à faire connaître à son auteur combien ils en approuvaient l'esprit, la forme et le fond.

» .... Il est impossible de lire les pages si admirablement écrites de ce livre sans éprouver un noble sentiment d'orgueil national....

» La mission de l'armée est traitée avec une supériorité qui ne saurait être contestée même par les plus ardents adversaires de la société et de la civilisation, pour peu qu'ils ne manquent pas encore tout à fait d'intelligence et que toute idée généreuse ne soit pas éteinte dans leur âme.... C'est là que, développant une de ces pensées qui feraient à elles seules le succès mérité d'un ouvrage, l'auteur met en parallèle la vie du soldat et la vie du prêtre...

L'histoire de l'armée française est esquissée à grands traits, à la manière dont un grand maître jette en quelques vigoureux coups de pinceau sur sa toile les principales figures de son œuvre....

» Pour nous, qui avons l'honneur de faire partie de l'armée française, nous remercions vivement M. le comte de Civry de son livre. Jamais hommage plus flatteur et plus désintéressé n'a été rendu à nos frères d'armes.

» DU CASSE, aide de camp de S. A. I. le prince Jérôme. »

Le même écrivain s'exprimait ainsi dans le *Pays, Journal de l'Empire*, du 21 mars 1853.

« Complétement en dehors des partis, au-dessus de toutes les coteries, au-dessus de la politique, le livre de *l'Armée* devait plaire à tout ce que les passions viles n'ont point dégradé ; aussi a-t-il eu un succès immense.

» Les journaux étrangers, qui cherchent volontiers le merveilleux, *ont voulu l'attribuer à la plume d'un personnage auguste* ; l'ouvrage, en effet, était digne de celui à qui on l'attribuait ; mais l'auteur n'a pas tardé à être connu... »

L'Indépendance belge du 21 août 1852 contenait, en effet, dans sa correspondance parisienne, un article commençant ainsi :

« Il doit vous souvenir d'un livre qui a fait grand bruit : *l'Armée*, etc., par M. le comte de C... *L'Union*, qui consacre ce matin tout son *premier Paris* à cette publication fort remarquable d'ailleurs, ne fût-ce que sous le rapport du style, ignore peut-être CE QUE TOUT LE MONDE SAIT, c'est-à-dire QU'ON A ATTRIBUÉ AU PRINCE PRÉSIDENT UNE COLLABORATION DIRECTE A L'OUVRAGE, insinuation justifiée d'abord par.... etc, puis... etc. »

M. de Civry, à qui il ne pouvait convenir que l'on prît son silence pour une acceptation tacite, se décida à protester par une lettre publique où il disait :

« Quelque flatteuse que puisse être pour l'ambitieuse vanité d'un écrivain une telle supposition, je viens réclamer ma petite propriété, qu'il y aurait outrecuidance de ma part à laisser ainsi aliéner aux yeux du public, et je me hâte de décliner les honneurs qu'on a bien voulu m'attribuer si gratuitement...

» *Signé* : LE COMTE DE CIVRY. »

Non-seulement le ministre de la guerre souscrivit pour un grand nombre d'exemplaires destinés à l'armée, mais le maréchal Magnan donna spontanément ce témoignage public et exceptionnel qui honorait la plume de l'écrivain presque à l'égal de l'épée :

« ARMÉE DE PARIS. — *État-Major général.*

» M. le comte de Civry vient de publier, sur *l'Armée française*, un ouvrage qui se recommande autant par l'élégance du style que par l'élévation des pensées et la noblesse des sentiments qui y sont exprimés.

» Ce livre a droit à toutes les sympathies de l'armée, et le général en chef verrait avec plaisir qu'il fût accueilli favorablement par l'armée de Paris.

» A cet effet, etc....

» *Le général commandant en chef, signé* : MAGNAN.

» Paris, 2 juillet 1852. »

Mais ce n'était point seulement dans les sphères officielles et militaires que le livre trouva ce chaleureux accueil.

M. de Prémaray, après un premier compte-rendu dans *la Patrie* du 4 juin 1852, analysait tout l'ouvrage dans un long article dont il suffira de citer le début et la fin : (*Patrie* du 1er août 1852.)

« Je regrette vivement que M. le comte de C... garde l'anonyme. La modestie de l'auteur est presque coupable. Quand on a écrit un livre aussi remarquable de style, aussi élevé de pensée, on ne saurait mieux illustrer son nom, si ancien et si illustre qu'il soit déjà, qu'en l'inscrivant sur la couverture de ce livre. ......

» Il faudrait s'arrêter à tous les chapitres, citer toutes les pages ; chacune est saisissante comme un tableau de maître. On a pu voir, par les quelques lignes que j'ai citées, avec quelle verve et quelle chaleur généreuse M. le comte de C... a écrit son livre ; et si l'on

songe à la pensée noble et féconde que ce style met en saillie, on dira, comme toute la critique sérieuse, que l'auteur de *l'Armée française* a fait un beau et bon livre, digne d'être lu par tout le monde, et que ce livre devrait s'appeler *le Bréviaire du soldat*.
» JULES DE PRÉMARAY. »

L'Union du 10 juillet 1852 disait à son tour, par la plume de son honorable rédacteur en chef :

« C'est un devoir de mentionner les bons livres qui, dans notre société délabrée, s'adressent à ce qui reste d'esprits sérieux. Parmi ceux qui, par le sujet et par la forme, par la pensée et par le style, semblent protester contre la décadence des lettres et la futilité des goûts, le livre *l'Armée française*, du comte de C..., mérite un examen attentif.
» LAURENTIE. »

Le premier article du 30 août 1852, consacré tout entier à l'examen de l'ouvrage, commençait ainsi :

«..... Ce livre est chaud ; il y a de l'enthousiasme ; on dirait un livre fait pour une société où il y aurait encore de la foi et du respect...
» Lorsque M. de C... glorifie ainsi l'armée de Tolbiac et l'armée de Bouvines, l'armée de Fontenoy et l'armée de Waterloo, l'armée des Pyramides et l'armée d'Alger, l'armée de Rome et l'armée de Paris, il est sûr de remuer les âmes : toutes les images de grandeur, de sacrifice et de courage réveillent l'admiration, et il n'y a pas de parti lorsqu'il s'agit d'honneur et d'héroïsme...
» LAURENTIE. »

Le Correspondant du 10 décembre 1852 terminait ainsi son appréciation :

« On trouvera dans le livre de *l'Armée française* un fonds d'idées d'une valeur incontestable, une chaleur de sentiments toute chevaleresque, un talent littéraire auquel il ne manque que la sobriété ; on ne le lira point sans en rapporter je ne sais quelle généreuse émotion, et surtout sans concevoir pour son auteur une de ces vives et fortes sympathies que commandent toujours la droiture de l'intelligence et l'élévation du cœur. »

Si après ces courts extraits des appréciations publiques d'hommes considérables appartenant à toutes les sphères et à tous les partis, on citait les autres organes de la presse, et si l'on y ajoutait toutes les lettres sympathiques que l'auteur reçut de plumes augustes, des ministres, des maréchaux, des généraux les plus illustres et enfin des soldats eux-mêmes, on formerait un immense et glorieux volume.

L'hommage des malignes interprétations n'a pas même manqué à l'auteur, comme on peut le voir dans *l'Estafette* du 10 juillet 1852 :

« Nous n'avons pas encore parlé d'un livre qui vient de paraître sous le titre de *l'Armée française*, et qui fait sensation dans le monde politique ; mais nous serons les premiers à apprendre au public le nom qui n'a voulu se révéler que par la désignation de comte de C... L'auteur, qu'on félicitait assez haut à la dernière réception du prince Jérôme pour qu'il n'y ait plus d'indiscrétion à le nommer, est M. le comte de Civry, qui a épousé la fille d'un prince dont on connaît les amicales relations avec le pouvoir actuel et que l'on a quelque raison de ne pas croire tout à fait étranger à la publication de cet ouvrage. »

Pour compléter ces éloquents témoignages, il ne manquait que celui de l'étranger. Il vint à l'auteur de tous les points de la frontière. Deux exemples le constateront suffisamment :

Le premier écrivain militaire de l'Europe, l'aide de camp général de l'empereur de Russie, résumait son jugement dans cette laconique parole : *Ce livre équivaut à une levée d'hommes pour l'armée française.*

L'ambassadeur d'Espagne, l'immortel Donoso Cortes, non content d'avoir honoré l'auteur de ses sympathies et de ses félicitations, remit le livre entre les mains d'un de ses attachés, qui le traduisit sous l'œil et l'inspiration du grand orateur.

Le ministre de la guerre de S. M. G. fit insérer cette traduction dans le *Mémorial de l'Armée*, et des ordres du jour en recommandèrent la propagation parmi les troupes espagnoles.

Enfin, le 28 juillet 1853, on lisait dans *l'Indépendance belge* :

« On a beaucoup parlé, l'année dernière, d'un livre intitulé *l'Armée française*. On avait même fait remonter très-haut la filiation de cette œuvre. On sait aujourd'hui que l'auteur véritable est M. le comte de C..., gendre d'un prince étranger. Les journaux nous apprennent que la croix d'*Isabelle la catholique* vient d'être donnée à M. le chevalier de Lezama, attaché à l'ambassade espagnole, qui, sur l'invitation du marquis de Valdegamas (Donoso Cortes), avait traduit, dans la langue de l'Impératrice, ce livre très-populaire aujourd'hui dans la péninsule. »

Le Pays, Journal de l'Empire, s'exprimait à son tour en ces termes, le 24 juillet 1853.

« M. le chevalier de Lezama, attaché à la légation de Sa Majesté Catholique à Paris, qui a traduit le beau livre du comte de Civry, *l'Armée française*, et qui a déjà reçu de l'armée, de la presse et du gouvernement espagnol tant de témoignages de sympathie pour cette traduction, vient de recevoir de son auguste souveraine l'ordre d'*Isabelle la Catholique*. Cette nouvelle récompense, accordée au traducteur d'un livre *essentiellement français*, est une gracieuse attention pour l'armée française tout entière, dont le livre de M. de Civry est la glorification. Il est beau de voir une nation voisine, abdiquant jusqu'à l'égoïsme de la gloire, propager *officiellement* dans toute son armée, dans ses colonies même, et enfin récompenser avec éclat des pages qui ne sont pleines que des lauriers de la France. »

Tel fut le début de M. Eugène de Civry dans la carrière littéraire.

En 1855, sa plume ayant été jugée digne de la haute mission de rédiger une sorte de nouvelle *Gallia christiana*, l'archevêque de Paris recommanda de sa main ce vaste projet à tous ses vénérables collègues.

Une circulaire fut envoyée, par les soins du ministère de l'instruction publique et des cultes, à tous les évêques de France, et cette circulaire contenait cette phrase :

« Nommer M. le comte de Civry, c'est promettre autant d'impartialité que de talent; c'est assurer à l'épiscopat un écrivain aussi connu par son attachement à la foi que par le charme et l'élévation de son esprit. C'est à lui que la rédaction de l'ouvrage a été confiée. »

Si tous ces éclatants témoignages ont été *surpris* et *captés*, comme on prétend qu'ont dû l'être ceux que les évêques ont donnés en faveur de l'*Œuvre des Bonnes Lectures*, il faut avouer qu'ici l'habileté toucherait au miracle.

S'ils ont été loyalement acquis et spontanément donnés, il faut avouer que MM. de Civry n'étaient pas tout à fait indignes de se consacrer à l'œuvre de dévouement qu'ils ont tentée.

Si à ces témoignages il en fallait joindre encore d'autres qui pussent lever jusqu'au voile du sanctuaire domestique et attester, jour par jour, quelle fut, depuis le berceau, la vie de deux hommes plus soucieux de leur conscience que de tous les biens de la terre, il suffirait de puiser à pleines mains dans leur correspondance intime, qui les prend à seize ans et qui les suit jusque aujourd'hui. Sans parler de leur parenté, qui peut montrer à tous non-seulement les honneurs les mieux mérités, mais les plus nobles exemples et les services les plus éclatants; leurs amitiés et leurs relations quotidiennes sont les meilleures cautions de leur vie. Hauts dignitaires de la magistrature et de l'armée, aussi bien que de l'Église et de la diplomatie; vieux noms consacrés par l'histoire, noms nouveaux illustrés par la science, le talent ou les bonnes œuvres; amis héréditaires, amis d'enfance, amis lentement conquis, tous sont là, signant d'une main sûre, dans une correspondance de plus d'un quart de siècle, les témoignages intimes et réitérés de leur affection, de leur estime et souvent de leur respect.

Nous plaindrions celui qui, après avoir lu dix de ces lettres, pourrait soupçonner MM. de Civry de chercher dans une œuvre chrétienne le moyen d'exploiter la bonne foi d'autrui.

Leur meilleur témoin c'est chacun des jours de leur vie : on peut choisir et interroger celui que l'on voudra, et il dira s'ils sont d'une famille où l'on ait l'habitude de spéculer sur la religion et de faire argent de sa foi.

Il y a dix-huit ans, une jeune fille de sang royal rencontra dans l'intimité de leur foyer le prince de la chaire catholique ; et, après plusieurs mois de conférences assidues et d'études approfondies, elle abjura entre les mains d'un haut dignitaire de l'Église le protestantisme héréditaire. Cet acte libre d'une conscience éclairée lui valut bientôt la colère et l'abandon de sa famille, dont le pardon ne lui fut offert qu'au prix d'une apostasie vénale. Elle crut que la vérité valait mieux que l'or, et elle se résigna en disant : *J'aurai Dieu pour père et mes dix doigts pour patrimoine !*

Mais il y avait une mère, qui ne voulut point qu'elle fût tout à fait orpheline, et qui prétendit partager la responsabilité du grand acte de foi dont son cœur avait été complice. Pendant quatre ans, la néophyte reçut une hospitalité filiale à ce même foyer où elle avait vu luire à ses yeux le rayon de la vérité.

Après quatre années, la rigueur paternelle ayant résisté aux plus hautes influences, et tout espoir paraissant à peu près évanoui, la mère adoptive crut que c'était se conformer aux vues de la Providence que de devenir définitivement la mère de celle qui n'en avait plus, et l'orpheline déshéritée, en acceptant la main de son fils, s'appela la comtesse de Civry.

Mais, en vue du triste avenir qui s'annonçait, quelques vénérables prélats (1), ayant à leur tête le nonce apostolique, avaient commencé à s'associer pour offrir à la néophyte un témoignage de sympathie qui pût être en même temps un adoucissement aux trop grandes rigueurs de l'épreuve.

Le 5 juillet 1847, la fiancée écrivit à celui d'entre eux qui les représentait près

(1) Mgr de Châlons s'était inscrit l'un des premiers pour une rente viagère de *cinq cents francs* à laquelle la comtesse Eugène de Civry renonça, ainsi qu'à toutes les autres offres, par la lettre qui mit fin à la souscription commencée.

d'elle une lettre publique où, témoignant toute sa gratitude pour cette touchante manifestation, elle exprimait le désir d'en laisser le bienfait à d'autres infortunes et de n'en garder que l'honneur :

« La noble famille, disait-elle, à qui je dois plus que la vie, puisque je lui dois la foi, à qui j'ai dû plus tard la généreuse et délicate hospitalité du malheur, et qui, depuis quatre ans, a été pour moi le toit paternel et la patrie, va devenir à jamais ma famille.

» Aujourd'hui, monseigneur, docile à l'intention formelle du comte de Civry, je ne puis plus accepter que le souvenir et les vœux de mes nouveaux frères, et la fiancée ne veut toucher en rien aux dons offerts à la jeune fille. »

Ses vœux furent accomplis, et le 10 juillet eut lieu cette union où personne ne put être accusé d'avoir vendu sa foi.

Sur ce double événement laissons la parole à l'éloquent et saint prélat que la France catholique apprit à vénérer pendant quarante ans et qu'elle pleure depuis six mois. Rien ne saurait suppléer à cette intime appréciation du doyen des évêques de France, qui, la veille de sa mort, envoyait encore à la famille de Civry un suprême souvenir d'affection :

« Châlons, 12 juillet 1847.

» Madame et sainte fille,

. . . .
» Avec quelle ardeur, vous le comprenez, j'ai remercié le Seigneur en voyant notre princesse bénie placée dans une situation qui assure le repos et le bonheur de sa vie !

» Que tout est digne et touchant dans cette histoire, et quel magnifique rôle y remplit madame la comtesse et toute la respectable famille de Civry !

» Quelle joie pour tous vos amis lorsqu'ils auront appris l'heureux dénoûment d'une affaire qui leur tenait tant au cœur, et pour le succès de laquelle ils faisaient tant de vœux !

» J'unis mes actions de grâces et mes félicitations aux leurs, et c'est de toute mon âme que je partage tous les sentiments dont sans doute déjà vous avez reçu l'expression.

» Mgr l'évêque de L. en aura ressenti une joie bien vive. Madame la comtesse de Civry m'en écrit d'une façon bien touchante : sa lettre est admirable.

» Soyez bénie, madame, ainsi que votre noble et excellent mari ! J'espère qu'il me sera permis, à votre retour, d'aller offrir mes hommages à une famille que je vénère, d'unir mes prières aux siennes et de m'édifier de ses vertus.

» Recevez, je vous prie, l'expression de tout l'intérêt et des respectueux sentiments avec lesquels j'ai l'honneur d'être, madame,

» Votre très-humble et très-obéissant serviteur,

» Signé : † M.-J., évêque de Châlons.

» A Mᵐᵉ la comtesse Eugène de Civry, née de B., à Londres. »

« Châlons, le 20 août 1847.

» Madame la Comtesse,

» J'ai partagé toutes vos joies, je me suis uni, surtout, au jour indiqué, aux actions de grâces que vous rendiez au Seigneur ; qu'il soit béni à jamais ! Là-dessus votre chère et admirable belle-fille m'en exprimait ses pensées d'une manière bien touchante, où je reconnaissais sa piété, l'élévation de ses sentiments et la force de ce caractère qui l'a soutenue constamment. Il est vrai, madame, qu'elle vous avait pour appui, que vous l'aimiez comme votre fille, dès le premier jour où elle vous vit, et que la douce habitude de vos entretiens, son séjour de plusieurs années sous le même toit, avaient formé entre vous des liens qui ne pouvaient plus se rompre et qui étaient devenus nécessaires à votre bonheur comme au sien.

» Que tout est touchant dans cette histoire de famille, dans un événement qui vous a fait rencontrer une si parfaite belle-fille en celle que vous honoriez de votre hospitalité et de vos tendresses ! qu'elle-même fait d'honneur à votre maison, non pas seulement parce qu'elle est issue d'une famille de princes, qu'elle appartient à une race illustre et qu'elle porte un grand nom, mais parce qu'elle a un grand caractère, au-dessus de toutes les choses humaines, comme elle l'a bien prouvé ! en un mot, parce que c'est une sainte femme et qu'elle sera l'ange de votre foyer ! c'est de quoi je vous félicite et rends grâce au Seigneur !

» Il aura béni votre retour. Vous aurez heureusement traversé la mer et serez revenue au beau château de Reynel, et vous n'avez plus qu'à y jouir, au milieu des vôtres, de ses bénédictions. Ce jour du dix juillet est son ouvrage !........

» En attendant que j'aie l'honneur d'aller vous voir, je serai souvent en esprit au milieu de vous ; et, sans être ni vu ni entendu, je contemplerai avec bonheur le spectacle d'une famille heureuse chez qui se pratiquent toutes les vertus.

» Que de choses n'aurais-je pas à dire s'il fallait là-dessus expliquer tous mes sentiments ! Je me borne à ce peu de mots qui suffiront pour vous peindre le vif intérêt, le respect et l'admiration que vous inspirez à votre très-humble et très-obéissant serviteur,

» Signé : † M.-J., *évêque de Châlons.*

» **A Mme la comtesse douairière de Civry**, en son château de Reynel. »

« Châlons, 23 décembre 1847.

» Madame la Comtesse,

» Depuis longtemps j'avais le dessein et je sentais même le besoin de vous écrire, mais de peur d'être indiscret, je différais tous les jours, ne voulant pas vous fatiguer des nouvelles d'un de vos serviteurs qui vous admire et vous révère le plus.

» La lettre imprimée que je reçois aujourd'hui me rassure et me fait comprendre que la mienne sera bien reçue. D'abord je vous dirai simplement, madame, combien je suis touché des nobles et pieux sentiments que vous exprimez pour ceux qui ont l'honneur de vous connaître et qui ont été assez heureux pour vous donner quelques marques de leur dévouement et de leur chrétienne sympathie. Dieu, qui inspire toutes vos démarches, vous a dicté celle-ci, et, quoiqu'elle fût bien superflue, nous l'en remercions, puisqu'elle nous fournit une nouvelle occasion de vous offrir l'expression de nos vœux et tous nos hommages.....

» Permettez-moi, je vous prie, madame, d'offrir aussi mes respectueuses salutations à madame de Civry et à tout ce qui a l'honneur de lui appartenir.

» Quel spectacle consolant que celui d'une famille comme la sienne, au milieu du siècle présent, qui donne bien d'autres exemples !

» Sans entrer dans de longs détails, quels tableaux désolants s'offrent de toutes parts à nos yeux attristés !...... Nous aurions besoin de miracles ! Mais pouvons-nous en espérer ?..... En attendant, et quoi qu'il puisse arriver, faisons tout le bien que nous pouvons. C'est en quoi, madame, nous tâcherons de vous imiter.

» Recevez, je vous prie, avec votre bonté ordinaire, l'expression des sentiments respectueux avec lesquels j'ai l'honneur d'être,

» Votre très-humble et très-obéissant serviteur,
» Signé : † M. J. *Évêque de Châlons.*

» **A Mme la comtesse Eugène de Civry**, née de B., au château de Reynel. »

On nous pardonnera cette pieuse révélation de quelques fragments d'une correspondance de quinze ans, qui montre une fois de plus le cœur de ce nouveau Fénelon ; et, du fond de sa tombe, le saint évêque, loin de s'en offenser, se réjouira que sa plume puisse servir à défendre l'honneur d'une famille qu'il aimait d'une si paternelle affection, et d'un enfant qui porte son nom.

Un dernier témoignage, plus éloquent que tous les autres, les résume et les couronne tous.

La famille de Civry, ayant fait des pertes considérables en 1848, s'était décidée à quitter son magnifique château de Reynel, se résignant ainsi à rompre avec les plus chers souvenirs pour obéir à sa nouvelle fortune, qui ne lui permettait plus d'habiter une demeure princière.

En 1853, l'heure suprême du sacrifice allait sonner, et les vieux murs contemporains de saint Louis allaient définitivement changer de maître et peut-être tomber sous le marteau démolisseur. C'est alors qu'eut lieu une de ces rares et nobles manifestations qui suffiraient pour honorer toute une vie et consoler de tous les revers.

Les habitants de Reynel, par l'organe de leur maire et de leur pasteur, formulèrent une sorte d'Adresse ou de Vœu spontané, où, rappelant les récents bienfaits de la famille, ils sollicitaient, par les considérations les plus élevées et les inspirations les plus touchantes, le retour des hôtes regrettés du vieux manoir.

Mais cette éclatante manifestation ne se borna pas aux limites du village, ni même à celles du canton. Les curés de trois cantons signèrent une protestation identique de dévouement à la famille dont le pays bénissait le nom depuis deux siècles et « *dont le retour serait*, disaient-ils, *un bienfait pour leurs populations*. »

Ce vœu public et solennel de toute une contrée, s'exprimant par la voix de ses chefs civils et religieux, n'est-il pas plus éloquent encore que le mot de l'évêque écrivant au comte Eugène de Civry : «*Votre départ a été une vraie perte pour mon diocèse?* »

De tels titres d'honneur, signés de la main populaire, se conservent religieusement parmi les plus beaux titres de noblesse. On peut les montrer avec orgueil à ses amis et à ses ennemis, et on les relit avec bonheur à l'heure des déceptions ou des trahisons.

Aujourd'hui, c'était l'heure de s'en souvenir pour les mettre en parallèle avec l'accueil que les tant regrettés châtelains de Reynel recevaient six ans plus tard dans deux autres diocèses, où ils étaient allés porter le vivant témoignage de leur zèle et de leur amour du bien.

III

Quelle fut l'organisation de l'Œuvre ?

Maintenant que l'on connaît et que l'on peut juger, depuis leur berceau jusqu'au début de l'Œuvre à laquelle ils se sont dévoués, les hommes dont tout le crime est précisément cette Œuvre elle-même, il faut voir comment ils l'ont constituée et réalisée.

L'Œuvre des Bonnes Lectures pour la jeunesse portait écrits dans son nom seul son but, sa moralité, son utilité.

Il n'est pas nécessaire d'avoir recours à des déclamations pour prouver que, dans l'état actuel des esprits, des mœurs et de la presse, cette Œuvre répondait à un besoin de premier ordre et allait au-devant d'un danger public.

Aussi, lorsque M. Victor de Civry en arbora le drapeau, il ne faisait que suivre les inspirations d'hommes d'une autorité et d'une valeur indiscutables, et bientôt la pensée créatrice fut consacrée par l'expérience et adoptée par l'élite de toutes les classes sociales.

Il ne s'agissait point de fonder simplement une feuille périodique qui ressemblât plus ou moins à dix autres publications plus ou moins morales ; il s'agissait de créer une presse honnête, chrétienne, puissante et populaire, soutenue, dirigée, alimentée et propagée par une vaste association des âmes les plus intelligentes et les plus dévouées des quatre-vingts diocèses de France.

On verra que ce n'était point un rêve, et que la plus difficile moitié de la tâche ne tarda point à se trouver accomplie.

Une feuille illustrée, paraissant d'abord tous les quinze jours, sous le titre de *Courrier de la jeunesse,* au prix de 3 fr. 75 c. par an ; puis, grandissant sous le titre d'*Arc-en-ciel* et paraissant toutes les semaines, au prix de 5 fr. par an, tels furent, d'une part, le noyau et le principal moyen d'action de l'Œuvre.

Des milliers de petits volumes du prix de *quatre centimes,* tel fut, d'autre part, le second fruit, modeste mais non stérile, de ses premiers efforts, en attendant que l'état de ses ressources, le nombre de ses collaborateurs et le développement de sa propagande lui permissent d'accroître le chiffre et l'importance de ses publications.

Quant à l'organisation morale et à l'association volontaire qui devaient donner à l'Œuvre une double force de concentration et d'expansion, elles se développèrent bientôt naturellement, grâce à l'initiative de quelques hommes de zèle.

La présidence fut décernée à un chanoine du chapitre impérial, dont le nom seul était un drapeau d'honneur et un programme de dévouement. M. le chanoine Montéra, le courageux préfet apostolique qui avait eu la gloire de planter la croix sur la terre africaine, qui, après six ans, relevé dans ce poste d'avant-garde par Mgr Dupuch, devint le principal auxiliaire du premier évêque d'Alger, et qui plus tard se dévoua jusqu'à l'héroïsme à la fortune de l'évêque-martyr, disait assez, par sa présence à la tête d'une pareille Œuvre, quel en était le généreux mobile et quelle en serait la loyale direction.

M. le chanoine Montéra était depuis dix ans l'ami de ceux qui allaient se charger de la tâche active. S'associant bénévolement à eux dans la même pensée, d'autres hommes honorables, éminents à divers titres, quelques-uns même illustres, formèrent peu à peu une sorte de conseil intime, où, d'une part, l'amour du bien, et, de l'autre, les liens de l'amitié assuraient d'avance une harmonie de vues, d'intentions et de dévouement qui ne fut jamais troublée.

M. Victor de Civry assuma sur lui seul, dès le début, la responsabilité publique et la direction matérielle de l'Œuvre.

M. Eugène de Civry, vivant en province dans la retraite, où ses études littéraires et les soins de sa famille l'absorbaient tout entier, y resta d'abord complétement étranger. Mais bientôt, à la demande réitérée de son frère, et sur des instances émanées d'une telle source qu'il n'était guère possible d'y résister, il se décida à quitter ses paisibles travaux pour se dévouer à cette Œuvre, où on lui montrait, outre la certitude de rendre à la religion et à la société un service réel, l'emploi le plus large, le plus salutaire et le plus glorieux, d'une plume déjà si bien accueillie du public.

Mais, comme il fallait assurer les fondations de l'édifice avant de songer aux détails de la tribune; comme en de telles œuvres, les hommes d'action sont plus rares que les hommes de parole; comme les gens de bien ne sont pas toujours prêts à tout quitter pour courir en missionnaires sur les grands chemins; comme les mercenaires sont plus avides du bien d'autrui que prodigues de dévouement (on ne le vit que trop quand on voulut en essayer), M. Eugène de Civry consentit à se charger de la plus difficile et de la plus urgente partie de la tâche : il prit provisoirement le bâton du pèlerin, en attendant l'heure où il pourrait prendre utilement la plume.

Il trouvait en outre dans cette honorable mission l'heureuse occasion de faire une étude comparative des diverses œuvres chrétiennes et des bienfaisantes institutions que la foi, le zèle et la charité enfantent chaque jour dans toutes les parties de la France, et il comptait en rapporter non-seulement une salutaire expérience pour lui-même, mais les riches matériaux d'un vaste travail sur la restauration religieuse de ce siècle.

Assurée d'avance du concours d'un certain nombre d'évêques, l'Œuvre avait besoin de conquérir le patronage des autres membres de l'épiscopat. MM. de Civry écrivirent à ceux d'entre eux qu'ils avaient l'honneur de connaître personnellement. Une lettre officielle, conçue en ces termes, fut successivement adressée aux autres prélats dont on sollicitait l'intervention et l'appui :

« Monseigneur,

» *Évangéliser la jeunesse par la lecture et régénérer la société par la jeunesse*, est un des objets les plus dignes de la sollicitude des hommes de cœur et de foi.

» C'est le but de l'Œuvre que nous venons soumettre aux sages appréciations de Votre Grandeur.

» La presse est à cette heure l'une des premières puissances du monde. Il s'agit de savoir si elle doit rester un instrument de destruction ou si l'on veut en faire un instrument de régénération.

» Un grand mouvement d'ensemble, réunissant tous les diocèses dans une croisade morale et religieuse par la presse, a été reconnu le seul moyen de combattre efficacement le fléau qui menace la société dans ses éléments essentiels.

» Par son organisation, par la forme attrayante qu'elle donne à ses enseignements, enfin par son mode de propagande, l'*Œuvre des Bonnes Lectures pour la jeunesse* a paru l'une des meilleures solutions de ce grand problème religieux et social.

(Suivaient les détails, puis le compte rendu des débuts et des premiers résultats, et enfin la prière de nommer un *comité* ou tout au moins un *directeur diocésain qui puisse prendre une part active à l'Œuvre, faire des rapports, donner des avis, indiquer les améliorations possibles; en un mot, organiser un centre local d'action, de collaboration et de propagande.)*

» Signé : MONTÉRA,
» *Chanoine du chapitre impérial de Saint-Denis,*
président du conseil central de l'Œuvre.
» Vicomte DE CIVRY, *secrétaire.* »

Cette lettre était remise au prélat lui-même, soit par M. Eugène de Civry, soit par quelques-uns des autres propagateurs qui s'étaient chargés, comme lui, de faire connaître l'Œuvre et de l'organiser dans les diocèses.

La pièce suivante, délivrée par le président à M. Victor de Civry, qui s'était décidé à aller momentanément lui-même dans quelques diocèses, en l'absence de propagateurs assez sûrs ou assez zélés, montre quelle était la nature de cette mission :

ŒUVRE DES BONNES LECTURES POUR LA JEUNESSE.

Saint-Denis, 14 mars 1858.

« Nous, soussigné, chanoine du chapitre impérial de Saint-Denis, chevalier de la Légion d'honneur, etc., président du comité central de l'Œuvre *des Bonnes Lectures pour la jeunesse,*

» Recommandons au bienveillant accueil de tous ceux que préoccupe la question capitale des *Bonnes Lectures* M. le vicomte de Civry, l'un de nos bons amis, qui entreprend un voyage de propagande pour faire connaître et installer, là où elle ne l'est pas encore, l'Œuvre *des Bonnes Lectures* ainsi que son organe le *Courrier de la jeunesse*, tous deux déjà accueillis avec tant de faveur et d'élan dans un grand nombre de diocèses.

» Soit pour organiser des comités, soit pour recruter des associés et souscripteurs, nous déclarons M. de Civry digne de toute confiance, et sommes bien persuadé qu'il représentera partout de la façon la plus convenable une Œuvre dont l'importance a frappé tous les esprits sérieux, et qui a conquis dès son début le patronage des noms les plus vénérés de l'épiscopat et du clergé de France.

» Signé : MONTÉRA.
» *Pour légalisation de la signature de mon honorable confrère M. Montéra :*
» L'abbé BARD, *doyen du chapitre impérial.* »

M. l'abbé Montera, qui naguère avait si glorieusement chaussé lui-même les sandales du pèlerin, et qui avait été frapper à la porte des quatre-vingts évêchés de France pour y chercher les dignes auxiliaires de son dévouement, savait comment on ennoblit et l'on féconde la poussière des grandes routes et des humbles sentiers.

Cette autre recommandation, donnée à M. Eugène de Civry par l'un des premiers protecteurs de l'Œuvre, par un homme dont le nom est vénéré dans les deux mondes et à qui les hommages officiels et populaires réunis viennent de faire des funérailles triomphales, disait d'avance, assez éloquemment, comment cette mission serait remplie :

« Paris, 12 mars 1858.

» Nous recommandons tout particulièrement au bienveillant accueil de nos chers confrères, coopérateurs, etc., monsieur le comte de Civry, qui se dévoue à la propagation de l'Œuvre *des Bonnes Lectures pour la jeunesse.*

» Ses sentiments chrétiens, dont nous avons pu apprécier la solidité *depuis plus de quinze ans que nous le connaissons*, nous disent assez quel bon concours son zèle saura apporter à cette œuvre si utile, si nécessaire pour combattre le poison des mauvaises doctrines.

» Signé : D. DESGENETTES, *curé de Notre-Dame-des-Victoires*. »

Mais ce n'est point assez : il faut que l'histoire de cette propagande de quatre années soit produite et justifiée diocèse par diocèse. Cette histoire, ce sont les archevêques et les évêques, assistés de l'élite de vingt-cinq départements, qui vont l'écrire eux-mêmes d'une plume non suspecte.

IV

Comment se fit la propagande dans les divers diocéses?

DIOCÈSE D'AMIENS (ANNÉE 1856).

Au mois de novembre 1856, M. Eugène de Civry se rendit à l'évêché d'Amiens, où il devait se rencontrer avec Mgr d'Arras, son ancien évêque, et Mgr de Beauvais, son évêque actuel. Honoré du plus bienveillant accueil par les trois prélats, il vit sa démarche (*la première qu'il faisait en faveur de l'Œuvre*) couronnée d'un plein succès. Mgr l'évêque d'Amiens voulut bien faire organiser un comité diocésain et mettre à sa tête M. l'abbé Fallières, son secrétaire particulier et bientôt son vicaire général.

Voici en quels termes M. l'abbé Corblet, correspondant du ministère de l'instruction publique, rend compte de l'établissement de l'œuvre dans le diocèse d'Amiens. *L'Ami de l'Ordre* du 7 décembre 1856 :

« Plusieurs membres de la société de Saint-Vincent de Paul ont conçu la pensée de publier pour le jeune âge un journal qui propageât, sous une forme intéressante, les enseignements de la morale et de la religion. Le *Courrier de la Jeunesse* se publie sous la protection de l'épiscopat français. Il doit avoir dans chaque diocèse un correspondant et un comité de patronage. Mgr l'évêque d'Amiens a nommé correspondant de l'Œuvre pour son diocèse M. *l'abbé Fallière, secrétaire particulier de Sa Grandeur.*

» Le comité de patronage se compose de MM.... (*suivent les noms*).

» Les membres de ce comité se sont réunis vendredi dernier dans les salons de l'évêché, et se sont occupés des meilleures mesures à prendre pour assurer la propagation de cette Œuvre éminemment chrétienne, qui ne peut manquer de conquérir les sympathies des véritables amis de la jeunesse. Monseigneur, en présidant pour la première fois, le 17 *novembre*, la conférence de Saint-Vincent de Paul, avait éloquemment recommandé cette Œuvre au zèle de tous les membres.

» L'honorable président du tribunal d'Amiens, M. Hardouin, a fait un rapport sur la publication du *Courrier de la Jeunesse*, et a exprimé toute la sympathie que lui portait la conférence. »

Lettre du frère DAUPHIN, *directeur-visiteur des Écoles chrétiennes à Amiens, ensuite à Londres, aujourd'hui à Paris, l'un des membres les plus éminents de l'ordre.*

« Amiens, le 14 décembre 1856.

» Monsieur le comte,

» Je me suis empressé de distribuer à nos élèves les numéros et les prospectus du *Courrier de la Jeunesse*, que vous avez bien voulu mettre à ma disposition. Au bout de quelques jours, leur franc parler m'a fait connaître le fond de leurs pensées à l'égard de cette publication :

» 1° Ils lui reprochent de ne pas paraître tous les dimanches; ils tiennent beaucoup à ce point.

» 2° Ils trouvent onéreuse la condition de payer d'avance l'abonnement.

» Pour comprendre la portée de ces objections, il faut savoir que presque tous les ouvriers donnent à leurs enfants, chaque dimanche, ce qu'ils appellent leur prêt, c'est-à-dire, 1, 2 ou 3 sous qu'ils leur abandonnent. C'est avec cette petite rente que nos jeunes gens achètent les numéros du *Passe-Temps* ou des *Cinq centimes illustrés*. C'est cette petite rente que moi et mes confrères nous désirons voir employer à l'achat d'un numéro du *Courrier de la Jeunesse*, etc., etc.

» Moyennant ces modifications, je ne doute nullement, monsieur le Comte, que votre excellente publication ne se répande parmi le peuple avec la même facilité que celles qu'elle doit remplacer.

» Veuillez agréer ces lignes comme le témoignage sincère de mes vives sympathies pour la bonne Œuvre dont vous êtes le digne représentant et le zélé propagateur.

» Monsieur le Comte, votre très-humble serviteur,

» F. DAUPHIN.

« A M. le comte de Civry. »

On verra que l'œuvre fit droit, aussitôt qu'elle le put, à ces judicieuses observations.

La circulaire ci-jointe fut rédigée par le comité et envoyée dans tout le diocèse :

M

« Nous nous faisons un devoir de signaler à toute votre attention l'Œuvre qui vient de se fonder, et l'organe à l'aide duquel elle entreprend d'évangéliser la génération nouvelle.

» Le *Courrier de la Jeunesse* est, en quelque sorte, l'Œuvre des *Bons Livres* mise sous la forme la plus accessible et la plus puissante : la forme périodique.

» Populariser le christianisme et la vertu parmi la jeunesse de toutes les classes sociales au moyen d'une feuille du prix le plus minime, et en même temps riche d'actualité, d'intérêt, de variété et d'honnêtes séductions, était une pensée digne des plus vives sympathies de l'épiscopat, du clergé, des catholiques et de tous ceux qui ont quelque souci du bien public et du lendemain.

» Nous n'énumérerons pas tous les bienfaits qu'on peut attendre de cette Œuvre, quand elle aura pris les divers développements auxquels elle est appelée par son organisation. Il suffit d'avoir l'intelligence des besoins et des devoirs du temps où nous vivons pour sentir que, sous l'humble apparence d'un journal du jeune âge, il y a un intérêt de premier ordre qui appelle le concours de tous les gens de cœur et de foi.

» Si tous ceux qui, à quelque titre que ce soit, ont une part de responsabilité dans la direction de la jeunesse, prennent l'Œuvre en sérieuse considération ; si chacun, dans la mesure de ses forces et de son influence, aide à propager partout ce bon conseiller de l'avenir ; si le prêtre, le père, la mère, l'instituteur en favorisent la lecture ; si la main du riche le fait pénétrer au foyer du pauvre ; si de toute part on signale à sa rédaction ce qui peut intéresser, moraliser et servir d'exemple ; si enfin, en lui ouvrant la porte de toutes les maisons, on met le *Courrier de la Jeunesse* en état de lutter efficacement avec ces publications qui, chaque semaine, énervent ou gangrènent l'esprit et le cœur d'un million de lecteurs, on aura rendu à la société un service dont elle ne tardera pas à s'apercevoir.

» Vous indiquer une pareille Œuvre, M   , c'est lui assurer votre patronage et votre concours.

» Ce n'est point en notre nom que nous les sollicitons, c'est au nom de celui qui a dit : *Paissez, mes agneaux.*

» Agréez, etc.

» Signé : *Les membres du Comité d'Amiens :*

L'abbé FALLIÈRES, secrétaire particulier de Mgr l'évêque d'Amiens, *délégué par Sa Grandeur comme correspondant de l'Œuvre pour le diocèse;* P. V. VERCRUYCE, procureur du grand séminaire; l'abbé CACHELEUX, chanoine honoraire, aumônier des Dames de Louvancourt; l'abbé CORBLET, directeur de la *Revue de l'Art chrétien;* l'abbé L. DEBERLY, directeur de l'Œuvre du Patronage; DESJARDINS, conseiller honoraire à la cour impériale, président de la Conférence de Saint-Vincent-de-Paul d'Amiens; DE RAINNEVILLE, fondateur de la colonie agricole d'Allonville; F. CAILLE, président de l'Œuvre du patronage; TIVIER, vice-président, *id.* professeur de rhétorique au lycée impérial.

Délibération de la société de Saint-Vincent de Paul d'Abbeville.

« Abbeville, 4 mars 1857.

» Monsieur,

» J'ai l'honneur de vous donner avis que, dans la réunion d'hier, la société de Saint Vincent de Paul d'Abbeville a émis, à l'unanimité et avec insertion au procès-verbal, le vote suivant :

» La société de Saint-Vincent de Paul d'Abbeville accueille avec sympathie la publication du *Courrier de la Jeunesse,* et s'efforcera de le propager.

» Déjà elle le donne en lecture à ses apprentis et en recueille les fruits.

» A l'occasion, elle fournira des documents à sa rédaction.

» Sur la proposition du président, plusieurs abonnements ont été pris séance tenante par les membres présents.

» Veuillez agréer, monsieur, l'expression de tous mes sentiments distingués et bien dévoués.

» Signé : *Le président,*

» H. DU GROSRIER.

» **A M. le comte de Civry.** »

Toutes les conférences d'Amiens et du diocèse rédigèrent des délibérations semblables, et la propagande ne rencontra partout que zèle et sympathie.

DIOCÈSE DE BEAUVAIS, NOYON ET SENLIS (1856).

Dès avant l'apparition du journal, Mgr l'Évêque de Beauvais, qui avait été l'un des premiers à encourager le projet de cette œuvre, écrivait à M. Victor de Civry pour le féliciter de son heureuse initiative, dans laquelle, disait Sa Grandeur, « *on reconnaît la noblesse et la chaleur de vos sentiments chrétiens.* »

Le prélat désigna tout d'abord son propre neveu, M. l'abbé Claverie, et le directeur de son petit-séminaire, M. l'abbé Horoy, pour faire partie du comité, dont la présidence fut donnée à l'un des membres les plus zélés du clergé de la cathédrale. M. Eugène de Civry, secrétaire de la conférence de Saint-Vincent de Paul Beauvais, assista à la première réunion de ce comité, qui se tint à l'évêché.

Voici la composition du comité et la circulaire qui fut envoyée dans le département :

MM. l'abbé LEFÈVRE, nommé par Mgr l'évêque de Beauvais correspondant de l'Œuvre pour le diocèse; l'abbé ARMAND CLAVERIE, chanoine honoraire, aumônier des frères des écoles chrétiennes; l'abbé ATHIAUD, directeur de l'œuvre du Patronage; DE LA

Bouglise, directeur des domaines, vice-président des sociétés de Saint-Vincent de Paul et de Saint-François-Xavier; le vicomte De Boury, inspecteur des postes, délégué cantonal de l'enseignement primaire; Gossin, professeur d'agriculture à l'Institut normal; l'abbé Horoy, directeur du petit séminaire de Saint-Lucien; le frère Menée, visiteur, directeur du pensionnat et de l'école normale; De Plas, payeur du trésor pour le département de l'Oise, président de la conférence de Saint-Étienne; Quesnot, juge de paix, président du conseil des conférences de Saint-Vincent de Paul; Woillez, correspondant du ministère de l'instruction publique, secrétaire de la conférence de Saint-Pierre.

M

« Utiliser au profit de la religion et de la morale ce besoin de lire qui caractérise la génération nouvelle; combattre ou tout au moins contrebalancer la funeste influence des mauvaises lectures au moyen d'une feuille qui puisse évangéliser en récréant, telle est la pensée qui a fait naître l'*Œuvre des Bonnes Lectures* et son organe le *Courrier de la Jeunesse.*

» C'est l'*Œuvre des Bons Livres*, mise sous sa forme la plus accessible et la plus puissante : la forme périodique.

» Par ses comités de patronage, elle fait appel au dévouement et aux lumières des véritables amis de la jeunesse épars dans chaque diocèse, afin qu'elle soit l'œuvre et l'organe de tous, et que, sous le triple rapport de la direction, de la rédaction et de la propagation, elle obtienne tout le concours nécessaire à l'accomplissement de sa tâche.

» Avec une telle organisation, elle a l'espoir d'exercer une réelle et salutaire action dans les rangs les plus divers de la société, si le prêtre, le père, la mère, l'instituteur et tous ceux qui ont charge ou souci de l'avenir, aident le *Courrier de la Jeunesse* à devenir, au foyer du pauvre comme à celui du riche, le bon et habituel conseiller de la génération qui nous suit.

» Vous indiquer une pareille œuvre, M   , c'est lui assurer votre patronage et concours. »

M. l'abbé Horoy, directeur du petit séminaire de Beauvais, rendait ainsi compte de l'œuvre dans le *Moniteur de l'Oise* du 4 février 1857 :

« Nous avons annoncé dans l'un de nos derniers numéros le *Courrier de la jeunesse.* Les hommes qui ont fondé ce recueil, auquel le patronage d'un grand nombre d'évêques est acquis dès à présent, n'ont pas voulu seulement créer un nouveau journal, ils se sont proposé de constituer un centre d'action puissante et d'exercer une influence réelle sur les jeunes générations, dans l'intérêt de la religion et de la société.

» Le *Courrier de la Jeunesse* est en quelque sorte l'auxiliaire de l'OEuvre; il est destiné à répandre, au moyen d'une feuille du prix le plus minime, les bons conseils et une instruction non moins solide que variée.

» Outre le comité central établi à Paris, un comité diocésain se forme dans chaque chef-lieu de département. Les noms les plus honorables figurent dans ces comités de diocèse : M. l'abbé Lefèvre, délégué par Mgr l'évêque de Beauvais, préside le comité établi dans notre ville.

» Bien que de pareilles œuvres se recommandent assez par elles-mêmes, nous aimons à dire que l'idée première de celle dont nous parlons ici appartient à un homme aussi distingué par sa naissance que par son talent, M. le comte de Civry, très-honorablement connu dans Beauvais, etc., etc.

» Signé : Horoy. »

M. l'abbé Lécot, directeur du petit séminaire de Noyon, la recommandait de son côté en ces termes dans l'*Ami de l'Ordre* du 20 mars 1857 :

« Le *Courrier de la jeunesse* est l'organe d'une œuvre que les évêques encouragent de leurs approbations et de leurs sympathies. Mgr l'évêque de Beauvais, en particulier, a institué dans son diocèse un comité qui doit entrer pour sa part dans la direction et la rédaction du journal. Les personnes les plus honorables font partie de ce comité.

» Le nom seul du rédacteur en chef, M. le vicomte de Civry est une recommandation pour l'Œuvre et pour le journal. »

Toutes les conférences du diocèse, comme dans celui d'Amiens, s'associèrent à l'Œuvre, et il suffit de citer la délibération de celle de Senlis :

« **Académie de Paris**, institution de Saint-Vincent.   Senlis, le 15 mai 1857.

» La Conférence de Saint-Vincent-de-Paul de Senlis a déclaré s'unir avec la plus grande sympathie à l'œuvre entreprise par le *Courrier de la Jeunesse* ; elle a pris dix abonnements en son propre nom, et, par un vote à l'unanimité, inséré au procès-verbal de la séance, elle a déclaré « qu'elle s'efforcerait, par tous les moyens en son pouvoir, d'aider à la propagation et au développement de cette utile publication. »

» Signé : S. PETIT, *président.* »

Deux ans après la fondation de l'œuvre, Mgr l'Évêque de Beauvais écrivait à Son Exc. M. le ministre de l'instruction publique et des cultes une lettre qui commençait ainsi :

« **Évêché de Beauvais.**   Beauvais, le 10 avril 1858.

» Monsieur le ministre,

» Je connais la lettre que M. le comte de Civry a l'honneur de vous écrire; permettez-moi de recommander à Votre Excellence et l'Œuvre et la personne.

» L'Œuvre est excellente, et ce serait un bienfait pour la jeunesse que la propagation du journal de M. de Civry. Il serait à désirer que le *Courrier de la Jeunesse* pénétrât dans toutes les écoles des villes et des campagnes, etc............

» Signé : † Jos. Ar., *Évêque de Beauvais, Noyon et Senlis.* »

DIOCÈSE DE VERSAILLES (1856).

Dès le début, plusieurs autres prélats, qui avaient une connaissance personnelle de l'œuvre ou de ses directeurs, s'étaient empressés de s'y associer.

Mgr l'évêque de Versailles avait écrit, au mois de décembre 1856, à M. Victor de Civry une lettre tout intime, dans laquelle il lui manifestait ses sentiments de bienveillance pour sa personne et pour son œuvre, que Sa Grandeur désirait vivement voir se propager dans le diocèse.

Le vœu du vénérable prélat fut accompli, car elle y trouva le concours le plus empressé non-seulement parmi le clergé, mais parmi les fonctionnaires les plus honorables. — Il suffirait de citer MM. les présidents des tribunaux de Mantes, de Pontoise, etc., etc.

Quelques lignes d'une lettre de M. le président du tribunal de Mantes, qui était en même temps président de la conférence de Saint-Vincent de Paul, en diront assez sur ce point :

« Mantes, le 9 novembre 1857.

» Monsieur et cher Confrère,

» Notre zélé secrétaire s'étant chargé de vous transmettre le renouvellement des abonnements au *Courrier de la Jeunesse*, je n'entre en ce moment dans aucun détail à cet égard, sinon pour vous remercier de votre bonne opinion au sujet de la trop faible coopération que j'ai pu vous prêter jusqu'ici dans l'œuvre de dévouement que vous avez entreprise. J'ai encore si peu fait, que je ne crois nullement avoir mérité le titre flatteur dont vous voulez bien m'honorer; mais je suis tout à votre disposition pour la continuation de mes humbles services.

» Comme toutes les bonnes œuvres se touchent, permettez-moi de vous en recommander une pour laquelle je compte sur votre active charité.............

» Agréez, je vous prie, monsieur et cher confrère, mes excuses à ce sujet, et croyez à mon affectueux dévouement.

» Signé : De Marolles.

 » **A M. le vicomte de Givry**. »

DIOCÈSE DE CHARTRES (1856).

A peine l'œuvre fut-elle née, que Mgr de Chartres écrivait la lettre suivante :

« **Évêché de Chartres.**   Chartres, le 29 novembre 1856.

 » Monsieur le Vicomte,

» Je ne puis qu'applaudir à vos louables efforts. Inspirer aux jeunes gens l'amour de la vertu et de la religion, sauvegarder leur innocence, en ne leur présentant que d'utiles leçons, les attirer par le charme et la variété des récits, c'est là une noble tâche qui paraîtra douce à votre zèle. . . . .

» J'encouragerai donc de tout mon pouvoir votre excellente œuvre, et j'ai choisi M. l'abbé Vassard, chanoine honoraire et vicaire de ma cathédrale, pour qu'il vous transmette les faits intéressants qui pourraient vous aider dans la composition de votre recueil.

» Agréez, monsieur, l'assurance de ma haute considération et de mon entier dévouement.

» Signé : † L. Eugène, *évêque de Chartres.* »

Dans le mois de juillet 1857, l'œuvre fut installée dans le diocèse, et le comité fut composé ainsi qu'il suit :

M. l'abbé Vassard, chanoine honoraire, nommé par Mgr l'évêque de Chartres, correspondant de l'Œuvre pour le diocèse; M. l'abbé Brière, préfet de religion à l'institution Notre-Dame de Chartres; M. l'abbé Houle, aumônier du collége; M. l'abbé Levasson, curé de Saint-Aignan, directeur de l'Œuvre du patronage; M. l'abbé Ychard, chanoine honoraire, directeur de la Maîtrise de Notre-Dame; le R. P. Choizin, supérieur des Pères maristes; M. Bournisien, président de la Conférence de Saint-Vincent-de-Paul; M. Henri Chasles, secrétaire; M. Gay, directeur des Domaines.

Une circulaire semblable à celle des autres diocèses fut envoyée.

L'un des vicaires généraux recommanda l'Œuvre à la retraite, et la supérieure générale de l'ordre des Sœurs de Saint-Paul envoya une circulaire à toutes ses maisons de France pour leur en démontrer l'utilité et réclamer leur concours.

DIOCÈSE DU MANS (1857).

Mgr l'évêque du Mans approuve et fait organiser l'Œuvre dans son diocèse. Une circulaire semblable aux autres est envoyée au nom du comité, qui se compose ainsi :

M. l'abbé Boulangé, chanoine de la cathédrale, nommé par Mgr l'évêque, président de l'Œuvre pour le diocèse ; le R. P. Moreau, supérieur général de l'ordre de Notre-Dame-de-Sainte-Croix ; M. Edom, ancien recteur, vice-président du conseil des conférences; M. le comte Raoul de Montesson; M. l'abbé Cochet, vicaire de Notre-Dame-de-la-Couture, membre de la Société des sciences de la Sarthe; Édouard Guéranger, correspondant du ministère de l'instruction publique; M. l'abbé Piedor, vicaire de la cathédrale; M. Mariotti, inspecteur des écoles primaires; M. l'abbé Poirier, aumônier du lycée; M. l'abbé Gandonnière, vicaire de Notre-Dame-du-Pré; M. Primault, ancien magistrat, membre des conférences; M. Bérault, inspecteur des forêts; M. Richard, avocat, docteur en droit; M. l'abbé Drouet, vicaire de Saint-Benoît.

DIOCÈSE DE BLOIS (1857).

Mgr l'évêque approuve également l'Œuvre, et nomme correspondant pour son diocèse M. l'abbé Venot, chanoine, secrétaire de l'évêché.

DIOCÈSE DE MEAUX (1857).

Mgr l'évêque approuve et fait aussi propager l'Œuvre dans son diocèse.

Extrait d'une lettre de son vicaire général.

« **Évêché de Meaux.**   Meaux, le 16 août 1857.

» Monsieur le Vicomte,

» Monseigneur me charge de vous dire qu'il ne peut qu'applaudir à la pensée éminemment chrétienne qui a inspiré l'œuvre à laquelle vous et vos honorables collaborateurs, vous vous êtes dévoués avec un zèle si louable. Sa Grandeur est très-disposée à la recommander dans l'occasion, et appelle de tous ses vœux les bénédictions d'en haut sur cet excellent recueil, sur ses rédacteurs et sur ses jeunes lecteurs.

» Agréez, monsieur le Vicomte, l'assurance de ma respectueuse considération.

» Signé : Josse, *vicaire général.*

» **A M. le vicomte de Civry.** »

DIOCÈSE DE SENS ET AUXERRE (1857).

Mgr l'archevêque autorise également l'admission de l'Œuvre dans son diocèse. Même circulaire est envoyée, etc.

DIOCÈSE D'AIX, ARLES ET EMBRUN (1857).

Mgr l'archevêque, qui connaissait le comte de Civry depuis sa sortie du collége, et qui allait bientôt resserrer ces liens en devenant le parrain de son fils, lui écrit une lettre toute personnelle, pour lui dire que « *sa vieille amitié de vingt ans l'assurant assez du bon et religieux esprit dans lequel il dirigera toujours l'œuvre dont il est le zélateur, il peut compter sur tout son concours.* »

DIOCÈSE DE BORDEAUX (1857).

Son Em. le cardinal-archevêque fait installer l'Œuvre sous son patronage et organiser ainsi le comité :

M. l'abbé Bataille, chanoine honoraire, aumônier du lycée impérial, nommé par S. Em. Mgr le cardinal-archevêque président du comité; M. l'abbé Dudouble, chanoine archiprêtre de la cathédrale; M. l'abbé Rousset, aumônier des Sourdes-Muettes; M. l'abbé

MOREAU, chapelain de la Primatiale; M. l'abbé DONIS, curé de Saint-Louis; M. l'abbé PROMIS, chanoine honoraire, aumônier de l'hospice des Incurables; M. l'abbé THIBAUT, professeur de rhétorique au petit séminaire de Bordeaux; M. RAVEZ, ancien magistrat; M. GERGERES, avocat; M. DUPASQUIER, directeur des postes, à Bordeaux; M. SERVILLE, inspecteur des postes de la Gironde; M. BÉSOMBES, chef d'institution.

DIOCÈSE DE RENNES (1857).

Mgr l'archevêque accueille l'OEuvre avec une paternelle bienveillance, et M. l'abbé Combes, vicaire général, en devient le protecteur.

Sous ce puissant patronage, elle reçoit, au mois de juillet 1857, dans l'assemblée générale des conférences de Saint-Vincent de Paul, une première consécration qui lui donne droit de cité dans la vieille métropole bretonne.

En décembre 1857, il lui vient un nouveau témoignage de sympathie dans la lettre officielle qui suit :

« **Société de Saint-Vincent-de-Paul**, Conseil central.   Rennes, le 9 décembre 1857.

» Le Conseil central de Rennes a déjà eu l'occasion d'exprimer, par l'organe de son président, dans l'assemblée générale du mois de juillet de cette année, ses vives sympathies pour le succès d'un nouveau journal, sous le titre de *Courrier de la Jeunesse,* qui, pour un prix très-modique, tend à populariser le christianisme et la vertu parmi la jeunesse de toutes les classes sociales.

» Le haut patronage sous lequel il paraît, puisqu'il a déjà réuni l'approbation et les encouragements d'un grand nombre des évêques de France, ne permettait pas d'hésitation dans le suffrage des hommes qui se préoccupent sérieusement du salut de la société.

» Le président du Conseil réitère ici l'expression des vœux qu'il forme pour cette œuvre éminemment utile.

» Signé : H. DE SERÉ, *président du Conseil de Rennes.* »

Un an plus tard, la lettre suivante, émanée de l'archevéché, témoigne de nouveau la persévérance des sympathies que l'OEuvre avait su conquérir et conserver dans la noble et catholique Bretagne :

« **Archevéché de Rennes**.   Rennes, le 15 novembre 1858.

» J'ai l'honneur de vous envoyer la somme de.........

» *Nous sommes heureux d'être du nombre de vos premiers abonnés, et par con-*
» *séquent parmi les fondateurs qui, comme tous les autres, ont à se féliciter*
» *d'avoir aidé une œuvre qui, sous le nom le plus modeste, réalise un bien véri-*
» *table et d'une portée plus étendue qu'on ne le penserait au premier abord.*

» Veuillez agréer, monsieur, nos respects dévoués,

» Signé : VILLEMIO, *chanoine honoraire, secrétaire.* »

Voilà où en était l'OEuvre et le jugement qu'on portait d'elle dans les archevéchés à l'heure où elle commençait sa troisième année d'existence.

Mais elle avait conquis d'autres suffrages, qu'il reste à mentionner brièvement.

LES ÉVÊQUES DU PUY, DE POITIERS ET DE LUÇON l'avaient recommandée pendant l'année 1857 par lettres-circulaires, et dans ces diocèses elle avait recueilli des félicitations spéciales de gratitude, attendu qu'elle avait loyalement servi, comme si elle en avait reçu le prix, les centaines d'abonnements qui avaient été surpris et détournés par des malheureux exploitant la bonne renommée de l'œuvre et la bonne foi du public.

DIOCÈSE D'AUTUN, CHALON ET MACON (1856).

Dès le début de l'œuvre, Mgr d'Autun écrivait la lettre suivante :

« **A M. le vicomte de Civry.**

» La Ferté, le 18 octobre 1856.

» Monsieur le Vicomte,

» Vous pouvez compter sur tout mon concours pour une œuvre aussi intéressante par elle-même que celle de la publication du *Courrier de la Jeunesse.*

» *Évangéliser les récréations du jeune âge* était une pensée digne du zèle et du cœur des membres de nos chères conférences de Saint-Vincent de Paul; je ne m'étonne pas qu'elle leur ait été inspirée par la foi et la charité, qui se multiplient dans tant de chrétiennes et ingénieuses entreprises pour régénérer tous les âges et toutes les conditions.

» Que Dieu bénisse votre gracieux journal, ainsi que ses écrivains et ses lecteurs! C'est le vœu que forme un évêque qui apprécie chaque jour de plus en plus le bien que font les conférences dans son diocèse, et qui est heureux de les voir plus nombreuses chaque année.

» Je vous désigne pour correspondant à Autun M. l'abbé Miller, chanoine, etc., etc.

» Veuillez agréer, monsieur le Vicomte, l'assurance des sentiments dévoués avec lesquels je suis,

» Votre très-humble serviteur,

» Signé : † FRÉDÉRIC, *évêque d'Autun, Châlon et Mâcon.* »

Un an plus tard, l'œuvre s'organisait dans son diocèse, et Sa Grandeur la recommandait par cette lettre officielle :

« Frédéric-Gabriel-Marie-François de Marguerye, par la miséricorde divine et la grâce du Saint-Siége apostolique, évêque d'Autun, Châlon et Mâcon, prélat assistant au Trône pontifical :

» Nous recommandons à tout l'intérêt de nos chers coopérateurs et des pieux fidèles de notre diocèse l'Œuvre des *Bonnes Lectures* et le *Courrier de la Jeunesse,* journal fondé en faveur de cette Œuvre si précieuse. Plusieurs de nos vénérables collègues dans l'épiscopat ont déjà favorisé de leurs suffrages cette institution; nous nous joignons volontiers à eux, et nous serons heureux de la voir se propager dans le diocèse.

» Monsieur le vicomte d'Auriac a été envoyé auprès de nous pour nous la faire connaître en détail. Nous le recommandons au bienveillant accueil du clergé et des fidèles.

» Donné à Autun, le 14 décembre 1857.

» Signé : † FRÉDÉRIC, *évêque d'Autun, Châlon et Mâcon.* »

Le comité se composait ainsi sous la présidence du futur évêque d'Évreux, qui, deux ans plus tard, devait lui-même installer l'œuvre dans son nouveau diocèse, où elle était destinée à un si triste sort :

M. l'abbé DEVOUCOUX, vicaire général honoraire (aujourd'hui évêque d'Evreux), président ; M. l'abbé BOUANGE, vicaire général; M. l'abbé THOMAS, vicaire général; M. l'abbé PERROT, archiprêtre de la cathédrale; M. l'abbé JOSSERAND, chanoine; M. l'abbé MILLER, chanoine honoraire, aumônier des Dames du Saint-Sacrement, nommé par Monseigneur correspondant de l'Œuvre pour son diocèse; M. l'abbé RIGOLLET, chanoine honoraire, prosecrétaire de l'évêché; M. l'abbé Violet, curé de Notre-Dame; M. de Fontenay, président de la conférence de Saint-Vincent-de-Paul; M. Gabriel Bulliot, membre.

Le supérieur général de l'ordre de *la Retraite chrétienne* donnait son approbation officielle ainsi conçue :

« En bénissant le Seigneur du zèle et du dévouement dont il a animé les propagateurs de l'œuvre si excellente des *Bonnes Lectures pour la Jeunesse*, j'ose m'unir d'esprit et de cœur à ceux qui patronent cette œuvre.

» J'invite les maisons de *la Retraite chrétienne* à lui faire bon accueil, et à prendre des abonnements au journal intitulé *Courrier de la Jeunesse*.

» En foi de quoi j'ai signé, à Autun, ce 14 décembre 1857.

» Signé : Jérôme Magnan. »

Le chanoine nommé correspondant de l'Œuvre par Mgr d'Autun, dès 1856, écrivait à son tour :

« Autun, le 15 janvier 1858.

» Je m'empresse de vous annoncer que la Révérende Mère générale verra avec plaisir la lecture de votre excellent *Courrier de la Jeunesse* se répandre dans les établissements de la congrégation.

» Je suis heureux d'avoir eu la bonne pensée d'abonner nos *enfants de Marie* à cet intéressant journal dès le principe , et j'ai déjà eu l'honneur de vous dire combien nous aimons à continuer de le recevoir. Votre œuvre n'étant point une affaire de spéculation, mais l'entreprise de cœurs vraiment chrétiens, il est bien juste que nous fassions tous nos efforts pour aider votre zèle.

» Veuillez, monsieur, agréer l'assurance de mon respectueux hommage et de mon entier dévouement.

» Signé : P. Miller, *chanoine.* »

DIOCÈSE DE LA ROCHELLE (1856).

Mgr de la Rochelle avait été l'un des premiers protecteurs de l'Œuvre.

La lettre suivante de son secrétaire avait été le premier témoignage d'une bienveillance qu'une connaissance plus approfondie devait bientôt accroître :

« Évêché de la Rochelle.　　　　　　　La Rochelle, le 22 novembre 1856.

» Monsieur le Vicomte,

» Monseigneur me charge de vous dire qu'il ne peut que se réjouir de la bonne pensée et des sentiments si chrétiens qui vous ont inspiré l'Œuvre des *Bonnes Lectures pour la Jeunesse*.

» Le talent et les principes connus des rédacteurs assurent à ses yeux le succès de cette publication. Persuadée que le journal qui en est l'organe remplira toujours le but si utile et si noble que vous vous êtes proposé, Sa Grandeur est heureuse de lui donner son approbation et ses encouragements.

» Monseigneur vous prie de croire à sa parfaite considération et à son entier dévouement.

» Daignez agréer les sentiments très-respectueux avec lesquels j'ai l'honneur d'être, monsieur le Vicomte,

» Votre très-humble serviteur,

» C. Biron, *secrétaire de Monseigneur.*

» A M. le vicomte de Givry. »

Deux ans plus tard, Sa Grandeur installait officiellement l'Œuvre dans son diocèse et publiait son approbation en ces termes :

« **Évêché de la Rochelle.**   La Rochelle, le 11 juin 1858.

» Nous verrons bien volontiers l'Œuvre des *Bonnes Lectures*, fondée sous le patronage de plusieurs évêques, s'établir dans notre diocèse, et nous la recommandons au zèle de MM. les curés.

» Signé : † Jean-François, *évêque de la Rochelle.* »

Le comité diocésain se composait ainsi :

MM. l'abbé Ellie, secrétaire de Mgr l'évêque, nommé par Sa Grandeur correspondant de l'Œuvre pour le diocèse ; Delteil, vicaire général, supérieur du séminaire ; l'abbé Thibaud, archiprêtre de la cathédrale ; l'abbé Petit, chanoine honoraire, curé de Saint-Nicolas ; l'abbé Guilbaud, chanoine honoraire, curé de Saint-Jean ; l'abbé Bosson, chanoine honoraire, curé de Notre-Dame ; l'abbé Duret, aumônier de l'hôpital militaire ; l'abbé Chartier, aumônier du lycée impérial ; l'abbé Birot, vicaire de la cathédrale ; Grellet du Peirat, président de la conférence de Saint-Vincent de Paul ; Avril, avocat ; De Saint-Maurice, chevalier de la Légion d'honneur, de Saint-Ferdinand d'Espagne, etc., De Marsilly, inspecteur des contributions directes ; Béraud (Charles) ; le docteur Drouineau ; le docteur Mallet ; Legeay, secrétaire de la conférence ; Frion, secrétaire adjoint.

Les deux lettres suivantes du secrétaire de Sa Grandeur indiquent assez comment l'œuvre était jugée et sa propagation appréciée dans le diocèse :

« **Évêché de la Rochelle.**   La Rochelle, le 12 août 1858.

» Monsieur le Président ,

» Nommé par Mgr l'évêque de la Rochelle correspondant de l'Œuvre des *Bonnes Lectures* pour le diocèse, je n'avais pas eu l'occasion de vous dire combien j'avais accepté avec bonheur cette charge des mains de notre vénéré prélat, qui s'est si vivement intéressé à toutes vos entreprises. Mais je pensais que MM. de Civry et de la Laurencie, qui se sont si bien acquittés de la mission que la charité leur a fait entreprendre, avaient été près de vous mes interprètes. Aujourd'hui, monsieur, je suis heureux de vous l'exprimer moi-même et de vous dire que votre journal a eu l'accueil le plus favorable dans tout le diocèse, et que chaque famille qui le reçoit est heureuse de le lire.

» Veuillez, etc.

» Signé : L. Ellie.

» A M. le Président de l'Œuvre des bonnes Lectures pour la Jeunesse. »

Lettre du même :

« La Rochelle, le 28 août 1858.

» Je vous remercie de toutes les bienveillantes paroles que renferme votre lettre au sujet de ma famille. Veuillez bien croire que la vue de votre dévouement et la noblesse de vos sentiments suffisaient bien pour inspirer l'accueil qui vous a été fait.

» Ci-joint la liste des premiers abonnements recueillis.

» Je vous assure que, dans mon nouveau poste, je vous ferai bientôt connaître mon bon concours, mon estime et mon bien respectueux attachement.

» Signé : L. Ellie.

» A M. le vicomte de Civry. »

DIOCÈSE DE SOISSONS ET LAON (1858).

MM. de Civry avaient tout lieu d'espérer le meilleur accueil pour leur œuvre dans ce diocèse où vivait encore si vénéré le souvenir du dernier évêque, Mgr de Simony, dont la parenté était pour eux un titre d'honneur.

Et, en effet, son zélé successeur témoigna hautement ses sentiments en des termes auxquels il n'y a rien à ajouter.

Après avoir manifesté toute sa sympathie dans une première lettre personnelle, et avoir pris pour sujet de son mandement de carême la question *des lectures*, Sa Grandeur remit à M. Eugène de Civry la lettre-mandement suivante, qui fut publiée dans tout le diocèse :

« Paul-Armand-Ignace Anaclet de Garsignies, par la miséricorde divine et la grâce du Saint-Siége apostolique, évêque de Soissons et de Laon, doyen et premier suffragant de la province de Reims, prélat de la Maison du Pape, assistant au trône pontifical :

» Nous sommes heureux de pouvoir encourager et recommander à notre clergé, ainsi qu'à nos chers diocésains, l'œuvre si touchante et si importante des *Bonnes Lectures pour la jeunesse*.

» Cette œuvre régénératrice est digne du zèle et de l'intelligence de ceux qui l'ont établie et qui, chaque jour encore, concourent à son développement dans notre belle France.

» Nous nous estimons fier de voir notre nom associé à ceux de tant de nos vénérés frères dans l'épiscopat et de tant d'hommes haut placés par leur mérite et leurs vertus.

» Nous émettons le vœu que notre beau et bien-aimé diocèse prenne une large part dans le concours à apporter à cette institution, si éminemment catholique.

» Nous nommons M. l'abbé Congnet, chanoine titulaire de notre église cathédrale, comme président de l'Œuvre pour notre diocèse.

» Donné à Saint-Quentin, sous notre seing, le sceau de nos armes et le contre-seing du secrétaire de notre Évêché, le 10 avril 1859.

» † PAUL-ARM., *évêque de Soissons.*
» *Par mandement de Monseigneur* : C. DESJARDINS, *secrétaire.* »

DIOCÈSE DE COUTANCES ET D'AVRANCHES (1856).

Mgr Daniel, dont la haute position dans l'instruction publique donnait une valeur spéciale à son suffrage pour une œuvre concernant la jeunesse, n'avait point hésité à s'en déclarer le protecteur dès l'origine.

Cette première lettre le témoignait assez :

« **Évêché de Coutances et d'Avranches.**   Coutances, le 17 octobre 1856.

» Monsieur le Vicomte,

» J'ai lu avec intérêt le *Courrier de la Jeunesse*. Vous pouvez compter que je m'empresserai de saisir toutes les occasions qui pourront s'offrir, de lui témoigner mes sympathies.

» J'accepte bien volontiers le titre de *Protecteur de l'Œuvre*. Je vais prier M. l'abbé Duval, chapelain des religieuses du Sacré-Cœur de Coutances, d'accepter celui de *correspondant.*

» Veuillez recevoir, monsieur le Vicomte, l'assurance de mes sentiments respectueux et dévoués.

» Signé : † J. L., *évêque de Coutances et d'Avranches.*

» A M. le vicomte de Civry. »

A la retraite de 1857, Sa Grandeur recommandait elle-même, du haut de la chaire, à son clergé réuni l'Œuvre qu'elle organisait enfin officiellement dans son diocèse, à la fin de 1859, par une lettre-mandement ainsi conçue :

« Nous, Jacques-Louis Daniel, par la miséricorde divine et la grâce du Saint-Siége apostolique, évêque de Coutances et d'Avranches:

» C'est avec plaisir que nous associons notre nom à ceux de nos vénérés collègues dans l'épiscopat pour recommander l'Œuvre si importante des *Bonnes Lectures pour la jeunesse.*

» Nous désirons de tout notre cœur que notre bien-aimé diocèse prenne une large part à cette Œuvre éminemment catholique, et nous recommandons avec instance à nos chers coopérateurs de prêter leur concours empressé à sa propagation, persuadé que cette Œuvre excellente est appelée à produire des fruits abondants de salut et de bénédiction.

» Nous nommons comme président de l'Œuvre pour notre diocèse M. l'abbé Duval, chanoine honoraire, chapelain de la communauté du Sacré-Cœur établie en cette ville.

» Donné à Coutances, sous notre seing, notre sceau et le contre-seing du secrétaire de notre Évêché, ce 21 décembre 1859.

» † J. L., *évêque de Coutances et d'Avranches.*

» *Par mandement :* DUPERROUZEL, *chanoine honoraire, prosecrétaire* »

DIOCÈSE DE SÉEZ (1860).

Enfin, en 1860, un autre prélat de Normandie donnait à l'Œuvre le témoignage suivant :

« Nous, Charles-Frédéric Rousselet, par la miséricorde divine et l'autorité du Saint-Siége apostolique, évêque de Séez,

» Nous nous empressons, à l'exemple de nos vénérables collègues, de nous associer à l'œuvre si éminemment utile des *Bonnes Lectures pour la jeunesse,* et nous la recommandons vivement au clergé et aux fidèles de notre diocèse.

» Pour assurer plus efficacement la propagation des *Bonnes Lectures* dans notre diocèse, nous nommons directeur diocésain de l'Œuvre M. l'abbé Dujarrier, directeur au grand séminaire de Séez.

» Donné à Séez, sous notre seing, notre sceau et le contre-seing de notre secrétaire, le 20 janvier 1860.

» Signé : † CH.-FRÉD. ROUSSELET, *évêque de Séez.*

» *Par Monseigneur,* SOULBIEU, *chanoine, secrétaire.* »

Ce n'étaient pas seulement les évêques de France qui appréciaient et patronaient cette œuvre. Elle franchissait les frontières de la patrie; elle avait des associés-souscripteurs à Rome, en Amérique, en Angleterre, en Allemagne, etc., et déjà on l'invitait à faire traduire en allemand et en anglais ses salutaires publications.

Il suffit de citer la lettre de Mgr de Charbonnel, l'illustre évêque de Toronto au Canada :

« Évêché d'Autun, 15 décembre 1857.

» Cher Monsieur,

» Votre *Courrier de la Jeunesse* a tous mes vœux; c'est l'antidote le mieux approprié au poison de l'époque. Il me conviendrait mal cependant, évêque à l'étranger, de prendre rang parmi les évêques de France qui en sont les protecteurs officiels. Mais je serai heureux de marcher à la suite des prélats étrangers et d'être l'un de vos plus chauds approbateurs. Que si votre *Courrier* se faisait Anglais, et que les frais de la poste ne fussent pas trop forts, plus heureux encore je me ferais de grand cœur l'un de ses propagateurs.

» Veuillez en agréer l'assurance, cher monsieur, et me croire un ami dévoué de votre Œuvre.

> » Signé : † ARMAND F. MA., *évêque de Toronto.*»

Combien d'autres diocèses, dans lesquels l'Œuvre n'était point encore installée régulièrement, mais où elle comptait des amis, des associés et des zélateurs qui l'y appelaient et l'y propageaient déjà !

Ces deux lettres de M. l'abbé Brunet, chanoine et vicaire général de Limoges, sont un éloquent témoignage des sympathies qu'elle possédait en dehors des diocèses où elle avait une existence officielle :

« **A MM. les Président et Directeurs de l'Œuvre des bonnes Lectures.**

> » Compiègne, 11 mai 1857.

» Messieurs ,

» J'ai vu avec un vrai plaisir la création de l'*Œuvre des Bonnes Lectures pour la jeunesse.* Je m'y associe de grand cœur ; je vous prie de compter sur tout mon concours et sur mes vœux bien sincères pour sa prospérité et sa propagation. Je suis heureux et reconnaissant du titre de protecteur que vous voulez bien m'accorder; je m'efforcerai de contribuer, le plus qu'il me sera possible, au développement d'une œuvre si utile et si essentielle pour la moralisation de la génération nouvelle.

» Daignez agréer, messieurs, l'hommage de mon respect et de ma haute considération.

> » Signé : BRUNET, *chanoine, etc.* »

Autre lettre du même :

> « Limoges, 30 juin 1858.

» Monsieur le comte et excellent ami,

» Vous serez le bienvenu à Limoges, et vous ne devez pas oublier que je vous veux tout à moi ; ma maison sera la vôtre, et vous y trouverez le *vivre et le couvert,* pas aussi confortablement que je le voudrais, mais offerts du meilleur cœur possible.

» En dehors de la propagande de notre chère œuvre, ne doutez pas de la joie et du bonheur que j'aurai à vous voir en quelque temps que ce soit.

» Mille hommages et amitiés à votre chère famille.

> » Tout bien à vous de tout cœur,
> » Signé : BRUNET, *Chanoine, etc.*

» **A M. le comte Eugène de Civry.** »

Les portes de dix autres diocèses étaient ouvertes d'avance à MM. de Civry, grâce aux liens, soit de parenté spirituelle, soit d'ancienne affection, qui les unissaient personnellement aux vénérables chefs de ces diocèses, et si l'Œuvre n'y était point encore installée, c'est que, malgré leur zèle, le temps marchait trop vite et les auxiliaires trop lentement.

A Paris, pour lui donner une organisation plus complète et plus stable, ils avaient proposé de la remettre officiellement entre les mains de l'autorité diocésaine, abdiquant ainsi l'honneur de la direction pour diminuer, au profit de l'Œuvre elle-même, leur part de fardeau et de responsabilité. Après avoir eu à ce sujet une conférence avec M. Eugène de Civry, Son Em. le cardinal-archevêque voulut bien lui écrire, le 9 mai 1858, « que, vu les graves inconvénients qu'il y aurait à ce qu'une Œuvre de cette nature fût placée dans les attributions de l'archevêché et relevât directement de son autorité, il croyait qu'elle ne pouvait mieux être que dans les mains 'où elle se trouvait, et où *elle avait tout ce qu'il fallait pour continuer heu-reusement la tâche commencée sous de si honorables auspices.* » Son Éminence ajoutait d'ailleurs, qu'Elle était prête à donner l'autorisation nécessaire à tout prêtre que les directeurs jugeraient convenable de s'adjoindre.

Voilà où en était l'Œuvre, voilà comment elle avait été conduite, voilà les suf-frages qu'elle avait conquis, quand elle se présenta sur le seuil de cette Normandie où elle devait recevoir d'abord un si bienveillant accueil, puis de si terribles coups.

V

Comment l'Œuvre s'établit-elle en Normandie ?

Il faut maintenant être plus précis encore dans le récit des faits. En touchant le sol normand, nous abordons le terrain ennemi. Il est donc nécessaire de n'avancer que pas à pas et armé de toutes pièces.

DIOCÈSE DE ROUEN.

C'est le 3 août 1858 que M. Eugène de Civry se rendit à Rouen pour y installer l'Œuvre. Il était porteur d'une lettre officielle que M. le chanoine Montéra, en sa qualité de président du comité central, écrivait à l'archevêque (*semblable à celle qu'il avait écrite aux autres évêques et dont le texte a déjà été reproduit*). De plus, le frère de Sa Grandeur, M. Émile de Bonnechose, le savant historien, qui connais-sait la famille de Civry depuis plus de dix ans, s'était hâté de lui donner une lettre des plus chaudes, pour lui servir d'introduction près de son frère « qui serait heu-reux, disait-il, non-seulement de faire la connaissance personnelle de l'ambassa-deur, mais de répandre dans son diocèse une Œuvre doublement recommandable et par son excellent but et par les noms de ses patrons. »

Mgr de Bonnechose fit en effet à M. de Civry le plus bienveillant accueil, et le re-tint à Rouen plusieurs jours pour examiner en détail l'Œuvre et son organisation. Apportant la plus grande réserve dans tout ce qu'Elle propose ou recommande à Ses diocésains, la Normandie étant, disait-Elle, le pays de la *Sapience*, Sa Grandeur chargea en outre M. l'abbé de Lalonde, professeur à la faculté de théologie, de Lui faire un rapport détaillé ; puis Elle fit venir M. le curé de Bon-Secours, l'âme des grandes œuvres du diocèse ; et ce n'est qu'après plusieurs conférences qu'Elle adopta l'Œuvre et inscrivit son nom au nombre des protecteurs.

Elle nomma pour président diocésain M. l'abbé Picard, chanoine-archiprêtre de la métropole, l'un des chefs les plus éminents du clergé normand, écrivain distingué autant que prêtre vénéré ; et, en attendant que le nouveau président publiât sa cir-culaire officielle, Elle remit à M. de Civry la lettre suivante :

« **Archevêché de Rouen.**   Rouen, 20 août 1858.

» Monsieur le comte,

» D'après le rapport qui m'a été fait sur l'Œuvre que vous avez entreprise en faveur de la jeunesse, afin de satisfaire son besoin de lecture en nourrissant sa foi et son amour de la vertu, je ne puis qu'en approuver le principe et le but. Je verrai avec plaisir son établissement et son développement dans mon diocèse.

» Recevez, je vous prie, monsieur le comte, l'assurance de ma haute considération et de mes sentiments affectueux.

» Signé : † HENRI, *Archevêque de Rouen.*

» **A M. le comte de Civry.** »

Enfin, Sa Grandeur voulut bien accepter un certain nombre de cachets gratuits d'abonnement, qu'Elle prit la peine de distribuer Elle-même dans son diocèse, ainsi que le témoigne ce billet :

« Grand séminaire de Rouen, 16 novembre 1858.

» Messieurs,

» Mgr l'archevêque de Rouen ayant bien voulu me faire remettre deux cachets d'abonnement à votre excellent journal le *Courrier de la Jeunesse*, je vous serais bien reconnaissant si vous aviez l'obligeance de m'expédier les livraisons.

» Signé : BOUSQUET, *professeur de dogme.* »

En même temps que M. de Civry était introduit près de l'archevêque par deux lettres du propre frère de Sa Grandeur et de M. le chanoine Montéra, il était recommandé personnellement à l'un des membres les plus éminents du clergé de France, à l'homme qui a élevé aux portes de Rouen, dans l'incomparable sanctuaire de Notre-Dame de Bon-Secours, un monument immortel de son génie et de son dévouement.

Saint-Denis, 2 août 1858.

« Bien cher monsieur Godefroy,

» Mon ami, M. le comte de Civry, vous remettra ce mot. Il vous demandera de vouloir bien examiner un instant l'Œuvre à laquelle il s'est consacré, et de l'aider de vos bons conseils.

» Je ne pourrai jamais vous dire assez de bien de M. de Civry, et, quant à l'Œuvre, il vous suffira de la connaître pour en comprendre mieux que moi toute la portée. C'est vous, cher monsieur, qui devriez être à la tête de cette Œuvre ; elle ne tarderait pas à produire les plus merveilleux fruits; mais il vous faudrait être à Paris sans quitter Bon-Secours, dont vous n'aimez pas à vous éloigner. N'importe, ce sera toujours bien précieux pour M. de Civry de vous avoir vu et d'avoir reçu vos bons avis. Je vous serai, pour mon compte, bien reconnaissant de tout ce que vous ferez.

» Agréez, je vous prie, monsieur et ami, l'expression de ma reconnaissance anticipée, et celle de mes sentiments les plus profondément dévoués.

» Signé : MONTÉRA.

» **A M. l'abbé Godefroy,** curé de Bon-Secours, chanoine de Lorette, etc. »

Le vénérable curé de Bon-Secours répondit à cette lettre et aux intentions que Monseigneur de Rouen lui avait manifestées dans ses entretiens, en écrivant la lettre suivante, destinée aux principaux membres du clergé diocésain :

« Bon-Secours, 20 août 1858.

» Mon bien cher confrère,

» J'ai l'honneur de vous adresser M. le comte de Civry, qui vient propager dans notre diocèse, l'*Œuvre des Bonnes Lectures.*

» Mgr l'Archevêque, qui voit cette Œuvre avec un vrai plaisir, et qui s'en est déclaré protecteur, désire vivement qu'elle réussisse. Il désire aussi que je m'en occupe.

» Sa Grandeur a été heureuse d'apprendre que la supérieure de Saint-Aubin et le directeur des écoles chrétiennes de Rouen avaient pris chacun *cent abonnements* pour les répandre parmi les enfants confiés à leurs soins. Elle verra du même œil que chaque communauté enseignante se prête à la propagation de cette Œuvre, qui, outre les avantages spirituels, en offre d'autres qui ne sont pas à dédaigner, et qui mettent à même de faire un plus grand bien (*abonnements gratuits, remises, intérêts*, etc.)

.» Veuillez être favorable à cette Œuvre, qui doit être celle de tous les bons chrétiens. Au moment où l'on empoisonne les populations avec toutes sortes de productions immorales, c'est un grand bien de pouvoir leur opposer un antidote par la lecture de publications périodiques et d'ouvrages choisis.

» Agréez, etc.

» Signé : V. GODEFROY, *curé de Bon-Secours.*

Son zèle apostolique ne se borna point là. Il fit lui-même, soit par d'autres lettres, soit par ses démarches personnelles, une propagande des plus actives.

Dans une retraite solennelle, il recommanda l'Œuvre du haut de la chaire à toute la communauté du Sacré-Cœur dont il est le supérieur général. Il plaça ou fit placer pour *deux mille cinq cents francs* d'abonnements, dont il avança les fonds dès le premier jour. En outre, sous son impulsion, les religieuses de Saint-Aubin en prirent, à elles seules, pour une somme de *mille francs.*

En même temps, la circulaire suivante, émanée du président nommé par l'archevêque, était envoyée dans tout le diocèse :

« OEUVRE DES BONNES LECTURES POUR LA JEUNESSE,
» *Sous le patronage de Sa Grandeur Mgr de Bonnechose, archevêque de Rouen,
primat de Normandie.*

» Une Œuvre qui a pour but d'aider à conserver et à féconder dans le cœur et dans l'esprit de la jeunesse les précieuses semences que la première communion y a déposées, ne peut qu'être la bienvenue dans la vieille et catholique Normandie.

» Les familles chrétiennes, les associations pieuses, les communautés, les maisons d'éducation, tous les gens de cœur et de foi, tous ceux enfin qui ont part à la direction ou qui s'intéressent à l'avenir de la génération nouvelle, s'y associeront à l'envi.

» Le zèle du clergé normand, lorsqu'il s'agit de faire le bien, et surtout d'évangéliser, répond d'avance que, en cette occasion comme toujours, il prêchera d'exemple. Il est d'ailleurs trop uni de cœur et d'intention avec son premier Pasteur, pour ne pas être heureux de concourir de tout son pouvoir à une Œuvre que Sa Grandeur a daigné approuver, en manifestant le désir de la voir s'établir et se développer dans tout son diocèse.

» Signé : PICARD, *Chanoine-archiprêtre de la métropole.* »

Quelques mois après, une seconde circulaire contenant cet avis fut adressée à tous les curés-doyens :

« L'empressement avec lequel l'Œuvre a été accueillie dans toutes les parties du diocèse où elle est déjà connue, fait espérer que MM. les doyens voudront bien profiter des réunions de la nouvelle année pour proposer à MM. les curés de leur canton de s'y associer et de prendre un certain nombre de cachets, *l'expérience ayant montré que, même dans la plus pauvre paroisse, on peut trouver le placement et l'utile emploi de plusieurs abonnements.* »

» P. S. Pour avoir des cachets et des titres de fondateurs, s'adresser à M. Fleury, libraire de l'archevêché. »

Le clergé du diocèse avait, en effet, parfaitement compris l'importance et l'utilité de l'Œuvre, comme le prouve la large part qu'il y prit. Ses membres les plus influents firent eux-mêmes de petites circulaires telles que celles-ci :

« Rouen, 21 décembre 1858.

» Mgr l'Archevêque de Rouen ayant recommandé l'*Œuvre des Bonnes Lectures pour la jeunesse,* j'y souscris bien volontiers et me propose de recommander cette Œuvre toutes les fois que j'en aurai l'occasion.

» Signé : Maine, *curé de Saint-Romain, à Rouen.* »

« Neufchâtel, 30 octobre 1858.

» M. le curé recommande beaucoup le *Courrier de la Jeunesse,* surtout aux établissements d'éducation ; il verra avec plaisir qu'on s'abonne à un ouvrage destiné à propager les bonnes lectures, et revêtu d'ailleurs de la haute recommandation de Mgr l'Archevêque.

» Signé : Quesnel, *curé.* »

« Doudeville, 24 novembre 1858.

» Je recommande beaucoup l'*Œuvre de la Propagation des Bonnes Lectures,* et je verrai avec joie que cette Œuvre se fonde et se propage au milieu de mes paroissiens et dans mon doyenné.

» Signé : S. Simon, *curé de Doudeville.* »

Les curés du Havre, d'Elbeuf, etc., donnèrent de semblables recommandations. De plus, pour donner à la propagande un caractère plus sérieux, et pour recueillir des avis, non moins utiles que les souscriptions, M. de Civry exposa l'Œuvre non-seulement dans les conférences de Saint-Vincent de Paul, mais dans des réunions spéciales, où elle fut examinée et discutée à fond.

Le procès-verbal suivant, rédigé par M. l'abbé Bellanger, correspondant de l'Œuvre au Havre, rend compte de l'une de ces réunions, présidée par M. le curé de Saint-Vincent de Paul, qui, depuis le premier jour jusque aujourd'hui, n'a cessé de donner à l'Œuvre et à ses directeurs les preuves les plus touchantes de son zèle sacerdotal et de son affectueux dévouement :

« Le Havre, 22 septembre 1858.

» Le 22 septembre 1858, a eu lieu la présente réunion pour examiner l'opportunité de l'*Œuvre des Bonnes Lectures,* établie à Rouen par Mgr l'Archevêque, sous la présidence de M. l'abbé Picard, chanoine-archiprêtre de la métropole. Étaient présents : MM. le curé de Saint-Vincent de Paul ; Lebret, chapelain de la Miséricorde ; Duval, chapelain des Ursulines ; Herval, premier vicaire de Notre-Dame ; Bénard, premier vicaire de Sainte-Marie ; Bellanger, vicaire à Notre-Dame ; Cruet, vicaire à Saint-Michel ; Duval, aumônier des prisons ; Pornin, président de la conférence de Saint-Vincent de Paul ; etc., etc.

» Tous ont jugé de l'urgente nécessité de cette Œuvre : 1° pour s'opposer au mal de ce torrent de mauvais journaux qui paraissent chaque semaine ; 2° pour entretenir et affermir la jeunesse dans ses bons sentiments, en lui fournissant des lectures solides et agréables ; 3° enfin pour devenir une prédication muette auprès de ceux que la parole ne saurait atteindre.

» Aussi plusieurs ecclésiastiques se sont empressés de témoigner leur adhésion à l'Œuvre, en prenant un titre de fondateur honoraire, et lui ont assuré le concours de leur zèle et de leur influence, etc., etc. »

De son côté, le conseil des conférences de Saint-Vincent de Paul prenait une délibération ainsi conçue :

« **Société de Saint-Vincent-de-Paul** (Conseil du Havre). Le Havre, 8 octobre 1858.

» Les conférences du Havre, heureuses de s'associer à la pensée et à la propagation de l'*Œuvre des Bonnes Lectures*, se sont empressées, par la voie du conseil particulier, de souscrire à vingt abonnements d'un an au *Courrier de la Jeunesse*. Elles ont exprimé le désir de voir cette publication catholique paraître chaque semaine, afin de faire une concurrence active aux publications dangereuses que la librairie parisienne met hebdomadairement à la portée de toutes les bourses pour la plus grande corruption des cœurs. »

Mais les témoignages les plus éloquents de l'accueil que reçut l'Œuvre dans le diocèse de Rouen, ce sont les chiffres des souscriptions. En quelques mois elles s'élevèrent à plus de *vingt mille francs* : *souscriptions sérieuses et spontanées; souscriptions librement consenties et volontairement acquittées*, aussi *loyalement servies que loyalement payées*.

Dans la seule ville de Rouen, elles atteignent bientôt *six mille francs;* à Montivilliers, une bourgade, *huit cents francs;* à Doudeville, presque un village, *cinq cents francs;* et ainsi dans le reste du diocèse. De simples vicaires souscrivent et *payent* pour *quatre et cinq cents francs* d'abonnements.

Quelqu'un se plaint-il d'être dupe ou victime? parle-t-on de surprise ou de captation? Il y a tout simplement échange de zèle et de bons procédés; et, dans ce long pèlerinage, M. Eugène de Civry ne recrute pas seulement des souscripteurs pour l'Œuvre, il conquiert des amis pour lui-même, de nobles amis qui devaient se révéler surtout au jour de l'accusation et de l'épreuve.

C'est là qu'en était l'Œuvre quand elle frappa à la porte des diocèses de Bayeux et d'Évreux.

A ce moment elle avait bien le droit, ce semble, de résumer ainsi sa situation dans une nouvelle édition de son prospectus :

« Cette difficile création est devenue possible, grâce à une vaste association d'efforts et de dévouements. Œuvre collective et moralisatrice, elle ne saurait être comparée à ces publications individuelles dont le seul but est la spéculation, et qui n'ont par là même qu'un horizon borné et une existence précaire.

» L'ESSAI FUT TENTÉ AU MOIS D'OCTOBRE 1856, dans les conditions les plus modestes, et dès lors, malgré l'exiguïté des ressources premières, chaque jour a apporté une pierre nouvelle à l'édifice, qui voit aujourd'hui sa quatrième année.

» Accueillie et patronée par l'épiscopat, le clergé, les ordres religieux, les associations charitables, les esprits intelligents et les cœurs dévoués, l'Œuvre s'est propagée et a porté fruit dans tous les diocèses où elle a déjà eu le temps de s'organiser. Elle est donc désormais assise sur des bases aussi larges que solides; et, toute jeune qu'elle est, elle a reçu la décisive consécration de l'épreuve.

» Si chaque diocèse fait ce que plusieurs ont pu faire en quelques mois (*on citait ici les chiffres du diocèse de Rouen*), les gens de bien, de cœur et de foi auront bientôt, et pour la première fois, à leur service l'organe le plus puissant et le plus populaire. »

DIOCÈSE D'ÉVREUX.

Comment l'Œuvre s'introduisit-elle dans ce diocèse, où il semblerait qu'elle ait tout obtenu par captation et surprise, depuis l'approbation de l'Évêque jusqu'à la signature des souscripteurs qui n'ont jamais rien eu à payer?

Était-ce une inconnue qui frappait à un seuil où elle était indigne de poser le pied?

Cette Œuvre fonctionnait depuis trois ans dans les diocèses limitrophes de Versailles, de Beauvais, du Mans et de Chartres, depuis un an dans celui de Rouen , et elle y était installée sous le patronage officiel de l'archevêque métropolitain, dont Évreux relevait comme tout le reste de la Normandie.

De plus, le nouvel archevêque, ayant été la veille évêque d'Évreux lui-même, se trouvait être le prédécesseur en même temps que le supérieur de l'évêque actuel. Son approbation n'était-elle pas déjà un premier titre à l'admission la plus bienveillante?

Mais il y en avait d'autres : Mgr Devoucoux , le nouvel évêque d'Évreux, venait du diocèse d'Autun, où il était vicaire général, où l'Œuvre existait depuis trois ans sous le patronage épiscopal, et **où lui-même en était le président diocésain** au moment de son élévation au siége d'Évreux.

Nul mieux que Sa Grandeur ne pouvait donc connaître cette Œuvre. Elle l'avait vue fonctionner ; Elle avait vu son propre évêque lui donner à deux ans de distance des témoignages réitérés d'approbation ; Elle avait vu le chanoine secrétaire du comité dont Elle avait la présidence écrire au directeur : « *Nous sommes heureux de nous être associés à votre Œuvre dès le principe, et nous vous exprimons de nouveau tout le plaisir que nous avons à recevoir vos excellentes publications.* »

Lors donc que M. Eugène de Civry se présenta au palais épiscopal d'Évreux, porteur de la lettre où M. le chanoine Montéra priait Mgr Devoucoux de continuer comme évêque le patronage qu'il avait donné à l'Œuvre comme vicaire général, il n'est point étonnant que Sa Grandeur ait accueilli le nouvel envoyé comme elle avait vu Monseigneur d'Autun accueillir l'ancien (M. le vicomte d'Auriac). D'ailleurs, si le nouvel évêque eût voulu savoir comment M. de Civry avait été accueilli chez son métropolitain, il n'avait qu'à consulter ses vicaires généraux qui s'étaient trouvés avec lui à la table de l'archevêque.

Apparemment , Mgr Devoucoux savait ce qu'il faisait lorsqu'il recommanda l'Œuvre à ses nouveaux diocésains ; d'ailleurs, il n'y mit aucune précipitation. Après avoir fait à M. de Civry le plus bienveillant accueil, il l'invita à revenir bientôt à Évreux, afin de s'entendre de nouveau au sujet de l'Œuvre, dont Sa Grandeur désirait choisir avec réflexion le président; et ce n'est qu'à ce second voyage qu'Elle donna la lettre officielle suivante :

« Nous, Jean-Sébastien-Adolphe Devoucoux, par la grâce de Dieu et l'autorité du Saint-Siége apostolique, évêque d'Évreux.

» C'est de tout notre cœur que nous joignons notre recommandation à celles d'un grand nombre de nos vénérables collègues dans l'épiscopat, et que nous recommandons au clergé et aux fidèles de notre diocèse l'*Œuvre excellente des Bonnes Lectures pour la jeunesse.*

» **Nous désirons vivement que notre diocèse prenne une large part dans le concours à apporter à cette institution si éminemment catholique.**

» Nous nommons M. l'abbé Courtonnel, chanoine honoraire et directeur de notre petit séminaire d'Évreux, président de l'Œuvre pour notre diocèse.

» Donné à Evreux, sous notre seing, le sceau de nos armes et le contre-seing du secrétaire de notre évêché, le 20 juillet 1859.

» Signé : JEAN, *Évêque d'Évreux.*

» Par mandement de Monseigneur :

» DUMOUTIER , *chanoine honoraire, secrétaire général.* »

Les faits nous apprendront comment le diocèse fit honneur à la lettre épiscopale, et quelle *large part* il prit à cette Œuvre, si chaleureusement recommandée.

DIOCÈSE DE BAYEUX.

L'introduction de l'Œuvre dans le diocèse de Bayeux ne se fit pas plus à la légère ni par surprise que dans le diocèse d'Evreux et dans tous les autres ; non-seulement l'archevêque-primat l'avait adoptée depuis plus d'un an, mais tous les prélats voisins s'y étaient associés : l'archevêque de Rennes, depuis deux ans ; l'évêque de Coutances, du jour même où elle était née.

De plus, celui qui venait, muni de la lettre de M. le chanoine Montéra, solliciter l'approbation de Monseigneur de Bayeux, n'était point tout à fait le premier venu pour Sa Grandeur : il était le neveu du premier magistrat de la ville où le vénérable prélat était naguère vicaire général (1) ; de vieux et intimes liens d'affection attachaient en outre Sa Grandeur à une autre partie de la famille de MM. de Civry, occupant aussi en Lorraine de hautes et honorables fonctions. Enfin, quatre mois plus tôt, M. Eugène de Civry venait de recevoir personnellement, comme écrivain, le plus rare et le plus flatteur éloge que pût lui donner l'éloquent évêque dans un mandement officiel (*Mandement sur la guerre d'Italie*).

Accueilli avec toute la bienveillance qu'il avait lieu d'espérer, M. de Civry, après avoir donné sur l'Œuvre à Sa Grandeur tous les détails et tous les documents nécessaires, revint à Paris pour lui laisser le temps de réfléchir, de s'éclairer et de prendre à loisir sa détermination ; et ce n'est qu'à un second voyage à Bayeux qu'il reçut du prélat la lettre suivante, où une attention délicate avait eu soin de glisser un mot tout personnel :

« Charles-Nicolas-Pierre Didiot, par la miséricorde divine et l'autorité du Saint-Siége apostolique, Évêque de Bayeux et Lisieux,

» Après nous être fait rendre compte de l'*Œuvre des Bonnes Lectures pour la jeunesse*, favorisée de l'approbation et des suffrages d'un grand nombre de nos vénérables collègues dans l'épiscopat ;

» Désirant faire participer le peuple confié à notre sollicitude aux fruits de salut et de bénédiction que cette Œuvre bien comprise nous paraît appelée à produire ;

» Nous la recommandons avec instance au zèle du clergé et des fidèles de notre diocèse de Bayeux et Lisieux, **priant surtout nos bien-aimés coopérateurs de donner aux hommes honorables qui se sont dévoués à sa propagation le concours le plus empressé ;**

» Nous nommons, comme président de l'Œuvre pour notre diocèse, M. l'abbé Frémont, chapelain des Dames Bénédictines de Caen et directeur de la Bibliothèque Catholique, établie dans la même ville.

» Donné à Bayeux, sous notre seing, le sceau de nos armes et le contre-seing de notre secrétaire, le vingt-deux août mil huit cent cinquante-neuf.

» CHARLES, *évêque de Bayeux.*
» Par mandement de Monseigneur :
» DUCELLIER, *secrétaire particulier de Monseigneur.* »

(1) Le baron Collin de Barizien-Fenouillet, chef de la branche cadette de la famille de Barizien-Civry, était depuis trente ans président du tribunal civil de Verdun, où Mgr Didiot avait été vicaire général jusqu'en 185 , époque de son élévation au siége de Bayeux.

VI

Comment une désertion générale se manifeste-t-elle tout à coup dans les diocèses de Bayeux et d'Évreux?

Une si pressante recommandation adressée par l'évêque à ses diocésains semblait assurer le plus chaleureux concours; il y avait tout lieu, du moins, de compter sur des résultats pareils à ceux du diocèse de Rouen. C'était la même population, c'est la même Œuvre, fortifiée encore d'une nouvelle année d'existence et de nouveaux patronages; c'étaient les mêmes moyens de propagande, c'étaient les mêmes hommes s'y dévouant avec zèle et s'adressant à des gens de cœur et de zèle.

Les débuts, en effet, furent à peu près semblables : les souscriptions atteignirent un chiffre non pas égal, mais qui promettait de le devenir; et l'Œuvre, confiante dans ces heureuses promesses et ces nouvelles conquêtes, préparait toutes les améliorations qu'autorisait et commandait ce large accroissement de sa sphère primitive.

Mais tout à coup un vent a soufflé : la stérilité remplace comme par enchantement la moisson promise; les souscripteurs disparaissent comme les épis de blé sous l'action d'une trombe; les abonnements faits sont annulés; les livraisons demandées sont renvoyées ou regardées comme non avenues; enfin et surtout, les signatures données sont réclamées à grands cris.

Qu'était-il advenu du côté de l'Œuvre et de ses directeurs? Rien d'étrange et de nouveau; le lendemain n'avait été que la loyale continuation de la veille.

Que s'était-il passé du côté des souscripteurs? L'avenir peut-être nous l'apprendra. Quoi qu'il en soit, laissons d'abord parler l'éloquente voix des chiffres :

Le diocèse de Rouen avait donné *vingt mille francs;* le diocèse de Bayeux, après avoir souscrit pour *seize mille francs,* a donné *quatre cent quatre-vingt-quinze francs* (495 fr.), c'est-à-dire la moitié de ce que les enfants de la petite ville de Montivilliers avaient fourni.

Jusque-là tout est bien, et personne, même avec le plus beau mandement d'évêque à la main, n'aurait la prétention d'obliger les Normands de la rive gauche de la Seine à faire ce que font ceux de la rive droite.

Néanmoins peut-être eût-il été mieux de ne pas souscrire, s'ils avaient l'intention de s'abstenir. Un refus net et franc au début aurait eu l'avantage non-seulement d'empêcher les incalculables conséquences d'un malentendu déplorable, mais d'épargner aux propagateurs de l'Œuvre les mille dépenses de temps, de fatigue et d'argent qu'ils ont jetées au vent.

Certes, si dès les premières visites, M. de Civry eût été loyalement prévenu du cas que l'on comptait faire de ses démarches et surtout de la lettre épiscopale, il se fût hâté de mettre fin à ce stérile et ruineux pèlerinage; et, au lieu de donner son argent aux hôteliers normands, il eût cent fois préféré consacrer la même somme à une distribution gratuite d'abonnements parmi les enfants pauvres du diocèse. Leurs pasteurs et leurs instituteurs ne lui eussent sans doute pas refusé leur concours pour la répartition de cette aumône spirituelle, et il eût eu, outre la joie de faire une bonne œuvre, la satisfaction de s'être épargné les ennuis, les fatigues et les heures perdues d'un long voyage sans but et non sans danger.

Mais là ne devaient point s'arrêter les déceptions, et l'Œuvre n'aurait qu'à se féliciter aujourd'hui, si tous les souscripteurs réfractaires se fussent contentés à son égard de cette complète et étrange abstention.

Cette désertion subite, qui du diocèse de Bayeux gagna de proche en proche tout le diocèse d'Évreux, finit par se transformer sur quelques points en une hostilité dont la violence dépasse toutes les bornes, et dont le mystère ne peut s'expliquer que par la fatale réunion des causes les plus contraires.

Quelques détails sur le mode de propagation adopté par l'Œuvre sont nécessaires ici pour comprendre quelle est la nature et la valeur des armes avec lesquelles on a voulu la frapper et enfin la tuer.

Assurément, quel que fût le zèle et la bonne volonté des propagateurs, ils ne pouvaient s'astreindre à aller de porte en porte quêter des abonnements et des écus de cent sous. Outre son côté humiliant et pénible, ce rôle de colporteur eût été absurde et ruineux. La dépense eût presque égalé la recette, et il ne serait à peu près rien resté pour le service des abonnements recueillis ; or, si les directeurs de l'Œuvre eussent dû en faire ainsi les frais à leur compte, il eût été beaucoup plus simple et plus sage d'accomplir cet acte de libéralité chrétienne avant le départ que de l'accomplir au retour. Ils auraient eu, du moins, l'honorable satisfaction de faire un don utile à des souscripteurs reconnaissants, au lieu du bizarre plaisir de mendier une à une de stériles pièces d'argent, pour les jeter sur la route après les avoir arrosées de sueur.

Pour le succès et la dignité de l'Œuvre, le recrutement des souscripteurs était donc organisé de façon à le simplifier en l'accélérant.

Il suffisait de conquérir dans chaque localité quelques associés importants qui, par leur position, leur influence ou leur zèle, fussent en mesure d'assurer la propagande dans un rayon plus ou moins étendu. Chaque abonnement était représenté par un *cachet* qui en était la garantie et le reçu. Ces cachets, qui réduisaient à 5 fr. au lieu de 6 fr. 50 c. le prix annuel de l'abonnement, se livraient par séries de vingt *au moins*, et conféraient au chef de série divers avantages en retour de ses soins de propagande.

Ce sont ces chefs de série, auxquels on donnait le titre de *Fondateurs honoraires*, qu'il s'agissait de trouver sur les divers points de chaque diocèse, afin d'en faire des propagateurs assurés, permanents et intéressés de l'Œuvre.

Voici comment les conditions réciproques étaient textuellement stipulées dans le programme approuvé par les évêques et sanctionné par l'expérience :

Titres de fondateurs honoraires.

« La création de titres de *fondateurs honoraires*, d'après une combinaison également favorable à l'Œuvre et au souscripteur, a été reconnue le moyen le plus efficace de faciliter et d'activer la propagande.

Titres de vingt abonnements (100 fr.)

» Le souscripteur qui prend un titre de fondateur de vingt abonnements reçoit :

20 cachets d'abonnement d'un an à *l'Arc-en-Ciel*, au prix réduit de 5 fr.
ou **10 cachets** id. à *l'Arc-en-Ciel*, et **10** à la Bibliothèque, à son choix.

» De plus, il reçoit gratuitement dans le courant de l'année :

» UN MAGNIFIQUE PORTRAIT DE S. S. PIE IX, l'auguste zélateur de la propagation des bonnes lectures, ou une série de 50 petits volumes de la Bibliothèque.

» Si, au bout d'une année, le fondateur honoraire n'a pas placé ou utilisé ses cachets d'abonnement, il a droit à l'intérêt de son argent (à 5 pour 100), et ainsi chaque année pendant trois ans.

» Enfin, au bout de la troisième année, il a droit au REMBOURSEMENT TOTAL DE SON AVANCE, qui, par le non-emploi de ses cachets, est devenue UN SIMPLE PLACEMENT DE FONDS.

» Outre l'intérêt à cinq pour cent, il a droit chaque année soit au portrait de PIE IX, soit à un abonnement gratuit à *l'Arc-en-Ciel* ou à la Bibliothèque.

» Ainsi, en réalité, ces cachets sont **un simple dépôt** qui, loin d'être onéreux, ne peut qu'être avantageux, puisque, d'une part, si le fondateur les place, il rentre immédiatement dans ses fonds (*il peut même en recueillir l'argent avant de le verser*), et il lui reste en rémunération de son concours de propagande une prime en abonnements gratuits ou en petits livres, qu'il peut céder ou donner à son gré; d'autre part, s'il garde ses cachets, son avance devient un placement qui, outre l'intérêt légal, lui donne droit à la triple prime d'une valeur de 19 fr. 50 c.

» Mêmes conditions et avantages proportionnels pour :

Titres de 60 abonnements (300 fr.) et Titres de 100 abonnements (500 fr.)

Usage des cachets d'abonnement.

» Ces petits cachets, qui représentent la valeur de cinq francs et qui constituent un abonnement d'un an, dispensent de toutes les formalités, écritures, envois d'argent, etc. Ils sont au mode ordinaire d'abonnement ce que le timbre-poste est à l'ancien affranchissement. Comme le timbre-poste facilite et multiplie la correspondance, le cachet facilite et multiplie les abonnements. Grâce à lui, la propagande peut se faire à distance par son insertion dans les lettres.

» Quant aux salons et à toutes les réunions où les bonnes œuvres peuvent avoir accès, on comprend avec quelle facilité ces petits cachets s'y placent par les mains bénies qui savent si bien quêter pour les pauvres et pour Dieu. Ils se prennent comme des billets de loterie, mais d'une loterie où tous les billets sont gagnants.

» Dans les familles, écoles, combien il s'en distribue comme récompenses, prix, étrennes, par les parents, parrains, bienfaiteurs, etc. !

» En échangeant quelques pièces de cinq francs contre un titre de Fondateur honoraire et les cachets qui l'accompagnent, on fait donc non-seulement une bonne œuvre, mais encore un bon marché, puisqu'on reçoit plus que l'équivalent de son argent en une monnaie qui peut circuler facilement.

» Le *pasteur* dans sa paroisse, tout *prêtre* dans le cercle de ses pieuses relations, *les supérieurs et supérieures* dans leurs communautés, *les chefs et directrices d'institutions, les présidents et présidentes d'associations chrétiennes, l'homme de zèle et la dame de charité* sont partout des propagateurs-nés de ces bienfaisantes lectures, et les registres de l'Œuvre disent assez avec quelle rapide facilité leurs mains savent placer les cachets d'un titre de Fondateur. Il n'est pas jusqu'aux plus modestes écoles où le zèle ne sache recruter une petite phalange d'associés qui s'acquittent en donnant *deux sous par semaine* à la réception de chaque livraison. En prélevant ainsi une légère contribution sur leur petite bourse et en économisant quelque futile dépense, les élèves enrôlés dans cette noble milice ont tout à la fois le mérite de participer à une bonne œuvre et l'avantage de se préparer une bibliothèque de *volumes illustrés*.

» Quant aux livres de la petite Bibliothèque, ils répondent à des besoins universels et sont d'une utilité presque quotidienne.

Facilités pour le payement des titres.

» Comme le zèle est le premier élément de succès pour une Œuvre de ce genre, et que l'argent n'en est que le second, c'est surtout à la bonne volonté qu'on fait appel, et il n'est pas nécessaire d'avoir une bourse toujours pleine pour prendre un titre de fondateur.

» Aussi, pour faciliter la propagande, on délivre des titres et l'on sert les abonnements sans qu'il soit indispensable de verser immédiatement les fonds. Le fondateur prend un délai convenable pour le placement de ses cachets ou le recouvrement d'au moins une partie de la somme, et il fixe lui-même la date du payement.

» Il est bien certain que les fondateurs n'abuseront point de cette faculté qui leur est laissée, parce qu'ils savent que toute œuvre morale a un côté matériel et que l'abondance des ressources en accélère et en multiplie les bienfaits. »

Ce programme était clair, il était loyal, et l'on peut ajouter qu'il devait être fécond.

Aussi, partout où il était arrivé accompagné de la lettre épiscopale, avait-il reçu la plus sympathique approbation. On applaudissait à cette heureuse combinaison, qui répartissait les soins de la propagande entre des auxiliaires choisis dont le zèle était puissamment stimulé, en même temps que leurs intérêts étaient sauvegardés On y voyait surtout, par la certitude d'un large et continuel recrutement de souscripteurs à la semaine, le meilleur moyen d'arriver à des chiffres qui ne fissent plus sourire de pitié les adversaires aux cent mille abonnés.

Les fruits, d'ailleurs, s'étaient déjà montrés de toutes parts : le diocèse de Rouen seul avait, dès le premier jour, donné plus de *cinq mille* souscripteurs; et, pour arriver à ce résultat, M. Eugène de Civry n'avait eu qu'à faire connaître l'Œuvre à quelques notabilités de chaque ville. Chaque visite, sauf de bien rares exceptions, avait valu à l'Œuvre un *Fondateur*, et chaque Fondateur avait valu *vingt, soixante* ou *cent* abonnés. Sa mission était tout entière dans ce mot que lui disait l'un des vénérables prélats en lui donnant sa lettre et ses affectueux conseils pour la tournée de son diocèse : « *Il s'agit de mettre le sac de semence entre des mains actives et choisies qui se chargeront de semer en détail; avec l'aide de Dieu et votre zèle, la moisson ne saurait nous manquer!* »

C'est ce qu'il fit ou crut faire dans les diocèses de Bayeux et d'Évreux, comme il l'avait fait dans les autres.

Il s'adressa à tous ceux que leur position et leur mission désignaient comme les protecteurs-nés et les propagateurs assurés de l'Œuvre. Il la leur exposa de son mieux, complétant par la parole les claires notions que la lettre épiscopale et le prospectus leur en avaient déjà données d'avance; puis, lorsque ceux qui paraissaient bien convaincus de l'utilité de l'Œuvre, consentaient bénévolement à s'y associer comme *Fondateurs honoraires*, il recevait leurs souscriptions, non point en argent (*il ne toucha pas un centime dans ces deux diocèses, malgré les offres qui lui furent faites souvent,*) mais en simples reconnaissances à trois, quatre et même six mois de délai. C'était donc toujours la clause la plus bienveillante des statuts qu'il mettait à leur disposition, et il la poussait en leur faveur jusqu'aux plus extrêmes limites.

Tout assurait ainsi d'avance , — et l'expérience le prouvait surabondamment, — que, avec de si grandes facilités, la propagande ne rencontrerait aucun obstacle, et que, n'ayant rien à payer avant plusieurs mois et pouvant recevoir immédiatement tous les abonnements demandés, le prêtre qui avait devant lui une paroisse entière, un canton et souvent plusieurs, le chef ou la supérieure de communauté ou d'institution qui avait la direction de cent ou deux cents élèves, trouveraient aussitôt qu'ils le voudraient l'emploi des *vingt*, *quarante*, *soixante* ou *cent* cachets dont ils s'étaient volontairement chargés, après avoir pesé les chiffres et calculé les chances.

VII

Comment les souscripteurs se sont-ils transformés en accusateurs?

Mais c'est ici que toutes les prévisions humaines devaient être confondues. Loin de se transformer en abonnements, ces souscriptions sont tout à coup frappées de mort, et celles qui ne sont point assez vite enterrées se transforment en actes d'accusation. Non contents d'être les déserteurs d'une Œuvre chrétienne, il s'est trouvé, hélas! des prêtres et des religieuses qui ont eu le triste courage de s'en faire les accusateurs.

Effrayés d'une obligation qu'ils regrettaient d'avoir prise dans un premier moment de zèle et dont ils voulaient s'affranchir à tout prix, ils ont cédé à nous ne savons quel mauvais génie. Craignant qu'on n'annulât point assez vite leurs souscriptions, ou qu'on s'appuyât sur leur promesse écrite pour stimuler leur zèle refroidi et peut-être leur reprocher leur désertion, ils se sont laissé persuader qu'on avait surpris leur signature et leur bonne foi.

Est-ce à leur évêque qu'ils sont allés porter leurs griefs et leurs plaintes? à leur évêque qui avait pris publiquement l'Œuvre sous son patronage, qui en avait établi le directeur diocésain, et qui, mieux que personne, pouvait apprécier la question, éclaircir les malentendus, s'il y en avait, et terminer le débat sans péril pour personne?

Non ; c'est à la justice criminelle que le vertige les a conduits ; c'est aux mains de la gendarmerie qu'ils n'ont pas craint de livrer les destinées d'une Œuvre que leur évêque leur déclarait, par mandement officiel, **Excellente, éminemment chrétienne, appelée à produire des fruits de salut et de bénédiction**, et à laquelle il leur recommandait **avec instances** de prendre **une large part** !...

C'est comme des malfaiteurs qu'ils ont voulu qu'on traitât ceux que la lettre épiscopale leur recommandait en ces termes : **Nous prions surtout nos chers coopérateurs de donner aux hommes honorables qui se sont dévoués à sa propagation le concours le plus empressé.**

Quelque douloureux qu'il soit en pareille circonstance de prononcer des noms propres, surtout quand ces noms sont protégés par la robe de l'Église, il est impossible, en présence d'actes d'une nature aussi violente, de ne pas citer ici les principaux accusateurs, pour discuter avec eux leurs étranges accusations. Nous ne choisissons pas, nous prenons d'abord le premier nom qui figure en tête de la pièce officielle émanée du parquet.

« A la requête de M. le Procureur impérial, assignation est donnée à MM. de Civry, de F..., etc., comme prévenus :

» *D'avoir*, **en employant des manœuvres frauduleuses** *pour persuader* **l'existence** » **de fausses entreprises,** *et pour faire naître l'espérance* **d'un événement chimérique,** » *escroqué tout ou partie de la fortune d'autrui* **en se faisant remettre,** *à l'aide* » *de ces moyens,* **le prix d'un ou plusieurs abonnements au journal l'ARC-EN-CIEL,** **» par M. l'abbé Bosquain, etc.** »

Et d'abord, M. l'abbé Bosquain n'a jamais donné **un centime** pour aucun abonnement à *l'Arc-en-Ciel;* il a seulement **demandé** et **reçu** les livraisons de soixante abonnements. Enfin, eût-il **payé** un et même mille abonnements, on ne voit pas comment ce fait eût rendu criminels les directeurs de *l'Arc-en-Ciel.*

Ce que l'accusation appelle **l'existence imaginaire de fausses entreprises,** c'est *l'Œuvre des Bonnes Lectures,* dont on vient de suivre la marche et le développement *dans vingt-cinq diocèses, et durant quatre années.*

Ce qu'elle appelle un **événement chimérique,** c'est la publication de *l'Arc-en-Ciel* qui, paraît-il, n'aurait jamais existé, quoiqu'il ait déjà servi régulièrement *plus de quinze mille souscripteurs.*

Quant aux **manœuvres frauduleuses,** les voici :

On ne s'étonnera pas que nous précisions ici les faits avec un soin minutieux : il n'y a pas de détail méprisable aux yeux de la délicatesse et de la conscience ; rien n'est petit quand il s'agit de défendre l'honneur qu'on attaque.

Au mois d'octobre 1859, M. Eugène de Civry se rend à Lisieux, porteur de la lettre de Monseigneur de Bayeux (du 20 août), dont un exemplaire autographié était destiné à chacun de MM. les curés et vicaires de la ville.

M. l'Archiprêtre de la cathédrale, qui trouve l'Œuvre excellente et en proclame l'opportunité pour sa population industrielle, accueille M. de Civry avec une bienveillante distinction, s'entretient avec lui, deux jours de suite, à plusieurs reprises, des meilleurs moyens de propagation, et délègue l'un de ses prêtres les plus distingués (M. l'abbé Nonant) pour accompagner l'officieux envoyé chez M. le président de Saint-Vincent de Paul, le premier adjoint et quelques autres notabilités catholiques de la ville.

A ce voyage, nulle souscription ne se fit encore au presbytère, et M. de Civry n'en emporta que les plus chaudes promesses d'une zélée propagande.

Un mois plus tard, M. l'abbé Bosquain, que M. de Civry n'avait pas eu l'honneur de voir, mais qui, comme les autres vicaires, avait reçu des mains de son pasteur la lettre épiscopale et le prospectus de l'Œuvre, demandait à Caen au libraire de l'évêché *trente* abonnements à *l'Arc-en-Ciel,* après avoir eu toutefois la sage précaution de consulter l'Évêché même à cet égard.

Quelques jours après, le même libraire, qui avait été désigné par Monseigneur comme correspondant de l'Œuvre pour la partie matérielle, écrivait à la Direction centrale à Paris :

« Caen, le 23 novembre 1859.

» Veuillez envoyer à M. Bosquain, vicaire à Lisieux, au lieu de 30 abonnements à *l'Arc-en-Ciel,* 10 de plus : total 40.

» Signé : CHENEL. »

M. de Civry, ayant occasion de passer à Lisieux, alla remercier M. l'abbé Bosquain de son zèle, et lui remit, avec les 40 cachets, le titre de Fondateur auquel ce nombre lui donnait droit. En retour, ce dernier souscrivit le billet ordinaire de souscription, en mettant de sa main et en toutes lettres : **Bon pour deux cents francs**.

Est-ce dans ce fait qu'était la **manœuvre frauduleuse**? N'y avait-il pas là, au contraire, un procédé exceptionnellement bienveillant? M. l'abbé Bosquain, en demandant, non plus seulement *des cachets d'un placement plus ou moins éventuel et éloigné*, mais *des abonnements immédiats*, n'eût-il pas pu être astreint à la loi commune de tous les journaux, c'est-à-dire à *les payer immédiatement?*

La Direction de l'Œuvre, qui lui accordait déjà, à titre de Fondateur, la double faveur de *cent volumes gratuits* et d'une réduction de *soixante francs*, était-elle rigoureusement obligée d'avancer, pendant trois ou quatre mois, toutes les dépenses de ces 40 abonnements, *dont le prix était peut-être déjà ou pouvait être le lendemain encaissé par lui-même?* Prendre sa signature en échange des livraisons demandées par lui, était-ce l'exploiter? Était-ce même lui demander une grâce, ou n'était-ce point plutôt lui en faire une?

Les livraisons lui furent envoyées sur-le-champ, et, quelques jours après, le libraire correspondant écrivait de nouveau à Paris :

« Caen, le 1ᵉʳ décembre 1859.

» L'appétit vient en mangeant! M. Bosquain, vicaire de Lisieux, demande encore 20 abonnements à *l'Arc-en-Ciel,* total 60. Je vous envoie sa lettre.

» Signé : CHENEL. »

Cette lettre autographe de M. l'abbé Bosquain était ainsi conçue :

« Lisieux, le 28 novembre 1859.

» Monsieur Chenel,

» Je vous prie de m'envoyer 60 journaux de *l'Arc-en-Ciel,* au lieu de 40, dans l'envoi de cette semaine et les envois subséquents. Le premier envoi que j'ai reçu était du 29 octobre.

» Signé : BOSQUAIN, *vicaire de Saint-Pierre de Lisieux.* »

Les nouvelles livraisons demandées lui sont envoyées comme aux autres souscripteurs de Lisieux; et, un mois plus tard, le 29 décembre, M. l'abbé Bosquain juge convenable de refuser le dernier envoi qui lui est fait, en disant qu'il renonce à l'Œuvre et qu'on ait à regarder sa souscription comme nulle.

Nous ne voulons point apprécier ici les motifs et le procédé; contentons-nous de constater que M. l'abbé Bosquain n'eût eu, devant aucune juridiction du monde, l'ombre d'un droit de réclamer la restitution de son argent, s'il eût payé d'avance, et qu'il n'en avait pas davantage de demander l'annulation du billet souscrit par lui.

Mais la Direction de l'Œuvre *qui, depuis sa naissance, n'avait jamais contraint qui que ce fût à payer une souscription, si obligatoire fût-elle,* et qui voyait alors clairement le parti pris de désertion qui se manifestait de toutes parts dans les deux diocèses, n'eut garde de vouloir retenir de force de pareils souscripteurs; et, dédaignant de réclamer même le prix des livraisons *reçues* et *gardées,* elle se contenta de répondre qu'elle renverrait le billet annulé, dès qu'il serait revenu de chez le banquier.

Telle était la situation quand M. l'abbé Bosquain, sous prétexte que sa signature n'arrivait point assez vite, se coalise avec d'autres souscripteurs, et, cédant à nous ne savons quelle perfide inspiration, se laisse entraîner jusqu'à dénoncer l'Œuvre à la justice, comme une association criminelle.

Et il avait entre les mains la lettre officielle de la Direction, qui le déchargeait de toute obligation, et le garantissait au besoin contre toute réclamation.

Et, *non pour prévenir cette plainte que personne n'eût pu deviner,* mais pour satisfaire son impatience, qui ne s'accommodait pas des lenteurs et des formalités de la banque, le banquier lui-même avait pris la peine de lui envoyer une décharge, en attendant que le billet fût revenu après avoir passé par la longue filière des endosseurs.

Cette décharge, qui se croisait avec une lettre de menaces, lancée le même jour, de Lisieux, par M. l'abbé Bosquain, portait que, en qualité de banquier de l'Œuvre, tiers porteur de ses valeurs, *et d'ailleurs couvert d'avance par elle,* il s'engageait « *à faire rentrer dans le plus bref délai, et à restituer » gratuitement à M. l'abbé et aux autres souscripteurs de Lisieux* (nominative- » ment désignés), *leurs billets de souscription.* » Et le banquier était un homme dont l'honorabilité et la solvabilité ne pouvaient laisser l'ombre d'un doute.

Était-il possible de mettre, non-seulement plus de délicatesse et de loyauté, mais plus d'empressement et de soins, pour épargner au souscripteur toute espèce d'inquiétude au sujet d'une obligation si justement contractée et si étrangement annulée?

Ainsi, M. l'abbé Bosquain n'a point eu un centime à payer, malgré les *deux cents francs* qu'il avait souscrits, et malgré les *soixante abonnements* qu'il avait reçus; mais, peu satisfait de rentrer gratuitement en possession de sa signature, il a cru devoir réclamer à la Direction de l'Œuvre *trente-trois francs* pour honoraires des gens de loi dont il avait jugé convenable d'invoquer l'assistance. Les directeurs, de leur côté, n'ont eu garde d'hésiter à faire droit à cette dernière réclamation. Il est des chemins sur lesquels on ne saurait s'arrêter; il y a des situations où, de part et d'autre, on ne doit rien faire à demi.

Après tant de minutieux détails sur celui qui figure en tête des souscripteurs de Lisieux, un mot sur les autres suffira.

Le 5 décembre, M. l'abbé Bosquain écrivait à Paris :

« J'ai pris 60 abonnements à votre excellent journal de *l'Arc-en-Ciel.*
» M. l'abbé Rohée, mon confrère, vicaire de Saint-Pierre, se charge aussi de **20 abon-**

nements dès la prochaine livraison, et il voudrait avoir pour **un de ses abonnés tous les** numéros du journal qui sont déjà parus depuis sa fondation.

» Signé : Bosquain, *vicaire de Saint-Pierre de Lisieux.* »

Il fut fait droit immédiatement à cette demande, et M. l'abbé Rohée, *qui se trouvait déjà débiteur de 20 abonnements et d'une collection*, et qui était à la tête d'une nombreuse association de jeunes gens, dont il avait bien voulu faire les honneurs à M. de Civry lors de son premier passage, souscrivit un billet de 60 cachets, ayant la presque certitude de placer, et au delà, les 40 autres abonnements dans le délai de quatre mois.

Mais, loin de placer un nouvel abonnement, M. l'abbé Rohée renonce bientôt, comme M. l'abbé Bosquain, à tous ceux qu'il avait demandés, réclame et obtient, sans la moindre difficulté, l'annulation totale de sa souscription, et il n'a point un centime à payer, malgré les livraisons reçues et gardées.

La directrice d'un des premiers pensionnats de la ville (Mlle Tissot), à laquelle M. l'archiprêtre avait lui-même chaleureusement recommandé l'Œuvre, et chez laquelle M. de Civry avait été introduit par l'honorable abbé Nonant, souscrit un premier billet, *le renouvelle* trois mois après, ne demande pas un seul abonnement, et enfin exige et obtient comme les autres l'annulation complète et gratuite de sa souscription. Celle-là du moins ne doit aucune livraison.

La supérieure générale de l'ordre de la Providence, qui, outre la maison-mère de Lisieux, possède des établissements sans nombre et dirige l'éducation de la moitié peut-être des jeunes filles du diocèse, souscrit pour 100 cachets. C'était certes peu pour une maison de cette importance, et il semblait qu'il ne lui fallût pas huit jours pour trouver dans ses nombreuses institutions cent jeunes filles donnant 2 sols par semaine pour un journal illustré. Mais il paraît qu'elle ne put en trouver *une seule*, car ce n'est qu'au moment de l'échéance qu'elle déclara vouloir bien consentir à accepter *un abonnement*, la communauté étant disposée à faire à ses frais le sacrifice de **cinq francs**, «seule somme pour laquelle elle avait entendu, disait-elle, s'engager en échange des 100 cachets.» Elle avait lu, paraît-il, cinq francs au lieu de cinq cents francs. *C'était donc un billet à ordre de* **cinq francs** *que Mme la supérieure générale avait cru souscrire à quatre mois de date.* Mais on ne lui réclama pas plus les cinq francs que les cinq cents francs : l'Œuvre lui fit grâce du tout, et la communauté n'a point eu à faire le sacrifice d'un centime.

Le frère directeur de toutes les écoles chrétiennes de la ville avait souscrit, comme Mme la supérieure de la Providence, pour 100 cachets, et, comme elle, il paraît avoir été dans l'impossibilité absolue d'en placer un seul. Quoique sa souscription n'eût eu lieu qu'à la seconde visite de M. de Civry, qui lui avait remis dès la première, un mois plus tôt, le prospectus et les statuts de l'Œuvre, il déclara n'avoir pas bien compris ce à quoi il s'engageait et n'avoir pas eu le temps de bien lire ce qu'il signait, pressé qu'il était par l'heure du dîner. On ne fit aucune objection à ses arguments, et on s'empressa d'annuler sa signature, comme le prouve la lettre qu'il écrivit à Paris, le 13 février 1860 :

4

« Monsieur le directeur,

» J'ai reçu hier votre lettre du 11, par laquelle vous me déchargez de toute obligation envers l'Œuvre des bonnes lectures (*l'Arc-en-Ciel*). Je vous remercie infiniment; mais, comme je suis obligé de me justifier auprès de mes supérieurs et de leur prouver que je suis entièrement libéré, je vous prie, monsieur le directeur, d'être assez bon pour me retourner mon titre dès qu'il sera en votre disposition.

» Je tiens à vos ordres les cent cachets qui m'ont été confiés au mois de septembre.

» J'ai l'honneur d'être, avec respect et considération, monsieur le directeur,

» Votre très-humble et obéissant serviteur,

» Signé : Frère Isméon. »

Cette lettre montre que, du moins, animé d'un sentiment de justice, le frère directeur était plus reconnaissant qu'indigné de la conduite de l'Œuvre à son égard. Seulement, on ne comprend pas très-bien pourquoi il avait besoin de se justifier près de ses supérieurs, quand, depuis plus de trois ans, tous ses collègues s'associaient publiquement, partout ailleurs, à la même Œuvre; quand, dans un seul diocèse voisin, tous les frères du même ordre souscrivaient très-librement et *payaient très-volontairement :* le frère Gilles, de Rouen, *mille francs ;* le frère Audry, id., *cent francs ;* le frère Nestor, du Havre, *trois cents francs ;* le frère Anselmus, id., *trois cents francs ;* le frère Apollonius, d'Elbeuf, *cinq cents francs ;* le frère Prix, de Montivilliers, *deux cents francs ;* les frères Jotas, de Saint-Valery, Adrier, de Forges, et Amabilis, de Neufchâtel, *trois cents francs.*

Quoi qu'il en soit, pour tranquilliser le frère directeur, qui s'impatientait de ce que le banquier ne lui renvoyait point assez vite sa signature; comme, d'ailleurs, la coalition et la calomnie faisaient des progrès à Lisieux et dans tout le réseau environnant, la Direction lui envoya cinq cents francs en garantie de l'annulation de sa souscription; ce qui n'empêcha pas le révérend frère de se faire rembourser ensuite par l'Œuvre, comme l'avait fait M. l'abbé Bosquain, *trente-trois francs,* pour indemniser les gens de loi dont il avait jugé convenable d'invoquer l'assistance.

Ainsi, dans une ville de trente mille âmes, qui renfermait un petit séminaire et les établissements religieux les plus considérables, on n'avait pu trouver un seul membre du clergé qui consentît à donner cinq francs, ou seulement à placer un seul abonnement à une Œuvre officiellement patronée par l'évêque de Bayeux et *Lisieux.* Et, de l'aveu de tout le clergé des trois paroisses, la population de cette ville était empoisonnée par les milliers de journaux illustrés que cette Œuvre venait précisément combattre et remplacer.

Nous nous trompons : un seul prêtre a versé 6 fr. 50 c., après avoir souscrit trois mois auparavant pour cent francs. En voici la preuve écrite de sa main : « *Reçu de M. le comte de Civry la somme de 93 fr. 50 c., pour satisfaire à mon engagement représentant les 20 cachets d'abonnement à* l'Arc-en-Ciel. *Lisieux, le 13 décembre* 1859. *Signé :* A. Lenoir, *aumônier de l'hospice.* » Deux jours après, le 15 décembre, il avait complété les cents francs pour retirer son billet à l'échéance.

M. l'abbé Lenoir a eu le courage de ne pas porter plainte, en déclarant *qu'il en*

avait autant le droit que les autres. Nous croyons même que, ayant payé 6 fr. 50 c.,
il avait six fois plus de droits de se plaindre.

Cependant, M. le Procureur impérial de Lisieux, pour sauvegarder les intérêts
de M. l'abbé Bosquain et consorts, qui n'avaient jamais été en péril et qui étaient
plus que satisfaits, envoyait de toutes parts des commissions d'enquête, lançait des
mandats contre les directeur, gérant et propagateurs, et faisait opérer à Paris,
non-seulement dans les bureaux de l'Œuvre, mais au domicile d'honorables ecclésiastiques, une descente judiciaire avec saisie, etc.

C'était le 3 avril dernier; et après deux mois de la plus volumineuse et de la
plus rigoureuse instruction, on constatait officiellement : *Que l'Œuvre n'était qu'un
fantôme, qu'elle n'avait jamais existé que dans les prospectus, qu'on n'avait
jamais vu les volumes de la bibliothèque annoncée, que de ses journaux il n'a-
vait paru que de rares numéros, destinés à servir d'appât aux dupes, et que,
enfin, les approbations d'évêques avaient dû être surprises et captées.*

Et, à l'heure même où les agents de M. le Procureur impérial de Lisieux opé-
raient dans les bureaux de l'Œuvre, il y avait, dans ces mêmes bureaux, *vingt-
cinq mille volumes* et environ *trente mille livraisons,* simple excédant du service
régulier de tous les abonnés; il y avait pour plus de *six mille francs* de planches
et gravures; il y avait les noms et les adresses de plus de *quinze mille abonnés;*
il y avait surtout *leur correspondance de quatre années,* témoignant leur satisfaction et leurs sympathies, correspondance de *trois ou quatre mille lettres,* dans
lesquelles nous n'avons eu qu'à puiser au hasard pour composer cette notice, et
dont une seule eût suffi pour éclairer tous les parquets de France; il y avait, enfin,
tout ce qu'il fallait pour faire évanouir à l'instant même ces incroyables accusations, si elles n'eussent eu pour subsister les causes mêmes qui les avaient fait
naître.

Il est manifeste que de si invraisemblables assertions et de si violentes erreurs ne
pouvaient être que le résultat d'une énigme.

Et pourtant ce récit n'est point le rêve d'un poëte : ce sont d'amères réalités.
Malheureusement pour ceux qui en ont été les victimes, et plus malheureusement
encore pour ceux qui en sont les auteurs, ce sont des faits dans toute leur triste
et éloquente nudité.

Mais, comme le diocèse d'Évreux ne saurait être responsable de ce qui se passait
à Lisieux, il faut voir si ce dernier diocèse, qui s'était associé à celui de Bayeux
dans la désertion, était moins prompt ou plus fondé à le suivre dans l'accusation.

Ce premier exemple en fera juger.

Le 7 novembre 1859, M. Eugène de Civry se rend à Rugles, et, après deux visites
à M. le curé doyen, il en reçoit, comme témoignage de son vif désir de voir l'Œuvre
s'établir dans sa paroisse, la déclaration suivante, écrite au bas d'une copie de la
lettre épiscopale : « *Nous,* etc., *après avoir pris connaissance de cette Œuvre,
l'approuvons et y adhérons de tout cœur.*

» Signé : J. V. GOSSE, *chanoine honoraire, curé doyen de Rugles.* »

Sur son invitation, il va trouver le frère directeur des écoles, et, à la seconde visite, ce dernier, qui avait étudié avec soin l'Œuvre et le prospectus, demande 60 cachets et signe le billet ordinaire de souscription, en mettant de sa main et en toutes lettres : *Bon pour trois cents francs.*

Le 21 décembre, le frère écrivait à Paris :

« Veuillez m'envoyer, à partir du 1er janvier, vingt numéros du journal *l'Arc-en-Ciel.* J'espère recevoir le vingt et unième pour moi, comme *Fondateur honoraire.*

» Signé : Frère CLÉMENTIN, *directeur de l'école de Rugles.* »

Le 17 janvier, il écrivait de nouveau :

« *Il m'est revenu que l'Œuvre ne s'organise pas promptement à Evreux*; je désirerais savoir à quoi m'en tenir. *Si l'Œuvre ne prend pas dans le diocèse,* je peux, quand même, continuer mes abonnements.

» Signé : Frère CLÉMENTIN. »

Toute la solution du problème apparaît en germe dans la précieuse révélation de cette lettre : on y voit l'hostilité sourde qui de toutes parts minait l'œuvre en Normandie.

Les vingt et un abonnements demandés par le frère avaient été envoyés dès le premier jour et continuaient à l'être, ainsi que d'autres placés par lui chez son confrère de Laigle (diocèse de Séez).

Le billet de souscription étant à échéance à la fin de février, on lui écrivit le 15, pour lui demander (*comme on le faisait d'ordinaire à tous les souscripteurs*), s'il était en mesure et dans l'intention de tout payer, ou s'il voulait fractionner la somme et choisir d'autres échéances. La lettre se terminait ainsi :

« Quoique l'Œuvre ait bien besoin de toutes ses ressources en ce moment (*elle était écrasée par la désertion générale des deux diocèses*), elle ne voudrait jamais mettre ses souscripteurs dans l'embarras, et ils peuvent toujours compter sur ses bons procédés comme elle compte sur leur zèle. »

Le 20 février, il répond en envoyant 10 francs et un second billet de souscription, au bas duquel il avait mis de sa main et en toutes lettres : *Bon pour deux cent quatre-vingt-dix francs.*

Il semblait qu'il n'y eût pas à craindre, du moins, que ce renouvellement, fait spontanément à quatre mois d'intervalle et à soixante lieues de distance, pût donner lieu à une accusation de surprise ou de captation.

Néanmoins, la semaine n'étant pas encore écoulée, et le premier billet n'ayant pu être retiré assez vite de la circulation, le frère directeur, au nom de M. le maire de Rugles, réclame à Paris la restitution du second billet, **qui lui est renvoyé par le retour du courrier.** Bientôt, M. le maire lui-même réclame la restitution du premier billet en termes que nous ne voulons ni reproduire ni qualifier. On céda à cette exigence, comme on avait cédé et comme on devait céder à toutes les autres; tout fut annulé, tout fut restitué, *sauf les abonnements servis,* pour lesquels l'Œuvre eut, de plus qu'à Lisieux, la consolation d'avoir reçu *dix francs.*

Mais là ne devaient point finir les relations de l'Œuvre avec la ville de Rugles : M. le maire, comme son collègue de Lisieux, crut devoir transformer en accusateurs les souscripteurs licenciés.

Tels sont les plaignants du diocèse d'Évreux : ils ne diffèrent pas beaucoup de ceux du diocèse voisin, et l'on voit assez clairement qu'ils obéissaient à la même impulsion.

Mais ce que nous devons ajouter à l'honneur du frère Clémentin, et ce que nous avons le regret de ne pouvoir dire à la louange de M. l'abbé Bosquain, c'est que, revenant aux bons sentiments qui, une première fois déjà, l'avaient fait résister au vent hostile auquel cédait peu à peu tout le diocèse, il se hâta d'envoyer son désistement officiel et motivé en ces termes :

« Nous, etc., mieux informé et d'ailleurs complétement désintéressé, puisque nous n'avons eu à payer aucun de nos billets, et que notre signature a été spontanément et volontairement annulée ;

» Attendu qu'il est évident que, non-seulement les directeurs de l'Œuvre ne nous ont jamais fait de tort, mais qu'ils n'ont jamais eu l'intention de nous contraindre à un payement forcé en s'appuyant sur notre signature ;

» En conséquence, et pour réparer, autant qu'il est en nous, le mal que nos plaintes et dénonciations ont pu causer, nous déclarons nous désister, et nous nous désistons en effet de la manière la plus expresse, desdites plaintes, espérant que ce désistement sera considéré comme un témoignage de nos vifs regrets et suffira pour faire cesser les poursuites dirigées contre l'*Œuvre des Bonnes Lectures* et ses directeurs. »

» Fait à Rugles, le 5 mai 1860.

» Signé : Frère Clémentin. »

Le même fait avait eu lieu pour la supérieure du pensionnat de la Providence. Comme le frère directeur, elle avait pris 60 cachets et avait souscrit une même obligation en mettant de sa main : *Bon pour trois cents francs;* mais lorsque, dix jours avant l'échéance, la Direction de l'Œuvre eut l'attention de lui écrire pour lui demander si elle comptait payer ou si elle préférait renouveler, elle renvoya, par M. le maire, la formule du nouveau mandat qu'on lui avait adressé, en répondant qu'elle n'entendait prendre aucun engagement. La Direction répondit en ces termes, le 22 février 1859, à M. le maire :

« Nous avons reçu la lettre que vous nous avez fait l'honneur de nous écrire, au sujet de la souscription de Mme la supérieure des écoles de Rugles. Il ne s'agissait point de souscrire un engagement nouveau, il s'agissait seulement de renouveler, ou reculer, ou fractionner un ancien engagement souscrit par elle. C'était donc une facilité que nous lui offrions et non une obligation que nous voulions lui imposer.

» Mme la supérieure a bien voulu s'associer à notre Œuvre, et elle a fixé elle-même la somme et le nombre de cachets qu'elle consentait à prendre à sa charge. Vous n'avez qu'à lire, M. le maire, les pièces que Mme la supérieure a entre les mains, et vous verrez quels sont les obligations et aussi les avantages des souscripteurs fondateurs.

» Nous serions désolés, pourtant, de mettre vos bonnes sœurs dans l'embarras, et nous sommes prêts à leur accorder toutes les facilités qu'elles peuvent désirer pour le placement et le payement des abonnements souscrits. Elles pourront donc modifier leur engagement à leur convenance, et nous nous empresserons de consentir à tout. »

A cette lettre on répondit par des injures, et l'Œuvre annula volontairement et renvoya *gratuitement* le billet de souscription si légitimement obligatoire de Mme la supérieure. C'est alors que, sans doute pour ne pas rester sous le coup de ce généreux abandon des droits les plus incontestables, on aima mieux se faire les accusateurs d'une Œuvre frappée d'ostracisme, que de s'en reconnaître les obligés.

Mais il y avait, à Rugles même, une institutrice laïque qui entendait autrement que le frère directeur, que Mme la supérieure et que M. le maire, les obligations du souscripteur. A côté de ces deux institutions, qui absorbaient à peu près toute la jeunesse de la ville, existait un pensionnat modeste et peu nombreux, dont la directrice avait aussi voulu s'associer à l'Œuvre en qualité de fondatrice honoraire.

Au moment de l'échéance, loin de répondre par des fins de non-recevoir ou des menaces à la lettre obligeante de la Direction, elle se contenta de demander un délai de huit jours pour le placement de ses cachets, disant « *qu'elle aurait placé et demandé ses abonnements depuis longtemps,* **si M. le curé doyen ne l'avait engagée à s'abstenir.** » M. le curé doyen qui avait ajouté de sa main une si chaude approbation à celle de son évêque!!!

Pour ne point créer de difficultés à la loyale institutrice et ne pas traiter moins bien que les déserteurs celle qui résistait à la désertion générale, l'Œuvre lui fit également remise de sa souscription et lui renvoya gratuitement sa signature.

Telle est, dans sa plus rigoureuse exactitude, l'histoire de l'Œuvre à Rugles. Mlle Desmarres est venue jusqu'à Paris pour l'attester sous la foi du serment, et elle pourrait déclarer encore quelle courageuse énergie il lui a fallu déployer pour résister aux obsessions dont elle a été l'objet, et pour apporter le témoignage de sa conscience et de la vérité.

Ce n'était pas seulement à Rugles que se manifestaient les signes évidents de cette hostile coalition. La lettre suivante de M. le vicaire de Breteuil à la Direction de l'Œuvre à Paris, est assez éloquente :

« Je me suis occupé, il y a un mois, de propager *l'Arc-en-Ciel*, etc. Après avoir complété une série, *je me suis adressé au correspondant désigné dans la lettre épiscopale :* **réponse négative!** *Au directeur diocésain :* **même réponse!** Aujourd'hui, monsieur, accablé par les récriminations de mes abonnés, je m'adresse directement à vous, dans l'espoir d'un meilleur succès.

» Signé : Picque, *vicaire de Breteuil.* »

Comment l'Œuvre aurait-elle pu s'établir et subsister en Normandie ? comment tous les efforts des propagateurs n'auraient-ils point échoué ? comment tous les souscripteurs n'auraient-ils pas déserté, *quand le correspondant chargé de recevoir les demandes d'abonnement et de les transmettre à Paris, quand le président lui-même, investi officiellement par son évêque de la mission d'organiser et de propager l'Œuvre dans le diocèse,* opposaient aux souscripteurs les plus zélés la barrière du silence et la force d'inertie ? Il fallait un zèle aussi robuste que celui de M. le vicaire de Breteuil pour résister à cette épreuve : ayant reçu de Paris la réponse qui convenait et les abonnements qu'il demandait, il trouva immédiatement le placement d'une seconde série.

Mais, M. l'abbé Picque ayant bientôt quitté Breteuil, le sort de l'Œuvre y resta soumis à d'autres influences. Mme la supérieure du pensionnat de la Providence, qui avait souscrit pour 60 cachets en mettant de sa main sur son billet : *Bon pour trois cents francs*, et qui avait exprimé, en le souscrivant, *le regret de n'avoir pas au moment même la somme disponible*, disant que « *elle eût bien mieux aimé donner immédiatement sa cotisation à l'Œuvre, sans attendre le placement des cachets*, » exigea l'annulation de sa souscription, comme Mme la supérieure de Rugles, comme toutes les sœurs de son ordre.

La directrice d'un autre établissement d'éducation de la même ville et du même ordre, qui avait souscrit pour 40 cachets, en mettant de sa main et en toutes lettres : *Bon pour deux cents francs*, répondait, de son côté, dans les termes suivants à la lettre par laquelle l'Œuvre lui offrait toutes facilités au moment de l'échéance. Dans cette citation, nous devons pousser l'exactitude jusqu'au scrupule, mais on comprendra que nous supprimions la signature, offrant toutefois d'en justifier à la première requête :

« Je suis fort étonné que vous vous permettiez, M., de me demandiez de l'argent pour le journal de *l'Arc-en-Ciel*, ne l'ayant jamais reçu ce journal (*Elle ne l'avait jamais demandé*). Je croyais quand on ne recevais pas l'objet qu'on ne devais pas payer. Je crois, M., qu'avec vous, sa n'êtes pas de même. J'ai signé ses vrais, mais s'étais sous condition. Si M. en agit autrement, sa ira plus loin. **J'ai des témoins comme n'ayant pas reçu le journal, et M. n'avait pas quand il est venu.**

» Ainsi, je n'ai pris aucun engagement ni je n'en prend pas encore. Ses fini avec vous, M. »

Breteuil, ce 26 février 1860.

Comme l'Œuvre ne voulait pas que *ça allât plus loin*, vu surtout que son représentant n'avait point eu la précaution de se faire assister de deux *témoins*, il va sans dire qu'on annula cette souscription et qu'on renvoya, *gratuitement* et *sans frais*, le billet de la sœur X., comme celui de tous les autres souscripteurs du diocèse. La sœur X. en témoigna ainsi sa reconnaissance par sa lettre du 1er Mars : «*Je vous remercie de vouloir bien me dégager de mon signe.*» Cela ne lui suffit pas, et, à l'exemple de quelques-unes de ses compagnes, elle réclama 54 fr. 75 c. pour honoraires à des gens de loi.

La contagion s'étendait partout : ce qui se passait à Breteuil se passait à Vernon. Au mois d'août, l'un de MM. les vicaires demande *cent cachets*, disant qu'il espère bien ne point se borner là ; il avait en effet sous sa haute direction plusieurs centaines d'enfants. Au bout de quatre mois et demi il les rend tous, sauf un, qu'il paye cinq francs. La Direction de l'Œuvre donne ordre d'annuler son billet de souscription, et, comme il était déjà envoyé à un banquier de Vernon, elle le fait retirer directement, afin qu'il ne soit pas même présenté. Ce billet, annulé et biffé, est jeté au rebut, et nul n'y songeait lorsque, quatre mois après l'échéance, M. l'abbé écrit :

« Monsieur de Fornel,

» Je m'empresse de vous prévenir que, comme les autres souscripteurs, j'ai été appelé, etc. **Pour ne pas être contraint de déposer une plainte,** je vous prie de me renvoyer de suite ma signature, qui ne m'a pas été rendue au remboursement du billet, le 10 décembre dernier.

» Signé : T., *vicaire de Notre-Dame de Vernon.* »

Vernon, 27 mars 1860.

Ainsi, un ecclésiastique était sur le point de se voir **contraint de déposer une plainte,** parce qu'une signature qu'il avait librement donnée, qui avait été volontairement annulée, qui n'avait pas même été présentée et que le signataire n'avait jamais songé à réclamer, se trouvait oubliée dans quelque carton de bureau.

Les autres souscripteurs de Vernon avaient autant lieu de se plaindre.

Mme la supérieure des hospices qui, non-seulement avait sous ses ordres ses nombreuses salles de malades, ses classes de garçons et de filles, etc., mais qui avait pour auxiliaires de propagande extérieure toutes les dames de charité de la ville, avait souscrit dès le mois d'août pour cent cachets d'abonnement. A la fin de novembre, M. de Civry étant retourné à Vernon, et s'étant informé de la situation locale de l'Œuvre, Mme la supérieure s'excusa de ne s'en être presque point encore occupée, « dans l'attente, disait-elle, de nouveaux avis de l'évêché. » Elle répondit qu'elle avait pourtant déjà le placement assuré de 20 cachets, en demanda les abonnements, donna les noms, et, M. de Civry lui ayant remis *quatre cents francs* pour que, au moment de l'échéance, elle pût faire honneur à son billet de 500 fr., elle souscrivit avec empressement un renouvellement pour les 80 cachets restants, en mettant en toutes lettres et de sa main : *Bon pour quatre cents francs.*

Les vingt abonnements furent immédiatement servis. Mais ces bonnes dispositions ne durèrent pas longtemps : on alla bientôt jusqu'à prétendre et à proclamer partout que les 400 francs, spontanément offerts par M. de Civry, avaient été **envoyés par l'évêché à Mme la supérieure, pour la tirer d'un mauvais pas;** et cette dernière réclama en termes menaçants son second billet, qui lui fut rendu, comme à tout le monde, annulé gratuitement et sans frais.

Le frère directeur des écoles chrétiennes, qui avait souscrit pour 60 cachets et qui avait déjà demandé et reçu 20 abonnements, « *afin*, disait-il, dans sa lettre du 8 décembre 1859, *de propager la connaissance de cette intéressante publication parmi ses nombreux élèves, et de lui procurer de nombreux abonnés,* » a suivi le courant et exigé l'annulation *totale* de sa souscription .Son billet lui a été également rendu, sans qu'il ait été question ni de payer ni de restituer les livraisons reçues et gardées. Peut-être s'est-on cru affranchi de cette obligation, en se persuadant que ces livraisons venaient, non de la Direction de Paris, mais de l'évêché d'Évreux ; comme les 400 fr. de Mme la supérieure, comme les cachets mêmes que le frère directeur prétend, dans ses lettres, *avoir reçus des mains propres* **de M. l'abbé Courtonnel, président diocésain de l'Œuvre, à Évreux.** Il est heureux qu'on ne se soit point appuyé sur cette hallucination pour accuser M. de Civry d'avoir usurpé la soutane; c'eût été là, il faut l'avouer, *une manœuvre véritablement frauduleuse.*

Que dirons-nous de Mme la supérieure du pensionnat de la Providence (sœur Beautier), qui avait souscrit aussi pour 60 cachets? Elle ne s'est distinguée des autres souscripteurs de Vernon, que parce qu'elle a eu l'honneur de porter plainte la première, qu'elle s'est obstinée à ne pas demander *un seul abonnement*, et qu'elle a réclamé 74 fr. 75 c. pour indemniser les services des gens de loi qu'il lui avait plu d'appeler à son aide.

Le bénéfice de l'Œuvre à Vernon est clair : *des frais de tout genre et trente abonnements servis gratuitement;* et c'est certainement, des deux diocèses, l'une des villes où l'Œuvre en ait été quitte au meilleur marché.

A Louviers, trois personnes consentent à centraliser toute la propagande, dont elles se partagent les charges et les bénéfices.

Mme la supérieure de la Miséricorde souscrit, au mois de juillet 1859, pour 100 cachets; au mois de novembre, avant l'échéance, elle demande de réduire sa souscription à trois cents francs, qu'elle acquitte ainsi : deux cents francs envoyés d'avance par elle, et un billet de cent francs qu'elle fait parvenir à Paris, dans une lettre où elle dit : « *Je vous envoie ci-joint le mandat de cent francs que j'ai signé.* Signé : Sœur LEVASSEUR. »

Il avait été fait immédiatement droit à sa demande, et, avant même qu'elle eût envoyé son renouvellement, on lui avait adressé les fonds pour acquitter sa première obligation. Elle ne cessa d'être dans les meilleurs termes avec la Direction ; non-seulement ses 60 abonnements furent servis, mais on lui envoya *deux cents volumes* de primes gratuites; elle demanda, en sus, des réabonnements et de nouveaux abonnements dont le prix ne lui fut jamais réclamé. Et cependant, la sœur Levasseur figure en tête des victimes de l'Œuvre !

Mme la supérieure du pensionnat de la Providence avait également souscrit pour 100 cachets; au moment de l'échéance, elle demande la réduction à 40, et, quoiqu'il y eût déjà quatre mois d'écoulés depuis sa première souscription, elle demande quatre autres mois de délai pour payer ces deux cents francs. On acquiesce sans la moindre observation à sa double demande; elle souscrit une obligation de deux cents francs *tout entière de sa main*, à échéance du 1er mars 1860, et on lui envoie, pour faire honneur à sa première signature, cinq cents francs dont elle accuse réception par cette lettre :

« J'ai fait le versement des 500 fr., aussitôt que je les ai reçus.

» Veuillez avoir l'extrême obligeance de m'envoyer, à partir du 10 courant, 40 abonnements à *l'Arc-en-Ciel*, et comme fondatrice honoraire je crois avoir part à *six abonnements gratis*, veuillez avoir la bonté de les y joindre. **Vous pouvez vous en rapporter à mon engagement.**

> » Signé : Sœur DUCROCQ.

» Louviers, 6 novembre 1859. »

Les 40 abonnements demandés sont envoyés *avec les six abonnements gratuits;* mais bientôt tout change, et la même main qui avait écrit : « *Vous pouvez vous en rapporter à mon engagement,* » écrit le 25 janvier 1860 :

« Je viens vous dire qu'il me sera tout à fait impossible de vous payer les 200 francs que j'avais souscrits pour le 1er mars.

> » Signé : Sœur DUCROCQ. »

Et la sœur Ducrocq figure à côté de la sœur Levasseur, au premier rang des victimes de l'Œuvre.

Mentionnerons-nous enfin le frère directeur des écoles chrétiennes? Il avait souscrit pour cent cachets, et, au moment de l'échéance, avait demandé la réduction à soixante, qu'il avait payés en donnant cent francs et un billet de deux cents francs, *entièrement écrit de sa main.* Tout s'arrangea comme il le voulait, et il demanda d'abord vingt abonnements, qui lui furent expédiés sur-le-champ. Il ajoutait dans sa lettre :

« Vous trouverez, en plus des vingt cachets, un coupon de mon titre qui, d'après votre prospectus, me donne droit à 100 petits volumes. Je vous prie de me les faire parvenir.

» Daignez agréer l'assurance de mon respect et de *mon entier dévouement.*

» Signé : Frère JULES MARIE. »

Les cent volumes gratuits furent expédiés comme les abonnements ; puis, vint un jour où le frère Jules-Marie crut devoir demander, sans menaces formelles, il est vrai, non-seulement l'annulation de son billet de 200 fr., mais la restitution des 100 fr. payés en échange des abonnements livrés. La direction de l'Œuvre satisfit à cette double exigence comme à toutes les autres, sans qu'il fût question, bien entendu, de la restitution des cent volumes et des livraisons reçues.

Et l'on n'a pas hésité à transformer le frère Jules-Marie en instrument d'accusation.

Ainsi se passèrent les choses à Louviers.

A Bourg-Achard, M. le curé accueille le représentant de l'Œuvre, le 15 septembre 1859, en mettant de sa main, au bas de la lettre épiscopale : « *Je recommande à la bienveillance des personnes pieuses cette Œuvre de bien, qui a un missionnaire si zélé en M. de Civry,* etc. Signé : VERGER, *chanoine honoraire.* »

Se chargeant de centraliser la propagande de tout son canton, il souscrit avec la supérieure de l'hospice et la directrice du principal pensionnat pour cent vingt cachets. A la fin de janvier 1860, au moment où la désertion générale des deux diocèses jetait le trouble dans la direction de l'Œuvre, M. de Civry, qui était à la campagne dans sa famille, apprenant qu'il n'est venu que peu de cachets de Bourg-Achard, et prévoyant une nouvelle défection de ce côté, s'empresse d'envoyer à M. le curé, deux jours avant l'échéance, une somme de *cinq cents francs* à laquelle ce dernier n'avait qu'à ajouter le prix des quelques abonnements restants; mais comme M. le curé n'avait pas même pu, en quatre mois et demi, parvenir à compléter, dans les vingt paroisses, les châteaux, les écoles et toutes les maisons d'éducation de son canton, le placement de sa première série, et qu'il lui eût fallu avancer l'argent de cinq ou six cachets, il craignit d'engager sa responsabilité en acceptant les cinq cents francs, qui revinrent à leur point de départ après de longs détours, et il laissa protester sa signature et celle de ses coassociées. Puis, se ravisant bientôt, il se décida tout à coup à payer la somme entière, et, sur l'offre immédiate de la Direction, qui lui écrivit qu'elle n'entendait point lui faire payer même *cinq francs* malgré lui, il voulut bien se laisser rembourser par elle, non-seulement les cinq cents et quelques francs de cachets non placés, mais les abonnements déjà demandés par lui, avec une addition de *cent dix-neuf francs de frais.*

Tel est l'un des plus redoutables accusateurs de l'Œuvre.

A Pont-Audemer, où M. de Civry s'était rendu trois fois en quatre mois, où M. l'archiprêtre avait recommandé l'Œuvre dans des réunions ecclésiastiques en la déclarant *de première nécessité*, où l'existence d'un petit séminaire et de nombreux établissements religieux lui assurait un large développement, il n'a pas surnagé *un seul abonnement* dans le naufrage, et le frère directeur des écoles chrétiennes, qui devait centraliser la propagande de toutes les paroisses de la ville et des environs, n'a pas cru pouvoir pousser l'effort plus loin que jusqu'à offrir de garder à son compte *un* cachet, ce dont on s'est empressé de lui faire grâce. Il est à regretter que le frère Maurice, qui appartient au même ordre que le frère Célestin et qui s'était associé à lui dans l'accusation, n'ait point eu le courage de suivre son confrère de Rugles dans sa noble rétractation.

A Bernay, où M. de Civry s'était trouvé avec Mgr d'Évreux, et où Sa Grandeur l'avait présenté elle-même à l'archiprêtre en recommandant l'Œuvre à toute sa sollicitude pastorale, vingt-cinq abonnements à peine ont survécu; et si l'on n'a point osé y formuler de plaintes, on y a du moins fait entendre des menaces.

A Évreux enfin, la ville épiscopale, où résidait le président diocésain de l'Œuvre, où M. de Civry avait commencé avec quelques ecclésiastiques la formation d'un comité, **pas un seul abonnement** n'a pu naître ou subsister, et **le seul prêtre** qui se soit chargé de quelques cachets, ayant devant lui, pour sa propagande, des hospices, des séminaires, un clergé nombreux et une ville tout entière, a violemment déserté sa signature.

Voilà le tableau scrupuleusement exact du diocèse d'Évreux.

Un coup d'œil sur celui de Bayeux est encore nécessaire pour compléter la notion si caractéristique que nous en a déjà donnée Lisieux.

A Vire, M. l'archiprêtre, après plusieurs conférences, met de sa main au bas de la lettre épiscopale : « *J'approuve cette Œuvre et je désire qu'elle prenne de l'extension parmi nous.* Vire, 6 octobre 1859, signé : TIRARD. »

Deux de ses vicaires se chargent d'une partie de la propagande de détail : M. l'abbé Le Court souscrit pour vingt cachets; plus tard il se borne à prendre un abonnement, qu'on lui sert; puis, après quelques mois, il renonce purement et gratuitement à ce même et seul abonnement; à l'échéance, il réclame l'annulation de tout engagement, et enfin il écrit : « *Je vous remercie d'avoir annulé mon billet.* Signé : LE COURT. »

Son confrère M l'abbé Guillouet souscrit également pour vingt cachets, et, après quatre mois et demi, il écrit le 13 février, veille de l'échéance, pour dire que *la Semaine des Familles* lui paraît mieux rédigée et mieux illustrée que *l'Arc-en-Ciel* (*le prix de l'une est double de celui de l'autre*), et il conclut en disant :

« Ainsi, monsieur, **veuillez pour le moment annuler mon billet de souscription** Vous comprenez que je ne le solderai pas s'il m'est présenté. Il est possible que plus tard je réclame de concourir efficacement à votre Œuvre, **dont j'apprécie le but et les motifs.** Je vous prie de vouloir bien recevoir l'assurance de mon très-profond respect.

       » Signé : J. GUILLOUET, *vicaire de NotreDame de Vire.* »

Mme la supérieure des salles d'asile, qui avait également souscrit et qui, en quatre mois et demi, n'avait pu non plus trouver à placer une seule livraison, écrit de son côté le même jour, veille de l'échéance :

« Malgré mon grand désir de vous seconder dans une Œuvre si excellente, je vous prie de me renvoyer mon billet. Recevez, je vous prie, les sincères regrets que j'ai *de ne pouvoir vous être utile.*

» J'ai l'honneur d'être, monsieur, votre très-humble servante.

» Signé : Sœur STEPHANIE. »

M. de Civry fit deux visites à l'hospice Saint-Louis, dont Mme la supérieure voulut bien lui faire longuement les honneurs avec la plus charitable courtoisie; à la seconde visite, ayant examiné l'Œuvre avec soin, elle s'empressa de souscrire pour quarante cachets *dont elle déclara le placement assuré parmi les seules dames pensionnaires de la maison.* Cette souscription devait s'évanouir comme les autres, sauf 15 francs que Mme la supérieure crut devoir envoyer à Paris pour trois abonnements.

Une agréable excursion devait reposer M. de Civry des fatiguantes visites de Vire : reçu avec la plus exquise bienveillance par Mme la supérieure générale des Dames de Blon, dans leur splendide villa , il fut présenté par elle à M. le supérieur général. Après les plus minutieuses explications sur l'Œuvre et après une assez longue délibération entre les deux chefs de l'ordre sur la question de savoir si l'on opterait pour vingt ou pour quarante cachets, il fut décidé que Mme la supérieure souscrirait pour quarante cachets, ce qu'elle fit de l'avis et sous l'œil de M. le supérieur. Le représentant de l'Œuvre partit convaincu qu'avant un mois elle en demanderait cent autres : le personnel seul de cet immense établissement d'éducation et la haute influence de cette maison-mère au dehors, assuraient d'avance le succès d'une large propagande, sans parler de toutes les maisons qui en dépendaient et qui, sur un mot d'invitation, pouvaient recruter des centaines de souscripteurs.

Le résultat fut que, au bout de quatre mois et demi, Mme la supérieure générale demanda comme tout le monde l'annulation de sa signature, disant que, malgré tous ses efforts, elle n'avait pu parvenir à placer *un seul abonnement.*

Une modeste institutrice de Vire avait été pourtant plus heureuse que Mme la supérieure générale : Mlle Marie Droulen , après avoir souscrit pour vingt cachets, avait trouvé le placement de dix ; mais elle ne prétendit pas faire la leçon à de plus grands qu'elle, et, à l'échéance, elle demanda qu'on regardât comme non avenus et les cachets vacants et les cachets placés.

Le frère directeur des écoles chrétiennes avait aussi bientôt trouvé dix abonnés parmi ses nombreuses classes, mais son zèle s'était vite arrêté; il avait pourtant continué à recevoir les livraisons de ses dix abonnements, il avait même réclamé les volumes gratuits qu'on accorde en prime aux chefs de série ; mais, à l'échéance, comme tous les souscripteurs de Vire, il s'était hâté de demander l'annulation de sa souscription ; ce en quoi on s'empressa de le satisfaire , ainsi que le prouve sa lettre du 23 février :

» Je vous remercie infiniment de la lettre dont vous m'avez honoré il y a huit jours...

Veuillez donc, je vous prie, ne point différer ce renvoi (*des billets annulés*), et croyez que nous vous en conserverons toujours la plus grande comme la plus sincère reconnaissance.

» Signé : Frère ALCAS, *directeur des frères des écoles chrétiennes*. »

L'Œuvre apprécia certainement cette reconnaissance et se hâta de la mériter; ce fut d'ailleurs le seul payement qu'elle eut des dix abonnements qu'elle avait servis.

Combien d'autres souscripteurs, qui étaient bien autrement les débiteurs et qui, loin de la payer du moins par un remerciment, ne surent lui donner..... qu'un coup de pied!

A Honfleur, où plusieurs souscriptions avaient été signées puis *renouvelées*, tout a été également annulé, fort courtoisement il est vrai. Quant au frère directeur des écoles qui avait refusé de s'engager par écrit et qui, ayant ensuite demandé, et reçu vingt-cinq abonnements, avait prié qu'on fît traite sur lui, il paya très-exactement la traite; mais bientôt, cédant à l'entraînement général, il demanda, et obtint sans difficulté, le remboursement de son argent. Nous devons ajouter, à l'honneur de sa conscience, qu'il déduisit dix centimes pour chacune des livraisons qu'il avait vendues à ses élèves.

A Bayeux, *le chef-lieu du diocèse*, il n'y eut, comme à Évreux, *ni une seule souscription maintenue ni un seul abonnement survivant;* mais là, du moins, l'Œuvre n'eut à subir ni menaces ni plaintes, ni aucun des autres procédés à l'usage des déserteurs voisins.

A Caen, *la capitale littéraire de la Normandie*, dix souscriptions sont faites et quelques abonnements sont demandés et servis, mais bientôt tout est annulé. Les supérieures de deux des établissements les plus considérables de la ville consentent, au mois d'août à se charger, l'une de *soixante*, et l'autre de *cent* cachets. Au mois de décembre, quelques jours avant l'échéance, M. de Civry leur fait une seconde visite pour s'informer où en est leur propagande : toutes deux demandent à réduire leur souscription à *vingt* cachets, et elles promettent de la façon la plus formelle d'en payer les cent francs. Le titre définitif de fondateur honoraire, *qui porte récépissé de la somme et qui contient les coupons d'intérêts, d'abonnements gratuits*, etc., leur est même remis d'avance, et on leur envoie la différence de la somme pour qu'elles retirent à présentation leur premier billet de souscription. Mais bientôt ces vingt abonnements leur paraissent une charge encore trop écrasante, et elles réclament, non par elles-mêmes il est vrai, mais par un intermédiaire commun, le remboursement *total* des deux cents francs; ce que la Direction effectua dans les quarante-huit heures.

Plus tard, une autre supérieure, la sœur Legendre, *qui avait souscrit pour quarante cachets* et à qui on s'était permis, paraît-il, d'envoyer un abonnement, écrivait le 20 janvier : « *Je suis extrêmement surprise de recevoir* l'Arc-en-Ciel; *veuillez, je vous prie, ne plus m'adresser ce journal.* »

Ainsi, dans cette ville de cinquante mille âmes, *où résidait le président diocésain*, il avait été impossible de trouver pour l'Œuvre ni un lecteur ni un centime.

Muni d'une précieuse notice dont Mgr de Bayeux avait bien voulu lui faire don,

M. de Civry s'était rendu tout d'abord à la Délivrande, le saint et illustre rendez-vous de tous les pèlerins de la Normandie. Mme la supérieure de la célèbre communauté des Dames, après avoir pris avec empressement cent cachets, en garda définitivement vingt pour sa maison et reçut d'avance *le titre de fondatrice, les coupons de rente et le récépissé de cent francs.* Puis, au moment de l'échéance, malgré la signature qu'elle avait donnée, malgré le titre qu'elle avait gardé et qui est encore entre ses mains, Mme la supérieure se déclara dans l'impuissance de jamais pouvoir placer un seul cachet dans un lieu où il vient par an deux cent mille pèlerins.

Sa signature lui fut gratuitement rendue comme à Mmes les supérieures de Caen; personne du moins ne saurait accuser l'Œuvre d'avoir vendu trop cher à ces dames ses titres de fondateurs. Il semble difficile aussi que là on puisse l'accuser d'avoir fait souscrire sans qu'on sût ce que l'on signait. La grille du cloître est un incorruptible témoin qui attesterait au besoin à l'univers entier que Mmes les supérieures de la Délivrande, de la Visitation, etc., n'ont donné leur signature ni par surprise ni par distraction.

A Falaise, huit souscripteurs se sont associés à l'Œuvre : deux ont payé, même avant l'échéance et ne se sont jamais plaints; les six autres n'ont jamais rien eu à payer et ils se sont coalisés pour porter plainte. C'est d'eux qu'est parti le premier coup par lequel s'est révélée toute la gravité de la guerre déclarée à l'Œuvre. Lisieux s'était laissé devancer par Falaise; il est vrai qu'en huit jours il sut réparer le retard en se plaçant au premier rang par la violence de ses attaques.

Nous ne recommencerons pas le fastidieux récit des détails, toujours les mêmes, de ces souscriptions suivies d'annulations demandées sans scrupule et accordées sans obstacle; nous ne relèverons qu'une seule circonstance : M. l'abbé Couppey, principal du collége, avait souscrit pour quarante cachets. Apparemment le principal d'un collége ne souscrit point un billet à ordre sans savoir ce qu'il fait; aussi, ayant retrouvé M. de Civry dans la ville, il lui dit « *que peut-être il s'etait un peu surchargé, et ferait mieux de se borner à 25 abonnements pris immédiatement et définitivement.* » M. de Civry lui offrit de lui rendre son billet et de se prêter à toutes les combinaisons qui lui seraient agréables; M. le principal répondit « *qu'il fallait provisoirement laisser les choses ainsi jusqu'au lendemain, afin qu'il eût le temps d'en causer et d'y réfléchir.* » Le lendemain, M. de Civry s'étant rendu au collége pour y reporter le billet de souscription et connaître les dernières intentions du souscripteur, n'y trouva point M. le principal; mais ce dernier avait chargé son domestique de lui remettre, avec un hommage d'auteur, un de ses discours en vers et de lui dire « qu'il maintenait sa souscription telle qu'elle était. »

Qui eût pu penser que, cinq mois plus tard, M. le principal, après avoir refusé de recevoir un seul abonnement et *après avoir obtenu l'annulation volontaire de son engagement,* figurerait à la tête de la coalition des six souscripteurs de Falaise?

Cette coalition de souscripteurs qui n'avaient rien payé et qui ne devaient jamais payer davantage avait un tel caractère d'acharnement, que Mme la supérieure des Dames de l'éducation chrétienne, *qui, elle, avait payé cent francs,* dut résister deux jours de suite aux obsessions par lesquelles on voulait l'entraîner dans cette incompréhensible agression. Ayant refusé énergiquement une première fois de s'associer à la plainte qu'on lui présentait à signer, elle se vit apporter le lendemain la même pièce accusatrice avec de nouvelles instances; indignée, elle envoya sa première assistante jusqu'à Paris, pour avertir les directeurs de l'Œuvre de ce qui se tramait contre eux.

Cependant, quelques jours à peine écoulés, les accusateurs, devenus plus prudents ou plus scrupuleux, mieux informés ou mieux inspirés, signèrent spontanément un désistement collectif, et Mme la supérieure chargea l'honorable représentant de la communauté à Paris d'en informer M. de Civry. Il est important de reproduire les termes dans lesquels il le fit :

« L'excellente supérieure triomphe plus que vous-même; elle à qui vous aviez si justement inspiré tant de confiance, ainsi qu'à Mme Aulys (la 1re assistante). Ces bonnes dames s'écrient avec joie, dans leurs deux lettres, que vos ennemis, qui étaient acharnés contre vous, sont confondus. Ils ne cessent de répéter aujourd'hui que c'est un tel et un tel qui les avaient sollicités d'apposer leur signature à la dénonciation, que sans ces obsessions ils ne l'auraient certainement pas fait, etc.

» Tout s'est donc terminé par enchantement, et si votre projet de voyage à Falaise se réalise vous y serez mieux reçu que jamais.

» Agréez, etc.

» Signé : CHÉRADAME. »

Paris, 31 mars 1860.

Tel est le jugement qu'on portait sur les accusateurs de Falaise, non pas dans les bureaux de l'Arc-en-Ciel, mais parmi les souscripteurs payants et dans les maisons les plus respectables de Falaise.

Nonobstant le désistement spontané des premiers agresseurs, la lutte n'était point finie, et les secrètes influences qui avaient soufflé le feu devaient l'entretenir ou le rallumer ailleurs. Deux mois après, Mme l'assistante écrivait à M. Eugène de Civry une lettre pleine de douloureuse sympathie qui commençait ainsi :

« Nous sommes désolés d'apprendre que de nouveaux et bien pénibles embarras ont été suscités à l'Arc-en-Ciel, et que vous, personnellement, ayez encore à vous défendre des coups portés par l'accusation des souscripteurs de Falaise. Nous croyions que tout était si heureusement terminé !

» Notre bonne supérieure me prie, monsieur, de vous adresser l'hommage de toutes nos sympathies et de notre profond respect.

» Signé : Sœur AULYS, religieuse de l'Éducation chrétienne. »

Falaise, 4 juin 1860.

Le lendemain, Mme la supérieure écrivait elle-même à Mme de Civry :

« C'est avec une peine profonde que nous voyons encore peser sur vous et sur votre respectable famille l'épreuve que nous croyions passée depuis longtemps déjà, épreuve que nous aurions tant désiré pouvoir éloigner de vous et de M. de Civry, dont nous avions su bien vite juger l'honorable caractère ainsi que les dignes et louables intentions.

» Non-seulement les manières loyales et franches de M. de Civry m'avaient inspiré toute confiance en lui, mais sa conduite depuis sa visite à Falaise m'a constamment confirmée dans mon opinion, et ma sœur Aulys avait pu aussi apprécier ses sentiments nobles et délicats. Pourquoi, madame, ne pouvons-nous à nous seules tout attester, tout terminer?... etc.

» Signé : V. Buisson, *supérieure de l'Éducation chrétienne de Falaise.* »

Falaise, 5 juin 1860.

Au risque d'éveiller de délicates susceptibilités, il était impossible de passer sous silence des témoignages d'une telle nature et d'un tel poids. Quand, au milieu de cet étrange concert de voix accusatrices, on voit deux nobles femmes, honorant leur robe par leur courage, se lever pour protester contre la faiblesse des uns et l'acharnement des autres, ouvrir d'abord leur bourse quand tout le monde la ferme, rester fidèles à une Œuvre qu'on déserte à l'envi, puis défendre hautement ceux que l'on calomnie, et enfin, par leur attestation raisonnée et leur connaissance personnelle des faits, par leurs révélations et leurs protestations, confondre les accusateurs au lieu même et au moment où ils triomphent..... il serait douloureux de cacher leurs noms et de ne pas les saluer d'un hommage public de gratitude et de respect.

Parlerons-nous maintenant de Saint-Pierre-sur-Dives, dont l'instituteur, après avoir souscrit pour vingt abonnements et en avoir promis le placement avec les plus vives protestations de zèle, se coalisa avec le premier vicaire et la supérieure des écoles, souscripteurs comme lui, pour déserter et détruire l'Œuvre? Il suffit de dire que, située entre Falaise et Lisieux, l'humble bourgade n'a fait que céder au vent épidémique qui régnait dans les deux villes; elle s'est faite l'écho de l'orage qu'elle entendait gronder à la fois au nord et au midi.

Falaise avait cru trouver de même dans Condé-sur-Noireau un docile satellite, mais la coalition a rencontré là une vive résistance, et sur sept souscripteurs elle n'est parvenue à entraîner qu'une pauvre sœur d'école, qui a été publiquement et énergiquement blâmée par son digne et intelligent pasteur, *pour s'être imprudemment associée à une accusation dont il déclare, par écrit,* « qu'elle n'avait nullement compris la portée, et dont la retractation était, *lui disait-il,* une obligation de ustice. »

L'histoire de l'Œuvre à Condé est courte mais elle est instructive ; elle est presque tout entière écrite de la main du vénérable curé.

Malgré les avis officieux d'abstention qui venaient partout détruire mystérieusement l'ouvrage à peine ébauché des propagateurs, la moitié des souscripteurs de Condé avaient déjà placé leurs cachets, et tous trois avaient même voulu devancer l'échéance pour se libérer. Mlle Biot, maîtresse de pension, expédia à Paris l'argent de ses vingt cachets; Mme la supérieure de la congrégation de Notre-Dame et Mme la supérieure de la salle d'asile avaient cru mieux faire d'adresser chacune leurs *cent francs* au correspondant de l'Œuvre à Caen; mais ce dernier, obéissant à d'autres inspirations, *refusa et d'envoyer ces fonds à Paris et de les renvoyer à Condé pour le moment de l'échéance;* si bien que *les billets furent protestés, pendant que, d'un côté, les souscripteurs avaient consciencieusement versé leur arent, et que, de l'autre, l'administration avait fidèlement servi ses abonnements*

Le système bien arrêté de tuer l'Œuvre dans tout le diocèse devenait par trop évident. La Direction paya les frais, retira les billets, les fit rendre *gratuitement* aux souscripteurs, et écrivit au correspondant de Caen qu'il pouvait renvoyer l'argent à Condé, attendu qu'elle faisait grâce et don de tous les abonnements servis.

Elle fit restituer également les billets des autres souscripteurs qui n'avaient point encore placé leurs cachets, et en première ligne celui de M. le curé, qui avait été malade et absent.

Cette étrange conduite du correspondant normand, se servant de sa position d'intermédiaire pour rompre de son autorité les contrats faits entre l'Œuvre et les souscripteurs, ne saurait être attribuée à une charitable sollicitude à l'égard de diocésains ignorants dont on aurait surpris la signature. Qui oserait dire encore, après avoir lu cette simple lettre, que les signataires ne savaient ce qu'ils signaient?

« Monsieur le directeur,

» **J'ai pris à M le comte de Givry un abonnement de cent francs,** et je prends à cœur de propager votre excellent journal.

» Signé : Sœur Saint-François de Sales,

» *Supérieure de la congrégation de Notre-Dame.* »

Condé-sur-Noireau.

Et non-seulement les souscripteurs de Condé, comme ceux d'ailleurs, savaient ce qu'ils avaient signé, mais, mieux qu'ailleurs, ils avaient pris au sérieux leurs obligations ; ils avaient placé leurs cachets et ils s'étaient hâtés d'en envoyer le prix pour qu'on le remît à qui de droit; et c'est quand ils ont demandé et reçu les abonnements, quand ils sont ainsi doublement engagés et débiteurs, qu'on va jusqu'à retenir sciemment et contre leur gré au moment de l'échéance leurs fonds reçus en dépôt, afin de laisser protester leurs signatures et de les contraindre à manquer à leurs engagements ! ! !

Si ce seul fait ne suffit pas pour éclairer et faire embrasser d'un regard l'ensemble de cette vaste conspiration, il n'y a pas de soleil de midi auquel le soldat puisse se fier pour reconnaître l'ennemi.

Il ne manque plus à ce simple et fidèle récit que le solennel témoignage qui doit le consacrer :

« Nous, soussigné, chanoine honoraire de Bayeux, curé de Saint-Martin de Condé (diocèse de Bayeux), déclarons que la Direction de *l'Arc-en-Ciel* a volontairement et spontanément retiré et annulé le billet de souscription signé par nous, sans aucune démarche ni réclamation de notre part; déclarons également que les billets souscrits par M. l'abbé Renaud, vicaire de Saint-Sauveur de Condé, par Mme Chatel, supérieure de la Providence (*la plaignante qui a cédé à de si tristes suggestions*), par Mlle Bochain, maîtresse de pension, ont aussi été annulés et remis à leurs signataires; déclarons enfin que *la souscription de Mme Dubois, supérieure de la salle d'asile, a été aussi intégralement annulée, bien que cette religieuse ait demandé et reçu avant l'échéance les livraisons de 20 abonnements.* **Mme Dubois ayant envoyé les fonds à Caen, M. de Givry a retiré néanmoins le billet et ordonné de le rendre à la signataire, ainsi que l'argent qu'elle avait versé.**

» En foi de quoi nous avons signé la présente déclaration.

» Fait à Condé-sur-Noireau (Calvados), ce 4 juin 1860,

» Signé : E. Laurent, *curé de Saint-Martin, chanoine honoraire.* »

5

Cette pièce était accompagnée de la lettre suivante :

« Monsieur le comte,

» Je vous envoie la déclaration ci-jointe; je désire vivement qu'elle vous soit utile pour repousser les injustes attaques auxquelles vous êtes exposé. J'écris en même temps à Mme la supérieure de la congrégation, pour l'engager à vous adresser une semblable déclaration (*pour le fait identique à celui de la supérieure de la salle d'asile.*)

» Je regrette bien sincèrement toutes les peines et tous les désagréments immérités que vous a causés une entreprise conçue dans de si bonnes intentions.

» Veuillez agréer l'expression des sentiments respectueux avec lesquels je suis, monsieur le comte,

» Votre très-dévoué serviteur,

» Signé : E. LAURENT, *curé de Saint-Martin.* »

Condé, 5 juin 1860.

De tels témoignages, donnés hautement en face des accusateurs par un homme aussi éminent et un prêtre aussi respecté, dédommagent de bien des offenses et de bien des défections.

Telle est, ville par ville et souscripteur par souscripteur, la longue, triste et véridique histoire de cette incroyable désertion de deux diocèses. Chaque détail n'en est malheureusement que trop fidèle, et les pièces justificatives les plus irréfragables sont là pour la certifier mot par mot et jour par jour. Tous ces souscripteurs, grâce à Dieu ! n'ont pas été jusqu'à la violence et à l'accusation pour se libérer de leurs engagements. Il y a eu des nuances dans les procédés et de la variété dans les moyens. Il est même inexplicable que, en présence des étonnantes facilités, du bon vouloir et de l'empressement que *tous* ont rencontrés de la part de la Direction de l'Œuvre pour leur gratuite et complète libération, il s'en soit trouvé *un seul* qui ait eu le triste courage d'accepter, dans de pareilles conditions, l'odieux et inutile rôle d'accusateur. Il faut que le vertige ait été bien violent ou que les inspirateurs aient été bien perfidement habiles.

Examinons rapidement quels sont du moins les prétextes qu'ils ont pu mettre en avant pour expliquer leur conduite.

VIII

Quels ont pu être les griefs des souscripteurs contre l'Œuvre ?

Est-ce pour avoir remis au banquier de l'Œuvre les billets de souscription que les directeurs seraient coupables? Quand les souscripteurs, après avoir pris à loisir connaissance des conditions du prospectus, avaient consenti à signer un mandat portant le double timbre de l'État et faisant éclater à tous les regards ces mots écrits en gros caractères : « Au. . . . . prochain, je payerai contre le présent mandat, à l'ordre de M. le directeur de l'Œuvre des bonnes Lectures, ou son fondé de pouvoirs, la somme de. . . . . pour solde des cachets d'abonnement que j'ai pris en qualité de fondateur honoraire; » avaient-ils le droit de se blesser qu'on remette ce billet chez le banquier pour le toucher à l'échéance?

Quand, par là même, l'Œuvre était engagée et pouvait être obligée dès le lendemain à servir à présentation les centaines, les milliers d'abonnements dont les cachets étaient ainsi mis en circulation ; comment, pour subvenir à toutes les dépenses immédiates de ces mêmes abonnements, n'aurait-elle pas pu déposer les obligations représentatives de leur valeur chez le banquier qui en fournissait les fonds? Était-elle tenue d'avancer pendant quatre, cinq et six mois, un an même (*car il y a des souscripteurs qui ont pris ce délai*), les frais énormes de tous ces abonnements, en échange desquels elle n'avait qu'une signature? et il lui aurait été même interdit de donner cette signature en dépôt!! !

Était-ce même sur le crédit personnel des souscripteurs que le banquier avançait les fonds nécessaires au service des abonnements? Les connaissait-il? s'est-il jamais informé de leur solvabilité? C'est à l'Œuvre, et sur la responsabilité personnelle des directeurs, qu'il donnait son argent. Les billets n'étaient pas ce qu'on appelle vulgairement *escomptés* : ils lui étaient remis en compte-courant, sans que jamais il ait songé à s'inquiéter ni de la qualité ni de la valeur financière des signataires, et, de même qu'il les recevait les yeux fermés, il les rendait ou les échangeait à la volonté des directeurs. Il suffisait qu'il fût prévenu assez tôt pour retirer avant l'échéance un billet dont le souscripteur demandait le renouvellement ou l'annulation. Ce dernier cas avait été très-rare jusqu'aux derniers mois de 1859, et, depuis le commencement de cette même année, il avait encaissé pour environ *quarante mille francs* de billets parfaitement et bénévolement payés.

Aussi, quand, à la fin de 1859 et au commencement de 1860, une désertion générale s'est déclarée presque à la fois sur tous les points des deux diocèses de Bayeux et d'Évreux, tout le monde a été surpris et confondu dans les bureaux du banquier comme dans ceux de l'Œuvre. On n'a pu retirer assez vite de la circulation cette masse de billets qu'on avait lancés en toute confiance, et dont les souscripteurs réclamaient en même temps et au moment de l'échéance l'annulation immédiate. Est-il donc étonnant qu'on n'ait pu empêcher que la plupart ne fussent présentés à domicile? Est-il étonnant même que pour un certain nombre il y ait eu protêts et autres formalités de banque? Malgré les soins et l'empressement que mettaient les directeurs de l'Œuvre à satisfaire à tant de demandes inattendues, il était impossible de faire rentrer sur l'heure des billets qui, pour être encaissés à Lisieux, à Falaise ou dans quelque bourgade de Normandie, devaient passer par les mains de cinq, six et quelquefois dix endosseurs. Le banquier répondait, aux lettres les plus pressantes des directeurs, « *que ses commis étaient surchargés de ce travail exceptionnel et qu'ils ne pouvaient parvenir à ressaisir avant l'échéance des billets lancés dans toutes les directions.* » (Lettre du 2 mars 1860 et autres antérieures.)

Puis les erreurs, les lenteurs et parfois le mauvais vouloir des agents ou des intermédiaires paralysèrent souvent les meilleures intentions du banquier. Ainsi, nous pourrions citer des protêts, des assignations même, qui ont eu lieu *huit* et *quinze jours* après que le banquier avait envoyé aux intéressés une décharge ainsi conçue : « *Je, soussigné, etc., déclare que, autorisé et d'ailleurs désintéressé par la Direction de l'Arc-en-Ciel, je m'engage à restituer gratuitement et sans frais à M. ou Mme..... son billet annulé dont je suis tiers-porteur.* » Fera-t-on un crime à l'Œuvre ou au banquier de ce qu'un commis ou un huissier a commis une erreur ? Enfin, — il faut le déclarer sans hésiter, parce que c'était l'inspiration d'un sentiment honorable, — si le banquier n'a pas mis dans le retrait et la restitution des billets un empressement égal à celui des directeurs de l'Œuvre, c'est qu'il les blâmait de céder si facilement le terrain à une hostile et évidente coalition ; c'est que, en homme positif, il trouvait ridicule que MM. de Civry fissent si légèrement le sacrifice de six mois de voyages et de dépenses perdues ; c'est que, en homme loyal, il ne comprenait pas que, au mépris de la recommandation de leur évêque et de leur propre signature, des ecclésiastiques et des religieuses pussent vouloir se soustraire à toute obligation envers une Œuvre dont ils possédaient depuis cinq et six mois les titres au porteur, dont beaucoup avaient reçu les volumes et les journaux, et dont ils ne craignaient pas de se faire les démolisseurs quand ils en étaient les débiteurs.

Si quelque autre que les directeurs eux-mêmes eût eu le droit de se plaindre, c'eût été assurément le banquier, qui n'avait pas lieu de se louer qu'on triplât ainsi gratuitement tout à coup la besogne de ses commis, qu'on mît le désordre dans ses écritures, et que, au lieu de remplir sa caisse, on encombrât son portefeuille de billets nuls et de signatures méprisées par leurs auteurs. Loin de manifester son légitime mécontentement, il donna à tous les déserteurs la plus éloquente leçon envoyant ordre, malgré sa répugnance, à tous ses correspondants de hâter la rentrée des billets et en prenant la peine d'écrire aux signataires pour la leur annoncer d'avance.

De leur côté, les directeurs de l'Œuvre, loin d'user de leurs droits et de contraindre qui que ce fût à payer une obole, ne négligeaient rien pour épargner tout ennui et même toute inquiétude aux souscripteurs refractaires : lettres, dépêches télégraphiques, voyages même, tout était mis en œuvre pour les rassurer et les garantir contre toutes réclamations, pour réparer les erreurs des intermédiaires ou les lenteurs de la banque. Chaque semaine, des milliers de francs étaient envoyés au banquier pour le couvrir de ses avances et activer la rentrée des billets : en un mot, jamais on ne vit en face de tant de mauvais vouloir d'un côté, tant d'empressement et de bonne volonté de l'autre.

En présence de cette hostilité déclarée de deux diocèses, non-seulement les directeurs se gardèrent bien d'entamer une lutte, mais ils s'abstinrent même de toute parole amère. Habitués dès leur enfance, par leur éducation, par leurs liens de famille, par leurs relations quotidiennes et surtout par les convictions de leur esprit et les sentiments de leur cœur, à respecter en tout et partout la robe du prêtre et celle de la religieuse, ils regardèrent comme aussi indignes d'eux d'avoir recours aux reproches que d'employer la rigueur. Voulant pousser la courtoisie aussi loin que le désintéressement, ils allèrent jusqu'à s'excuser dans leurs lettres d'avoir laissé mettre en circulation les billets réclamés : c'était s'excuser de n'avoir pas deviné la désertion ; c'était s'excuser d'avoir compté sur le zèle de pareils souscripteurs ; c'était s'excuser d'avoir eu confiance en leur parole.

Dans la lettre à peu près identique adressée par la Direction à la plupart d'entre eux, un seul passage pouvait laisser soupçonner l'ironie d'un reproche : c'était celui

qui accusait l'étourderie d'un commis *d'avoir confondu leurs billets de souscrip-*
tion avec ceux des souscripteurs sur lesquels on pouvait compter.

Ce fut là toute la vengeance de l'Œuvre envers ses déserteurs. La leur devait
être plus cruelle : quand ils virent qu'on avait la simplicité de *s'excuser*, ils crurent
que, à leur tour, ils pourraient peut-être *accuser !...*

Et il y en a qui sont venus dire sans hésiter qu'ils n'avaient point su ce qu'ils
signaient en souscrivant; et ce n'est pas un seul qui a tenu ce langage! Dans ce
sauve-qui-peut général, tous ceux qui ont craint de ne point arriver assez vite à
leur complète libération par les voix pacifiques, et qui ont cédé aux inspirations de
la malveillance ou de la peur, ont pris le même *faux-fuyant.* Tous les déserteurs
ont voulu justifier leur désertion par le même motif de légitime exemption. Entraînés de proche en proche par la même impulsion, s'encourageant mutuellement par
l'exemple et le conseil, ils se sont laissé persuader qu'ils avaient tous été le jouet
d'une vision ou d'un mirage et que leur excuse était tout entière dans ce mot : *Ils*
ne savaient pas ce qu'ils faisaient ! C'était en effet la seule possible.

Mais qui pourra l'admettre? A qui fera-t-on croire que les têtes les plus intelligentes et les plus prudentes de deux diocèses aient subitement fermé les yeux pour
signer sans le lire un engagement qui porte écrit en caractères éclatants sa nature,
son caractère et son but? Et ce fait se serait passé non pas une fois, mais deux cents
fois! il se serait répété chaque jour pendant une année presque entière! Il se serait
renouvelé dans toutes les villes et les bourgades de la même contrée! et cette contrée se vante et s'honore d'être le pays de la sapience et de la prudence. En un mot,
on serait parvenu à décider deux cents habitants de la Normandie à signer, sans le
lire, un papier timbré qui fait sauter aux yeux les plus aveugles ces mots signifi-
catifs : JE PAYERAI A L'ORDRE DE......, LA SOMME DE.......!!! Et celui
qui aurait obtenu ce fabuleux témoignage d'une foi digne d'un autre pays et d'un
autre siècle, n'était pas même un homme de leur voisinage et de leur terroir. Non,
ce n'était point un Normand! c'était pour eux un étranger, presque un inconnu! En
vérité, Bosco lui-même eût-il été capable d'un pareil prodige de fascination?

Étaient-ce du moins des paysans illettrés qui se seraient laissé surprendre ainsi
jusqu'à signer ce qu'ils ne pouvaient comprendre? Loin de là! ce sont les instituteurs
de l'avenir, ce sont les directeurs de l'enseignement et de l'éducation de deux diocèses ; ce sont les supérieurs des colléges et des séminaires; ce sont les supérieures
générales des communautés et des maisons les plus considérables, qui, au risque de
s'engager et d'engager tout l'ordre pour une obligation de dix mille francs, de cent
mille francs peut-être, auraient mis aveuglément leur signature au bas d'un mandat,
sans le lire, sans même le regarder! Et ceux, — c'est le cas d'une bonne partie des
accusateurs, — ceux qui ont confirmé le mandat en reproduisant la somme en
toutes lettres et en mettant **Bon pour...** de leur main au-dessus de leur signature,
comment espèrent-ils faire croire à leur ignorance?

Mais, d'ailleurs, n'avaient-ils point tous d'avance entre les mains et n'avaient-ils
point tous lu à loisir le prospectus de l'Œuvre et les conditions de la souscription?

S'associe-t-on à une Œuvre sans la connaître? En accepte-t-on par écrit les obligations sans en comprendre le premier mot?

La preuve que chacun savait parfaitement ce qu'il s'agissait de souscrire, c'est que à Évreux, à Vernon, à Louviers, à Bernay, à Pont-Audemer, à Bayeux, à Caen, à Saint-Pierre, à Condé, à Vire, à Falaise et à Lisieux, partout enfin où il y a eu des souscripteurs, il y a eu aussi des abstentions. Malgré la lettre épiscopale, des ecclésiastiques et des religieuses ont tout d'abord refusé de s'associer à l'Œuvre. Parmi ceux même qui l'approuvaient chaudement et qui lui promettaient un zélé concours, il s'en est rencontré partout qui n'ont point voulu s'engager par leur signature. Alors, peut-être, on a pu trouver leur zèle trop timide et leur réserve un peu froide ; mais, aujourd'hui, combien leur loyal refus paraît digne de reconnaissance et d'éloge en face de la violente désertion de leurs voisins moins prudents.

Citons seulement l'exemple du frère directeur de Rouen dont le chaleureux concours avait été précédé d'une si sage réserve :

Rouen, le 29 octobre 1858.

« Monsieur le comte,

» Mes supérieurs sont d'avis que je m'occupe aussi activement que possible de *l'Œuvre des bonnes Lectures*, c'est aussi mon désir ; mais je ne voudrais point prendre d'engagement de payement avant d'avoir réalisé...

» J'ai l'honneur d'être, monsieur le comte, avec un très-profond respect, etc.

« Signé : Frère GILLES, *directeur des écoles chrétiennes.* »

A M. le comte de Civry.

Et un mois plus tard, le 2 décembre 1858, le frère Gilles, qui ne faisait point de promesses à la légère, envoyait à la direction de l'Œuvre la somme de *mille francs* pour 200 abonnements. C'était noblement donner à ses collègues une double leçon de zèle et de prudence.

Et cependant la prudence ne semblait point avoir fait défaut cette fois aux souscripteurs normands. Avant de souscrire, ils manquaient rarement de faire appeler leur conseiller ordinaire ou extraordinaire, soit le chef supérieur de l'ordre, soit le directeur spirituel, soit l'assistante, soit un membre quelconque de la communauté, pour leur servir d'auxiliaire et discuter les chiffres (1). Cent témoins l'attesteraient au besoin ; mais il y a un témoin muet qui est plus éloquent que tous les autres, c'est la grille des couvents cloîtrés ; elle confond d'avance toute prétention d'ignorance, en attestant que le billet de souscription, avant d'être signé, avait subi l'épreuve de la claustration et le prudent examen de regards non distraits.

Et n'y a-t-il pas, avant tout et au-dessus de tout, l'éclatant témoignage des centaines de souscripteurs de tous les diocèses voisins? Les sommes qu'ils ont versées par vingtaines de mille francs, en vertu des mêmes engagements, ne sont-elles pas la meilleure caution de leur sincérité?

(1) L'un des rares souscripteurs qui aient signé sans témoins, la sœur X..., de Breteuil, a bien soin, au moment où elle veut se dégager de l'obligation qu'elle a souscrite en mettant de sa main : *Bon pour deux cents francs*, de s'armer de cette circonstance, et elle n'éprouve aucun scrupule à écrire dans sa lettre citée plus haut : « *Il n'y avait pas de témoin quand j'ai signé.* »

Le diocèse de Rouen tout entier, prêt à se lever comme un seul homme pour attester que les mêmes billets de souscription ont circulé dans toutes ses villes et ses bourgades, que partout ils ont été librement signés, parfaitement compris et loyalement acquittés, ne suffirait il pas pour confondre les raisons dilatoires inspirées par la malveillance ou la peur à une troupe de fuyards? Le clergé et les communautés du diocèse métropolitain n'ont-ils point autant de poids que quelques individualités des diocèses de Bayeux et d'Évreux, cédant sans réflexion aux aveugles inspirations d'une panique et subissant, peut-être à leur insu, tous les entraînements d'une coalition?

Les Normands de la rive droite sont-ils d'un sang moins noble ou d'une conscience moins sûre que ceux de la rive gauche? Trois cents prêtres et religieuses, venant déclarer qu'ils ont parfaitement payé parce qu'ils ont parfaitement compris, sont-ils moins dignes de foi que cinquante cerveaux effrayés venant dire qu'ils n'ont pas compris, parce qu'ils ne veulent pas payer? Depuis quand une immense majorité, montrant ses actes en témoignage de ses paroles, devrait-elle s'incliner devant une infime minorité, ne cherchant dans ses paroles que le moyen de s'affranchir des promesses de sa plume? Serait-ce enfin parce que les premiers ont fait honneur à leur signature qu'on les tiendrait en moins grande estime que les déserteurs?

Prenons au hasard deux ou trois témoignages qui donnent une idée de tous les autres :

« Je, soussigné, Guillaume-Charles Yon, curé doyen de Lillebonne, déclare et atteste :

» 1° Que j'ai volontairement et sciemment souscrit à l'Œuvre des bonnes Lectures (*Arc-en-Ciel*), pour la somme de **cent francs**, laquelle somme j'ai librement payée;

» 2° Que j'ai reçu en échange tous les abonnements que j'ai demandés;

» 3° Qu'il est à ma connaissance certaine que M. l'abbé Papon, alors vicaire à Lillebonne et actuellement desservant à Piétot-Dicquemarre, a également souscrit pour une somme de **deux cents francs;**

» 4° Que M. Delaunay, instituteur libre à Lillebonne, et l'instituteur communal ont également souscrit, *chacun pour une somme de cent francs*, et qu'ils ont tous reçu les livraisons et abonnements représentant leurs souscriptions.

» Je donne bien volontiers cette attestation à M. le comte de Civry pour rendre hommage à la vérité et pour lui servir ce que de besoin.

» Lillebonne, le 5 juin 1860.

» Signé : Yon, *curé doyen de Lillebonne.* »

Elbeuf, le 25 juillet 1859.

« Monsieur le directeur,

» En m'abonnant à votre journal pour un an et **cinq cents francs**, j'ai promis de solder vers la fin de juillet de la présente année. Comme je pense jouir des droits portés sur la feuille que m'a laissée M. le comte de Civry, je vous prie d'arranger la chose en conséquence.

» Veuillez agréer, monsieur, mon profond respect.

» Signé : Frère Apollonius, *directeur des écoles chrétiennes d'Elbeuf.* »

A M. le directeur de *l'Arc-en-Ciel*, à Paris.

Londinières, 14 janvier 1857.

« Je consens très-volontiers à prendre un titre de fondateur honoraire de *l'Œuvre des bonnes Lectures pour la Jeunesse.* Je vous enverrai à la plus prochaine occasion la somme de **cent francs.** J'ai déjà un certain nombre de cachets placés que je me propose d'envoyer prochainement à l'administration du journal.

» Agréez, etc.

» Signé : A. GRESSIER, *curé doyen de Londinières.* »

A M. Fleury, libraire de l'Archevêché, à Rouen.

Après les ecclésiastiques et les religieux, citons le témoignage d'un laïque, l'un des hommes les plus honorables et les plus distingués du diocèse de Rouen :

Douai, 30 mai 1859.

« Monsieur,

» J'ai pris il y a deux mois un titre de fondateur du journal *l'Arc-en-Ciel, et je me suis engagé à en verser le montant (cent francs) au commencement de juin.* Je vous prie, si vous n'avez pas encore tiré sur moi, de ne point le faire parce que j'ai l'occasion de vous faire remettre ladite somme à Paris. Vous trouverez ci-joint un cachet d'abonnement, que je désire recevoir ici, sans préjudice de celui que vous *continuerez* à servir à Rouen.

» Recevez, monsieur, l'assurance de ma parfaite considération.

» Signé : A. DE PILLON DE SAINT-PHILBERT. »

A M. le directeur de *l'Arc-en-Ciel,* à Paris.

Cette lettre du vénérable supérieur du collége de Mesnières prouve quels sentiments les souscripteurs du diocèse de Rouen conservaient pour l'Œuvre, *un an après avoir payé :*

Mesnières, 9 mai 1859.

« Monsieur,

» J'ai l'honneur de vous prévenir que je renonce à tout intérêt de la somme que je vous ai versée en faveur de l'Œuvre que vous avez formée. Tout mon désir c'est de voir vos nobles travaux couronnés d'un plein succès.

» Agréez, monsieur, l'hommage de mes sentiments respectueux et dévoués.

» Signé : FRÉGOT, *chanoine honoraire,*

» *Supérieur de la maison de Mesnières.* »

A M. le directeur de *l'Arc-en-Ciel,* à Paris.

Empruntons encore quelques témoignages à un autre diocèse. Prenons celui de Soissons, qui n'a pas l'enthousiasme du Midi, et choisissons les communautés et les localités les plus pauvres :

Charly, 14 septembre 1859,

» Monsieur,

» Je remettrai la semaine prochaine à une de nos sœurs, qui doit passer par Soissons, les **cinq cents francs montant du prix des cent abonnements que nous avons pris l'engagement de placer.** En consultant vos registres, vous verrez que ce nombre de *cent* se trouve complété par les *trois* que nous demandons ci-dessous.... Nos maisons sont très-pauvres et nous ne nous en plaignons pas, loin de là ! puisque nous avons été fondées pour les pauvres. Mais cela vous explique notre peu de ressources et de notre part et de celle des enfants auxquels nous sommes dévouées. Du moins, je vous promets, au nom de notre mère supérieure, que nous serons de plus en plus, autant qu'il nous sera possible, zélatrices de l'Œuvre dans notre petite sphère.

» Signé : Sœur SAINTE-JUSTINE,

Religieuse de N. D. de Bon-Secours. »

A M. le directeur de *l'Arc-en-Ciel*, à Paris.

La supérieure d'une pauvre communauté vouée aux enfants pauvres, s'excusant de n'avoir pu placer que *cent abonnements* et de n'envoyer que *cinq cents francs*, n'est-elle point un noble exemple de zèle et d'humilité qui console des réponses que tenaient prêtes pour l'échéance Mmes les supérieures générales des grandes communautés des diocèses de Bayeux et d'Évreux.

Voyons enfin ce qu'écrivaient les curés de village du même diocèse :

Fresnoy-le-Grand, 20 décembre 1859.

« Monsieur le directeur,

» Ma santé depuis longtemps ne m'avait pas permis de m'occuper de *l'Œuvre des bonnes Lectures*. Je viens enfin d'essayer : je ne sais jusqu'à quel point je pourrai réussir dans notre village. *J'ai souscrit, je crois, un engagement de cent francs*; j'ai réuni déjà un certain nombre d'abonnements, je vous envoie les noms. Je ne sais si je remplis bien les formalités, mais je crois que je serai suffisamment compris.

» Plaise à Dieu que cette Œuvre excellente prenne racine dans ce pauvre pays et y opère quelque bien !

» Je suis très-respectueusement, monsieur le directeur, votre très-humble et dévoué serviteur.

» Signé : GEOFFROY, *curé de Fresnoy-le-Grand* (Aisne.) »

Anisy-le-Château, le 12 octobre 1859.

« Monsieur le directeur,

» Je n'ai encore pu placer que dix cachets de *l'Arc-en-Ciel*. **Néanmoins je ferai honneur à l'engagement que j'ai pris d'acquitter les vingt dont j'ai accepté le dépôt,** sauf, bien entendu, à réclamer le remboursement du surplus, si je ne parvenais pas à placer le tout.

» J'ai reçu en son temps le paquet contenant les petits livres auxquels me donnait droit mon titre de fondateur.

» Agréez, etc.

» Signé : D. LÉCART, *curé doyen d'Anisy-le-Château.* »

La Capelle, 6 octobre 1859.

« Monsieur,

» Placé au milieu de populations d'un égoïsme effrayant et d'un intérêt sordide, j'ai le regret de venir vous dire que jusqu'ici je n'ai encore pu placer un seul cachet d'abonnement. Toutefois je verrai encore; et, dans tous le cas, veuillez m'envoyer *l'Arc-en-Ciel* à partir du 1er octobre, avec les 100 volumes de la petite bibliothèque. **Quant à la somme de cent francs que j'ai promise, je serai prêt à la payer** le 1er novembre prochain.

- » Je vous prie d'agréer, monsieur, l'assurance de mon parfait dévouement.

» Signé : DEMISELLE, *curé doyen.* »

Ainsi, partout ailleurs que dans les diocèses de Bayeux et d'Évreux, les souscripteurs comprenaient parfaitement la nature de l'engagement qu'ils avaient signé. Il n'y avait de doute ni de surprise pour personne, et, jusque dans les plus pauvres campagnes, ceux qui ne pouvaient placer qu'avec peine une partie de leurs cachets, s'empressaient de témoigner leur bon vouloir en acquittant de plein gré la dette de leur signature.

Examinons pourtant encore avec soin quelles pourraient être les excuses de la désertion et surtout de l'accusation. Les uns prétendent qu'ils croyaient ne s'engager à rien et ne signer qu'*un simple reçu* des cachets pris par eux; les autres, plus généreux, déclarent qu'ils pensaient s'engager pour *un abonnement*. Quoique les termes mêmes, les chiffres, le timbre et la forme du mandat donnent à ces deux assertions un démenti matériel qui dispenserait au besoin de toute réfutation, nous allons répondre à chacune d'elles. Nous commençons par la seconde :

Au premier abord, il n'est pas facile d'admettre que les archevêques et les évêques assemblent leur conseil, nomment des présidents et des comités, fassent des mandements où ils recommandent une Œuvre à leur clergé et à leurs diocésains **en les priant avec instance d'y prendre une large part;** que, sur leur invitation, des hommes.... qui ne sont pas tout à fait des colporteurs, se mettent en campagne et aillent dépenser leur temps et leur zèle en voyages et en visites..., le tout pour arriver à décider les chefs des premières maisons d'éducation et les supérieures générales des grandes communautés à prendre... *un abonnement de cinq francs!!!*

Et c'est, non point *par une pièce de cinq francs*, mais *par un billet à ordre à quatre ou cinq mois de date*, que ces souscripteurs se seraient acquittés de cette somme! Or, comme les simples frais de recouvrement d'un pareil billet sont *au minimum* de 1 fr. 25 c., et que les seuls frais de poste de chaque abonnement sont de 1 fr. 75 c. par an, il serait resté **deux francs** pour les dépenses de tout genre des *cinquante-deux livraisons* du journal lui-même. Ainsi, c'est pour arriver à recueillir *trois, quatre,* ou *six* souscriptions pareilles, donnant chacune un résultat de *deux francs*, que le propagateur aurait passé deux ou trois jours dans chaque ville, affrontant les caprices de la température et ceux des souscripteurs. Certes, il ne lui eût plus suffi de faire le sacrifice de ses frais de voyage; il eût fallu qu'il prît à sa charge le service de tous les abonnements recrutés par lui, car les *deux francs* recueillis eussent à peine couvert la dépense des prospectus, des circulaires et des cachets. C'eût été, il faut l'avouer, payer un peu cher le plaisir d'aller en chemin de fer, de coucher à l'hôtel et de faire visite à des inconnus. La satisfaction de fonder et de propager une Œuvre utile n'eût plus alors servi de compensation aux fatigues, aux charges et aux ennuis du voyage, puisque, loin de travailler à son développement, c'eût été la ruiner d'avance et de parti-pris.

Aussi, avons-nous vu que la propagande avait été précisément organisée sur un plan tout opposé, de façon à éviter la ruineuse et stérile voie des abonnements isolés. Il n'y a donc pas un esprit sérieux qui puisse admettre que, refusant de recevoir le prix d'abonnements individuels, un homme raisonnable ait proposé à qui que ce soit de souscrire un billet à ordre de cinq francs.

Ce qu'il y a de réel et de vrai au fond de cette chimérique allégation, c'est que le souscripteur pouvait très-bien, tout en souscrivant pour vingt abonnements, n'en garder qu'*un seul : l'abonnement personnel qui lui appartenait comme chef de série;* et celui-là, il n'avait pas même à le payer puisqu'il était gratuit; mais il est bien évident que c'était *à la condition de placer les autres..* Tel était l'identique et invariable langage que tenaient à la fois le propagateur, le prospectus et le billet de souscription. Nous pouvons ajouter que c'était aussi et avant tout le langage du bon sens, et le souscripteur n'avait besoin que de l'interroger pour le savoir.

Ceux qui prétendent avoir cru ne s'engager à rien et ne signer qu'un reçu sembleraient à peine mériter une réponse. Qui pourrait supposer que des hommes graves, sachant le prix du temps, passent des mois entiers à sillonner en tous sens une province, dans le seul but de déposer çà et là de petits paquets de cartes jaunes ou vertes, dont ils se feraient donner de stériles récépissés. Ce serait, il faut encore l'avouer, un jeu par trop innocent. Il eût été beaucoup plus simple et plus économique d'envoyer ces cachets avec le prospectus par la poste ou par le premier messager venu, sauf à s'en faire accuser réception.

Pour de pareils récépissés le timbre était certainement un luxe inutile; c'eût été folie que de s'en imposer la dépense, ainsi que celle du voyage. On pouvait, à distance et à coup sûr, adresser ces envois inoffensifs à tout prêtre, à toute communauté et à toute maison d'éducation; il n'y avait point à craindre de refus. Aussi, l'assertion des prétendus souscripteurs de récépissés a-t-elle une réfutation plus foudroyante encore que le mandat même qu'ils ont signé : c'est le refus de leurs propres voisins, qui se sont abstenus de souscrire.

Y a-t-il dans un diocèse entier un seul prêtre ou une seule religieuse qui oserait refuser de recevoir, *en simple dépôt*, vingt ou cent cachets d'une Œuvre recommandée par son évêque? Qui eût hésité à en donner un reçu, si ce dépôt n'entraînait pas l'ombre d'une obligation?

Dire que les souscripteurs ne s'engageaient *absolument à rien*, c'est donc parfaitement absurde; mais dire que leur engagement se réduisait *presque à rien*, c'est parfaitement exact. On pouvait même affirmer en toute vérité que le souscripteur n'était en quelque sorte qu'*un dépositaire* et que son risque pécuniaire était à peu près nul.

Le prospectus le disait en toutes lettres, et en réalité c'était deux fois vrai :

1º En donnant au souscripteur trois, quatre et six mois de délai pour le placement de ses cachets, on lui garantissait la presque certitude de n'avoir à faire aucune avance de fonds. En effet, quel est le prêtre, quelle est la supérieure d'institution ou de communauté, qui, *le voulant*, ne saurait pas, dans ce large délai, trouver vingt ou quarante enfants, familles ou lecteurs quelconques, consentant à recevoir chaque dimanche un journal illustré moyennant cinq francs par an, c'est-à-dire moins de deux sous par semaine?

L'expérience parlait assez haut sur ce point. Dans le diocèse de Rouen n'avait-on pas vu des pensionnats où quarante élèves s'inscrivaient en une heure sur la liste d'abonnements; des frères qui en trois jours arrivaient au même chiffre, après avoir obtenu l'adhésion de tous les parents; de simples vicaires qui, dans une seule journée de visites, avaient recueilli les vingt pièces de cinq francs de leur série; de pauvres sœurs d'école qui, entre les offices d'un dimanche, avaient trouvé moyen de placer leurs vingt cachets? Sans bourse délier, ils étaient donc facilement prêts pour l'échéance, après s'être acquis ainsi des abonnements gratuits, une petite rente pour leurs aumônes et le titre de fondateur d'une bonne Œuvre.

Et tout cela leur avait coûté... non pas un centime... mais la dépense d'un peu de cœur et de zèle !

2° Lors même que le souscripteur n'eût pu placer ses cachets, cas bien rare, ils ne restent dans ses mains, dit le prospectus, que *« comme un simple dépôt qui, loin d'être onéreux, ne peut qu'être avantageux, puisque son avance devient un placement qui, outre l'intérêt légal, lui donne droit à la triple prime de 19 fr. 50 c. en petits livres et abonnements gratuits, pour chaque série de vingt cachets. Enfin, au bout de la troisième année, il a droit au remboursement total de son avance. »*

Ainsi dans le cas le plus défavorable et le plus improbable, le souscripteur en était quitte pour un mince placement de fonds qui, en sus de l'intérêt ordinaire, lui assurait la possession gratuite de plusieurs abonnements et de centaines de petits livres pouvant être ou gardés, ou cédés, ou donnés à son gré.

Telle était la loi qui régissait l'Œuvre et ses souscripteurs. Elle n'existait pas seulement sur le papier et elle n'a pas été inventée pour les diocèses de Bayeux et d'E-vreux; elle a été promulguée, approuvée, acceptée et exécutée dans tous les diocèses où l'œuvre est établie.

A ces conditions, déjà si larges et si bienveillantes, des statuts, M. Eugène de Ci-vry, dans ses voyages de propagande, ajoutait toutes les facilités qui lui semblaient raisonnables et possibles dans l'intérêt de l'œuvre et des zélateurs. C'est ainsi que souvent, sinon toujours, il prenait sur lui de déclarer, *en son nom personnel,* que : *« si, par impossible, le souscripteur ne parvenait pas, malgré tous ses efforts, à placer tous ses cachets, et que, à l'échéance, il ne fût pas en mesure de faire l'avance des cachets restants, on s'arrangerait pour compléter la somme et ne lui faire payer alors que les abonnements placés, de façon à lui donner toute latitude et à ne lui causer aucun embarras. »*

Cette déclaration spontanée n'était-elle point marquée au triple cachet de la bien-veillance, de la délicatesse et de la courtoisie? — Était-ce là une convention claire et loyale ? Et quand le souscripteur avait donné sa signature et reçu ses cachets, tout le monde n'avait-il pas le droit de lui dire : *« C'est un dépôt qui ne vous com-promettra pas, et vous pouvez faire une bonne œuvre à bon marché? »*

La convention a-t-elle été exécutée loyalement de part et d'autre ? Telle est toute la question.

Le souscripteur a-t-il été fidèle aux conditions stipulées, à sa signature et à ses promesses? Hélas ! non.

L'œuvre a-t-elle été fidèle à ses statuts et à ses engagements? Oui, et elle les a même dépassés jusqu'à compromettre sa propre existence.

Le propagateur lui-même a-t-il été personnellement fidèle à sa parole? oui, il y a été fidèle jusque dans les absurdes interprétations qu'on a voulu lui donner et dans l'étrange abus qu'on a osé en faire.

Que quelques souscripteurs, comprenant à leur façon les stipulations du prospec-tus, les termes du mandat et les paroles échangées dans une visite rapide, aient réellement cru ne signer qu'un simple reçu, nous n'oserions point le déclarer impossible. Rien ne semble impossible, quand on a vu des souscripteurs venir chez le libraire correspondant réclamer cinquante abonnements pour cent sols, s'étonner que les cent petits volumes donnés gratuitement à chaque chef de série (20 cachets) ne fussent pas reliés, et demander si ces primes gratuites ne dispensaient pas désormais de tout achat pour les distributions de prix; quand enfin on a lu la lettre par laquelle un prêtre souscripteur de Falaise réclame cent vingt abonnements pour cent francs!!! Il ne dit pas s'il comptait payer le port (210 fr.).

Et, à ce prix-là, ils marchandaient encore leur signature!!!

Que d'autres, plus habiles, interprétant en huissier la parole du gentilhomme, aient trouvé bon, au premier souffle d'hostilité, de se proclamer dégagés de toute obligation en jetant dans le fond d'une armoire les cachets qu'ils avaient pris l'engagement de placer, c'est malheureusement probable... à moins que l'interprétation elle-même ne leur ait aussi été soufflée du dehors.

Mais ce qui est certain, c'est que, d'un côté, le souscripteur *s'était engagé, par sa signature et sa parole, à donner à l'œuvre son concours sérieux et efficace, promettant*, sauf le cas de force majeure, *le placement des cachets dont il n'avait accepté la charge que de plein gré et après délibération;* de l'autre, le représentant de l'œuvre *avait pris l'engagement d'honneur de restreindre l'obligation du souscripteur* aux limites du possible.

Or, nous le répétons, ce contrat a-t-il été loyalement exécuté?

Il est évident que la réserve des cachets à rendre, par impossibilité de placement, n'était que l'exception, et que le chiffre en devait toujours être proportionnellement minime. Dans le diocèse de Rouen, il n'y eut même pas un souscripteur sur vingt qui ait usé de cette faculté. La plupart gardaient pour l'année suivante les quelques cachets qu'ils n'avaient pu placer avant l'échéance et payaient la totalité de leur engagement, trouvant une large compensation à cette légère avance dans la réduction du prix, dans les abonnements gratuits et dans l'intérêt qu'on leur servait.

Tous ceux qui avaient réclamé le bénéfice de cette réserve verbale l'avaient obtenu à l'instant et sans l'ombre de discussion. Ceux qui avaient voulu reculer l'échéance et renouveler ou diviser leur billet, n'avaient eu également qu'à le demander. Ceux même qui, par exception, avaient exprimé le désir d'annuler leur souscription, l'avaient vu résilier sans la moindre observation ni difficulté. Cette loyale et scrupuleuse délicatesse de la Direction de l'Œuvre était constatée par trois années d'épreuve, et chacun de ces faits peut se prouver par cent lettres, récépissés, attestatations et témoignages de toute date et de toute nature. Il semblait donc que tout allait se passer, dans les diocèses de Bayeux et d'Évreux, de la même manière que partout ailleurs, c'est-à-dire que, sauf de rares exceptions, tous les cachets seraient facilement placés et toutes les souscriptions fidèlement acquittées. Là, pas plus qu'ailleurs, il n'était besoin d'un dévouement héroïque ou d'une charité sans bornes pour trouver le placement de vingt ou quarante abonnements d'un prix aussi minime. N'y voit-on pas, comme ailleurs, des troupes d'enfants, d'ouvriers et de pauvres gens venir chaque semaine, leurs deux sols à la main, assiéger l'étalage des journaux illustrés jusque dans les plus humbles bourgades? Le libraire n'a eu besoin ni de contrainte, ni de stratagèmes, ni même de puissantes protections officielles pour engager cette foule à se procurer une distraction à bon marché. Et quand, appuyé sur l'autorité de mandements épiscopaux, sur le patronage de comités d'élite et sur le dévouement d'hommes honorables ayant consenti à quitter la plume pour le bâton du pèlerin, un journal, destiné aussi à récréer, mais à récréer sans corrompre, à récréer en évangélisant, vient se présenter sur le terrain commun ; qui s'attendait jamais à ce que les éclaireurs et les apôtres les plus influents d'une ville pussent répondre.... qu'il leur est impossible de trouver vingt lecteurs là où l'échoppier en trouve mille ?

Cette réponse ne serait-elle point prise pour une amère raillerie ?

Et pourtant c'est la réponse invariable qui est sortie tout à coup, comme un chœur formidable, des cent bouches de cent souscripteurs normands. Elle était réfutée d'avance par le témoignage de trois années et de dix diocèses ; qu'importe ? les échos mêmes de la Normandie protestaient contre elle ; qu'importe ? à Montivilliers, un seul vicaire avait trouvé cent quatre-vingts abonnés en quinze jours ; qu'importe ? à Lillebonne, à Doudeville et dans tous les moindres bourgs où l'on avait voulu s'en donner la peine, la propagande avait porté les mêmes fruits, qu'importe ? Le salut de cent déserteurs est dans cette réponse : il faut qu'elle vole de bouche en bouche, d'une extrémité à l'autre des deux diocèses ; et voilà que, au risque de calomnier le champ paternel et le soc nourricier, ceux qui portent dans leur robe l'apostolat de ces diocèses déclarent solennellement que, tout à coup rebelle à la semence chrétienne, le sol en est devenu plus stérile que les sables du Sahara et les glaces du Groënland !

Et pourtant cette étrange stérilité n'existait pas la veille. Les souscripteurs avaient tout d'abord trouvé un facile placement de leurs cachets : dans le diocèse d'Évreux, Breteuil avait fourni, dès le début, *quarante* abonnés ; Écouis, *soixante* et Louviers *cent vingt ;* dans le diocèse de Bayeux, Condé en avait fourni *soixante* et Lisieux *cent vingt-cinq.* On sait comment ils ont disparu au souffle d'un Aquilon ou d'un Simoun inconnu.

Mais pourquoi se fatiguer à démontrer l'inanité d'une excuse qui se réfute elle-même ? Le bon sens tout seul en fait meilleure justice que ne saurait le faire la plume la plus éloquente.

Ainsi, nul doute possible, les souscripteurs ont manqué de la façon la plus grave et la moins excusable à leurs engagements.

De son côté, qu'a fait la Direction de l'Œuvre ? S'est-elle autorisée de ce mauvais vouloir pour user plus sévèrement de son droit ? a-t-elle refusé de ratifier et de tenir les bienveillantes promesses verbales que ses propagateurs avaient cru pouvoir faire spontanément en leur nom personnel ? Non-seulement elle les a tenues, mais elle les a cent fois dépassées ; elle n'a pas seulement fait remise du prix de deux ou trois abonnements non placés, elle a fait remise de l'obligation tout entière ; elle a même fait grâce du prix des abonnements placés et servis ! ! ! Quel est celui de ces souscripteurs qui a eu un centime à payer ? lequel d'entre eux a racheté de son argent sa propre signature ? qui a eu à supporter les frais de ces brusques refus de payement? Bien plus, quand il s'en est trouvé qui, non contents de se voir si généreusement libérés, sont venus réclamer sans scrupule jusqu'à leurs ports de lettres et jusqu'aux honoraires des gens de loi auxquels ils avaient demandé le moyen de se soustraire à leurs obligations ; ceux-là ont-ils reçu la réponse qui leur revenait de droit? Loin de là, les directeurs de l'Œuvre ont tout payé ; ils ont payé ce qu'ils ne devaient à aucun titre et ce qu'aucune puissance du monde ne pouvait leur imposer ; ils ont payé jusqu'à l'absurde, afin de donner ainsi une leçon de délicatesse et d'honneur à ceux qui osaient leur en parler, la menace à la bouche.

La position respective des souscripteurs et des directeurs de l'Œuvre est bien claire et bien tranchée :

D'un côté, sont des gens qui, sans se déranger, ont reçu des cachets qu'ils ont presque tous gardés et des livraisons qui ne leur ont rien coûté ; ils n'ont eu que la peine de signer un engagement qu'ils n'ont jamais payé et qu'on leur a gratuitement rendu.

De l'autre, sont des hommes qui, sur la foi de la parole et de la lettre épiscopales, ont parcouru deux diocèses et y ont semé argent, livraisons, prospectus, cachets et titres de fondateurs ; puis, quand au mépris de toutes les promesses écrites et verbales, au mépris des plus simples devoirs de convenance et de position, la désertion la plus incroyable et la plus inattendue se manifeste, ils font, à l'instant même et sans aucune contrainte, l'abandon le plus complet de tous leurs droits et ne gardent pour eux que les mécomptes et les frais de cette ruineuse campagne.

De quel côté aurait-on le droit de se plaindre? Qui pourrait-on légitimement accuser? Abstenons-nous de répondre et bornons-nous à constater que ce sont les premiers qui se plaignent et les seconds qu'on accuse!...

Oui, ceux qui avaient à se justifier n'ont pas craint d'accuser ; on leur a dit, et ils ont cru, que le meilleur moyen de se défendre c'était d'attaquer.

Et ils se sont laissé entraîner jusqu'à dire qu'ils n'avaient pas su ce qu'ils faisaient et qu'on avait surpris leur signature. Surprendre leur signature! mais dans quel but? puisqu'à la première demande, au premier désir d'abstention, au moindre signe de regret, on se hâte de les dégager de toute obligation. Surprendre leur signature! mais on met plus d'empressement à la leur rendre qu'on n'en a mis à la leur demander. Ah! ce n'est point ainsi qu'on surprend des signatures, et surtout, quand on parvient à les surprendre, ce n'est pas pour les rendre. Ceux qui font de tels métiers réalisent bien vite le fruit de leurs exploits, le mettent dans leur valise et ..... ils ne sont plus là au moment de l'échéance.

Mais ne suivons pas plus loin ces fantaisies d'imaginations malades, car en prenant trop au sérieux et en analysant à fond des rêves enfantés par la peur ou la fièvre, nous arriverions à des conclusions qui ne se discuteraient plus de sang-froid, parce qu'elles toucheraient à l'infamie.

Disons plutôt que c'est à un hôpital de fous qu'il eût fallu envoyer les hommes assez naïfs pour dépenser en perpétuels et stériles voyages leur temps et leur argent, dans le seul but de solliciter laborieusement des signatures et de les rendre ensuite gratuitement à l'échéance, ne gardant pour eux que le bénéfice de la fatigue et la charge des frais....; sauf à recommencer le lendemain la même et éternelle promenade de Sisyphe, jusqu'à ce que la France ou plutôt leur bourse eût été épuisée.

De quelque valeur et de quelque position qu'eussent pu être les souscripteurs, c'eût été vraiment payer trop cher la satisfaction de posséder leurs autographes pendant quelques mois.

Mais les hommes qu'on avait jugés dignes de conduire une telle Œuvre n'étaient ni des échappés de Bedlam ni des pensionnaires de Charenton ; et quand ils avaient devant eux *dix autres diocèses qui leur offraient la certitude de souscriptions sérieuses*, et quarante autres qui, selon toute probabilité, devaient suivre l'exemple donné par les vingt premiers depuis quatre ans, ils ne se seraient ni amusés **ni** acharnés à parcourir deux diocèses hostiles pour y arracher par surprise des signatures trompeuses, illusoires et sans valeur.

Loin donc de chercher à tromper qui que ce soit, ce qui eût été aussi contraire à leurs intérêts qu'à leurs sentiments, aussi indigne de leur Œuvre que d'eux-mêmes, ce sont eux qui ont été cruellement trompés : trompés dans leurs labeurs, trompés dans leurs espérances, trompés dans leur confiance !

Mais, quelle qu'ait été la cause du désaccord ou du malentendu, l'évêque n'était-il pas l'arbitre naturel des parties et le meilleur juge du débat?

D'un côté, c'étaient des membres de son clergé et des communautés dont il est le supérieur hiérarchique ; de l'autre, c'était une Œuvre placée sous son patronage officiel et sous celui de vingt-cinq de ses collègues. A tous les points de vue, n'était-ce point un devoir de porter devant lui la question en litige? Le plus simple sentiment des convenances, la voix de la prudence et de la sagesse, la crainte du scandale, enfin le respect et l'intérêt même de la religion, tout en faisait une obligation de premier ordre. L'évêque n'est-il pas le père et le premier protecteur de ses diocésains? S'ils ne demandaient que la justice et l'équité, des prêtres et des religieuses pouvaient-ils craindre que sa paternelle protection leur fît défaut? Décliner son arbitrage et se défier de sa sollicitude, n'était-ce pas déjà avouer qu'ils n'avaient point confiance en leur droit et qu'ils obéissaient à d'autres inspirations que celles de leur conscience?

Enfin, si la juridiction amiable de leur premier pasteur leur paraissait suspecte, n'y avait-il point la justice civile? N'est-elle point instituée pour apprécier la valeur et la légitimité des conventions, pour faire respecter celles qui sont loyales, pour rompre et annuler celles qui sont illicites?

Mais non, ils ont évité avec soin toute discussion pacifique et régulière, parce qu'ils sentaient que leur thèse n'était pas soutenable et que tout les condamnait d'avance ; et ils ont préféré se livrer aveuglément à de perfides conseillers, qui les ont lancés dans la voie violente où l'égalité du terrain disparaît à l'instant même entre les deux adversaires, et où l'un, sous le nom d'accusateur, voit se déployer en sa faveur tout le formidable arsenal de la puissance publique, tandis que l'autre, sous le nom d'accusé, est réduit à trouver dans sa conscience les seules armes avec lesquelles il puisse se défendre contre son tout-puissant ennemi.

Était-ce donc en face d'une bande de voleurs que se trouvaient ces apôtres de paix, pour avoir recours à de si terribles armes de guerre? Poussons les choses à l'extrême et admettons la pire des hypothèses : lors même, *ce qui est démenti d'avance par tous les témoignages, par tous les documents et par toutes les preuves qu'ils avaient entre leurs propres mains*, lors même que l'on eût voulu exiger le payement rigoureux de leurs billets de souscription, les aurait-on volés? Leur argent eût-il été perdu? n'avaient-ils point, en vertu de ces billets mêmes et des cachets qu'ils possédaient, le droit et le moyen de se faire remettre *immédiatement*, en abonnements et en volumes du prix le plus réduit, la valeur représentative de leur avance? Diront-ils que cette valeur était illusoire ou qu'elle n'aurait pas été acquittée par la direction de l'Œuvre? Le service de quatre années est là pour répondre. Les cachets qui étaient arrivés par milliers de partout ailleurs, et qui s'entassaient acquittés dans ses bureaux n'étaient-ils point un témoignage assez éloquent? Et de Normandie même, qui jamais avait envoyé un seul cachet sans qu'il fût à l'instant converti en livraisons ou en volumes, au choix du souscripteur? Les primes gratuites de livres ou d'abonnements n'avaient-elles point toujours été servies avec la même et consciencieuse fidélité? les coupons d'intérêts n'étaient-ils point aussi scrupuleusement payés, *même aux souscripteurs ayant reçu tous leurs abonnements?* Indépendamment de l'impression courante, n'y avait-il point dans les bureaux, *au moment même où l'accusation a éclaté*, des livraisons et des volumes prêts à satisfaire en un jour des milliers de souscripteurs?

Le cas le plus défavorable eût donc abouti pour eux, *non pas à une perte d'argent*, mais à une simple acquisition. Et cette acquisition n'eût été ni onéreuse ni stérile, puisqu'il serait aussi absurde qu'impossible de prétendre que de pareils souscripteurs, étant à la tête de paroisses, de communautés et d'institutions considérables, ne pussent trouver, soit dans leur propagande quotidienne, soit dans leurs distributions de prix, le placement et l'emploi d'abonnements complets ou de livraisons détachées, de riches volumes illustrés ou de petits livres populaires.

Ce n'était donc point *une offrande gratuite, une contribution charitable* à une Œuvre de première nécessité et d'utilité publique qu'on réclamait d'eux. Non, jamais on n'a demandé ni même accepté d'aucun des souscripteurs un centime à titre de don. Il s'agissait d'une pure acquisition, profitable à tous sans être onéreuse à personne, servant l'intérêt général sans léser aucun intérêt privé, d'une acquisition dont la charge, divisée à l'infini, devenait presque insensible, et dont le bienfait, multiplié à l'infini, pouvait devenir incalculable.

Ainsi, tandis que les protestants, ouvrant leur bourse avec une libéralité presque royale, donnent, chaque année, des millions à leurs sociétés bibliques, pour l'impression, le colportage et la distribution gratuite de livres, de brochures et d'opuscules de tout genre, destinés à propager leurs croyances et à combattre le Catholicisme, on devait voir des prêtres et des membres des ordres enseignants de l'Église Catholique, non-seulement refuser de s'associer *par un simple effort de bon vouloir* à une Œuvre de propagande chrétienne *qui n'exige aucun don gratuit*, mais,

6

sur la seule crainte de se voir peut-être obligé d'acheter *les publications de cette Œuvre au lieu de celles de leur libraire préféré,* la livrer impitoyablement à la justice criminelle!!!

Et ils n'ont été arrêtés ni par la crainte de compromettre la fortune, l'avenir et l'honneur des hommes les plus honorables, des prêtres mêmes les plus vénérés, ni par le respect dû à vingt-cinq prélats dont les noms étaient attachés à cette Œuvre et dont le patronage en devait être pour eux le bouclier sacré, ni enfin par le risque terrible de sacrifier les intérêts de milliers de souscripteurs fidèles, et de tuer une institution qui faisait du bien dans vingt-cinq diocèses.

Et ils ont accepté cette effrayante responsabilité, sans y être contraints par aucune nécessité, sans y être déterminés par aucun intérêt sérieux, sans y être même entraînés par l'excitation de la lutte, puisqu'il n'y avait ni lutte, ni débat, ni même l'ombre de discussion, puisque l'Œuvre, quoique écrasée par cette avalanche et minée par cette désertion, leur faisait remise de leurs dettes, sans même se plaindre de leurs blessures.

Il y avait donc évidemment une cause étrangère et cachée d'hostilité, une coalition générale des deux diocèses, une conspiration de mort contre l'Œuvre elle-même.

Cherchons quels en pouvaient être les motifs ou les excuses.

IX

Quelle pouvait être la cause de cette coalition?

Est-ce dans l'Œuvre elle-même qu'une telle hostilité a pu trouver sa source et sa justification? La réalisation du programme a-t-elle été sérieuse et loyale? ou n'aurait-elle été que mensongère et chimérique? Serait-il vrai, comme l'accusation n'hésite pas à l'affirmer dans les termes les plus formels et les plus absolus, « que le Courrier de la Jeunesse n'ait eu que de rares livraisons, que plus tard, sous son nouveau nom d'Arc-en-Ciel, l'organe de l'Œuvre n'ait eu non plus rien de sérieux, et qu'enfin l'Œuvre elle-même n'ait jamais eu d'existence réelle? »

On ne discute pas de pareilles assertions, on les pulvérise par les faits. Pour réfuter ceux qui nient le mouvement, on n'a qu'à marcher; à ceux qui nient l'existence du journal on n'a qu'à montrer la collection complète et sans une seule interruption du Courrier de la Jeunesse depuis le mois d'octobre 1856 jusqu'au mois de novembre 1858, et celle de l'Arc-en-Ciel depuis le mois de novembre 1858 jusqu'au mois de mars 1860.

De plus, le témoignage de quinze mille souscripteurs ayant reçu exactement toutes les livraisons du *Courrier de la Jeunesse* et de *l'Arc-en-Ciel*, a bien aussi quelque valeur. Ces deux journaux qui n'en font qu'un, puisque *l'Arc-en-Ciel* n'était que la continuation du *Courrier de la Jeunesse* sous un titre moins exclusif destiné à étendre son horizon au delà de la première jeunesse, eurent et conservèrent jusqu'à la fin le même noyau d'abonnés et de fondateurs. Aussi quand, aux pièces justificatives, on va lire les lettres des souscripteurs de 1856 se réabonnant avec empressement et sympathie à la fin de 1859, sera-t-on forcé de convenir qu'elles s'accordent difficilement **avec les étranges** prétentions des accusateurs. Au milieu de trois ou quatre mille lettres, il nous a suffi d'en prendre une centaine pour servir de couronnement à notre travail : elles portent toutes les dates, elles sont signées de toutes les mains et elles viennent de tous les points de l'horizon ; elles composent à elles seules le plus beau panégyrique de l'Œuvre.

Il semblerait même que les deux témoignages suivants eussent pu dispenser de tous les autres :

Celui du secrétaire général de l'archevêché de Rennes écrivant le 15 novembre 1858 :

« Nous sommes heureux d'être du nombre de vos premiers abonnés et par conséquent parmi les fondateurs qui, comme tous les autres, ont à se féliciter d'avoir aidé une Œuvre qui, sous le nom le plus modeste, réalise un bien véritable et d'une portée plus étendue qu'on ne le penserait au premier abord. »

Et celui du chanoine nommé correspondant par Mgr l'évêque d'Autun :

« Je suis heureux d'avoir eu la bonne pensée d'abonner nos enfants de Marie à cet intéressant journal dès le principe, et j'ai déjà eu l'honneur de vous dire combien nous aimons à continuer de le recevoir. »

Mais ce n'est pas seulement dans les évêchés que l'Œuvre avait conquis patronage et droit de cité. Nous pourrions nommer dix préfets qui l'avaient honorée de leur approbation et qui avaient donné l'exemple à leurs départements en s'inscrivant en tête des souscripteurs. Les magistrats de tout rang : présidents, conseillers, procureurs impériaux, juges de paix, figuraient partout parmi ses abonnés-fondateurs, ses propagateurs et les membres de ses comités.

Si M. le procureur impérial de Lisieux avait voulu se renseigner sérieusement sur l'existence du journal), il n'avait qu'à s'adresser à dix de ses collègues qui en étaient les vieux abonnés, et notamment à M. le procureur impérial d'Angoulème qui en avait la collection soigneusement reliée. S'il eût voulu savoir ce qu'était l'Œuvre et quels en étaient les mystères, il eût pu s'adresser à la cour impériale d'Amiens, qui avait de ses conseillers parmi les membres du premier comité.

L'université elle-même, qui d'ordinaire ne donne point son approbation et son concours à la légère, avait jugé, après minutieux examen, que la valeur réelle et l'importance morale de l'Œuvre étaient assez grandes pour faire taire tout esprit de rivalité, et presque partout le patronage des inspecteurs de l'instruction publique se joignait à celui de l'évêque pour la recommander à tous ceux qui dirigeaient, à quelque degré que ce soit, l'enseignement de la jeunesse. Des recteurs, des inspecteurs, des professeurs de lycée faisaient partie de ses comités en même temps que les vicaires généraux, les archiprêtres, les chanoines, et les fonctionnaires les plus élevés de tout ordre. Il suffit de citer l'honorable M. Allou, inspecteur de l'Académie d'Amiens, qui la fit recommander si chaudement par ses inspecteurs d'arrondissement à toutes les institutions et écoles du département de la Somme, et M. l'inspecteur d'Orléans, qui rédigea une circulaire spéciale dans laquelle il disait : « *Je me fais un devoir de recommander à tous nos instituteurs et à nos institutrices* le Courrier de la Jeunesse, journal des Familles et des Écoles. »

Enfin, un membre éminent du conseil supérieur de l'instruction publique (Mgr Daniel) ne lui a-t-il pas donné chaque année, de 1856 à 1860, des marques réitérées de ses vives sympathies et de son patronage officiel?

Tout cela semblerait bien indiquer qu'il y avait autre chose qu'un prospectus dans cette Œuvre. Cependant, comme on ne saurait opposer trop de preuves de tout genre à des attestations qui s'appuient sur l'autorité du pouvoir et de la justice, et qui s'arment tout d'abord de la force publique, nous allons constater la vie et la marche du *Courrier de la Jeunesse* et de *l'Arc-en-Ciel* par une douzaine de lettres qui dans cette période de quatre années en montreront à nu les divers aspects : matériel, littéraire, moral et religieux.

Nous commencerons par quelques lignes de la correspondance d'un homme auss honorable que compétent qui a suivi l'Œuvre, dès sa naissance jusqu'aujourd'hui, avec une sympathie, une sollicitude et un intérêt toujours croissants. Président du comité français de la société belge de *Saint-Charles-Borromée, pour la propagation des bons livres*, M. le comte de Caulaincourt, qui a voué sa vie à toutes les bonnes œuvres et surtout à celle de la prédication par la presse, est bon juge en cette matière, et ses appréciations ne seront suspectes pour personne :

« Paris, 25 septembre 1857.

» Monsieur et cher confrère,

» Je regrette de ne vous avoir pas rencontré, j'aurais été charmé de causer encore avec vous de votre Œuvre; malheureusement je ne fais que passer à Paris. J'étais chargé de payer quelques nouveaux abonnements procurés par la société de Saint-Charles-Borromée et de faire une réclamation pour quelques petits volumes oubliés.... Vous le voyez, nous ne négligeons rien dans l'intérêt de votre excellente publication, que nous cherchons toujours à propager de plus en plus.

» Agréez, monsieur et cher confrère, l'assurance de mon affectueux dévouement.

» Signé : Comte A. DE CAULAINCOURT. »

A M. le vicomte de Civry.

« Lille, 21 septembre 1858.

» Monsieur et cher confrère,

» En repassant à Paris, je n'ai pas eu le temps de passer à vos bureaux. J'aurais voulu vous faire diverses observations dans l'intérêt du *Courrier* et de la société de Saint-Charles... Vous êtes d'ailleurs au courant, et l'on ne m'a fait aucune plainte. Je serai charmé de savoir où vous en êtes quant au succès général de votre Œuvre si intéressante.

» Agréez, monsieur et cher confrère, l'assurance de mes sentiments affectueux et dévoués.

» Signé : Comte A. DE CAULAINCOURT. »

« Lille, 10 novembre 1858.

» Cher monsieur,

» Nous faisons toujours de la propagande; nous avons placé, il est vrai, près de 50 abonnements à *la Semaine des Familles*, mais *le Courrier* répond à un autre besoin et a nos plus anciennes et nos plus vives sympathies. Les petits volumes sont très-bien.

» Agréez, cher confrère, etc.

» Signé : Comte A. DE CAULAINCOURT. »

« Lille, 8 avril 1859.

» Cher monsieur,

» Je m'applaudis de vous avoir trouvé un nouveau moyen efficace de diffusion.... Vous me ferez plaisir de me donner quelques détails sur les progrès de votre Œuvre. Je serai bien aise d'avoir de nouveaux prospectus pour faire de la propagande à Lille.

» Veuillez agréer, cher monsieur, etc.

» Signé : Comte A. DE CAULAINCOURT. »

« Lille, 5 octobre 1859.

« Cher monsieur,

» Je vous prie de continuer mon abonnement personnel et d'en envoyer à *(ici les adresses)*. Je profite de l'occasion pour vous faire parvenir, au nom de la société de Saint-Charles-Borromée, quelques conseils dans l'intérêt de l'Œuvre à laquelle vous vous êtes dévoué avec tant de zèle.. . . . .

» D'autres occupations m'ont empêché de travailler, comme je l'aurais voulu, à la propagande; je vais m'y remettre. De votre côté, travaillez sans relâche à améliorer.

» Veuillez, cher monsieur, agréer, etc.

» Signé : Comte A. DE CAULAINCOURT. »

A l'autre bout de la France, l'un des hommes les plus honorables de Bordeaux, magistrat aussi distingué qu'écrivain estimé, s'exprimait ainsi de son côté :

« Bordeaux, 16 octobre 1857.

» Monsieur le vicomte,

» . . . . . Je renouvelle envers vous l'engagement que j'ai déjà pris de ne rien négliger pour être utile, si Dieu le permet, à une publication si intéressante et si digne d'être propagée. Tout mon concours est plus que jamais acquis au *Courrier de la Jeunesse*, dont je serai charmé d'être le facteur.

» Agréez, je vous prie, cette assurance et l'expression réitérée du dévouement respectueux avec lequel je m'honorerai toujours d'être, monsieur le vicomte,

» Votre très-humble et très-obéissant serviteur,

» Signé : GERGERES. »

Le journal n'existait pas ! Et cependant les journaux les plus sérieux, les plus honnêtes, les plus chrétiens, reproduisaient ses articles, vantaient ses livraisons, et, oubliant toute pensée de concurrence pour rendre hommage à une bonne Œuvre, engageaient leurs abonnés à devenir les siens. Nous pourrions citer cinquante lettres prouvant les fruits de cette propagande fraternelle ; il suffit de celle-ci que le directeur des frères de Marseille écrivait hier :

« Marseille, le 24 février 1860.

» Monsieur le directeur,

» Ayant appris par le journal l'*École Normale* l'existence de l'*Arc-en-Ciel*, je serais heureux de m'abonner à cette excellente publication, dont M. Larousse (l'honorable directeur de l'*École Normale*) parle avec tant d'éloges.

» En attendant le plaisir de recevoir votre bienfaisant journal, j'ai l'honneur, etc.

» Signé : Frère THÉODOSE DE JÉSUS. »

L'*Arc-en-Ciel* vivait donc, paraît-il, même au mois de février 1860, et il n'était pas nécessaire d'employer la surprise ou la force pour y faire abonner les frères des écoles. La lettre suivante de M. l'abbé Dumax, directeur de l'*Ami des Enfants*, et membre du conseil de rédaction des *Petites Lectures*, montre à son tour si *le Courrier de la Jeunesse* était un mythe :

» Mon cher monsieur le vicomte,   « Paris, 16 juin 1858.

» Depuis bien longtemps je veux vous écrire pour vous remercier de m'envoyer toujours votre *Courrier*. Je le reçois toujours avec un double plaisir et à cause de lui et à cause de vous. Merci donc bien sincèrement. Mais j'aurais encore quelque chose à vous demander de plus : je serais charmé d'avoir plusieurs exemplaires de ce cher journal, pour distribuer à de jeunes connaissances; voudriez-vous accepter en échange quelques articles que j'avais préparés pour mon *Ami des Enfants*?

» *Avec la foule de collaborareurs que vous avez*, pour peu que mes articles puissent être de trop, je vous prie de me répondre, sans la moindre façon, le non comme le oui. Je sais trop, pour l'avoir pratiqué, ce qu'est et ce que doit être l'administration d'une semblable publication **qui, je le vois, va tous les jours s'améliorant.**

» Veuillez agréer l'assurance de mes sentiments affectueux et dévoués.

» Signé : V. Dumax. »

Et pourtant l'accusation prétend que les collaborateurs n'existaient pas plus que les livraisons! Sans parler des écrivains éminents et illustres qui avaient bien voulu collaborer à cette Œuvre de bien sous le voile modeste de l'anonyme et du pseudonyme, il suffit d'ouvrir les tables des quatre années du journal et de lire les titres des volumes de sa bibliothèque pour y retrouver les noms les plus aimés du public et les plumes les plus distinguées comme les plus honorables. Nous n'en donnerons pas la liste, parce qu'elle remplirait dix pages et qu'elle est entre les mains des quinze mille souscripteurs et à la disposition de quiconque le désire.

Citons seulement deux fragments de lettres de deux collaborateurs éloignés et passagers, dont les noms sont chers à la jeunesse chrétienne, et dont le témoignage suffit pour montrer si la rédaction de l'Œuvre était dédaignée ailleurs qu'en Normandie :

« Amboise, 16 juin 1858.

» Monsieur le vicomte,

» Je regrette vivement de ne vous avoir pas rencontré lorsque j'ai eu l'honneur de me présenter chez vous. J'avais hâte de vous remercier du gracieux article bibliographique que vient de me consacrer *le Courrier de la Jeunesse*. Il m'eut été bien agréable de vous revoir et de causer avec vous de votre œuvre si excellente.

» Je vous prie d'agréer, avec mes remercîments, etc.

» Signé : *L'abbé* F. M. Bécel. »

A M. le vicomte de Civry.

« Petit séminaire de Montlieu, 14 novembre 1859.

» Monsieur le vicomte,

» Ce n'est qu'hier que j'ai pu lire dans *l'Arc-en-Ciel* un article sur mes *Rondes* par un auteur anonyme, mais que, à sa bienveillance discrète et charmante, il m'a se blé reconnaître.

» Je n'étais pas en France lorsqu'a paru cet aimable article; je naviguais sur la Méditerranée; j'approchais de Rome, où il m'a été donné de déposer l'hommag de ma vénération aux pieds du Saint-Père et de l'entretenir de ce dévouement de l'Eglise de France dont l'épiscopat donne en ce moment un si éclatant témoignage. J'ai rapporté de ce précieux voyage bien des impressions qui pourront peut-être un jour intéresser les lecteurs de *l'Arc-en-Ciel*.

» A mon retour je me hâte de solder les arriérés de l'absence, et je devais commencer par vous, qui mettez si obligeamment à ma disposition et votre plume délicate et les mille voix de votre intéressant journal.

» Le bon accueil que vous avez fait à mes *Rondes* me fait espérer la même faveur pour les *Chansons de l'écolier*, dont je vous envoie ci-joint un échantillon.

» Agréez, monsieur, avec mes remercîments, l'expression de mon cordial et respectueux dévouement.

» Signé : P. M. MOREAU, prêtre,

» *directeur du petit séminaire de Montlieu.* »

A M. le vicomte de Civry.

Après les collaborateurs, voyons ce que pensaient de la rédaction les simples abonnés et les fondateurs. Écoutons deux prêtres des diocèses de Saint-Flour et de Périgueux, où l'Œuvre n'était pas même officiellement organisée :

« Notre-Dame de Lescure, 20 février 1859.

» Monsieur le directeur,

» . . . . . Recevez encore mes vives félicitations. Votre œuvre est vraiment sainte et éminemment sociale. Quoi de plus salutaire et de plus méritoire que de faire pénétrer dans les masses, comme vous le faites, l'amour du bien et du vrai? La presse, telle que vous la comprenez, est un véritable sacerdoce; comme le prêtre, elle prêche; comme lui, elle moralise, elle sanctifie; et, tandis qu'il n'a qu'une voix, elle en a cent ou plutôt cent mille.

» Dieu bénira de plus en plus vos veilles et vos travaux, les hommes d'intelligence et de cœur vous applaudiront partout, comme on doit applaudir à tout ce qui éclaire l'intelligence et élève le cœur, et vous arriverez au succès complet et mérité que je vous souhaite de toute mon âme.

» Veuillez bien agréer, etc.

» Signé : BORY, *curé de Lescure.* »

« Sarlat, 13 novembre 1859.

» Monsieur,

Je viens de recevoir les nouveaux numéros de *l'Arc-en-Ciel.* Ce bon journal est toujours pour moi un oasis où je me repose agréablement le dimanche soir, après les fatigues de mes fonctions sacerdotales. Merci donc, merci encore une fois du plaisir que vous me procurez !

» Comme je ne veux pas perdre mes droits de fondateur de *l'Arc-en-Ciel* et que je tiens essentiellement à ce qu'il continue le bien qu'il fait dans toutes les familles où il est lu, je vous adresse mes renouvellements. Seriez-vous assez bon pour m'envoyer la table des matières du second volume, que j'attends pour faire relier toutes mes livraisons que je conserve précieusement? Continuez, monsieur, votre excellente œuvre. Persévérez dans la voie où vous êtes entré; vous êtes dans le bon chemin. Aujourd'hui surtout où les publications mauvaises ne se répandent pas seulement dans les villes, mais vont même se glisser jusque dans les campagnes et les hameaux, il est nécessaire que les gens de bien paralysent le mal vomi par la presse. Quand donc les hommes, que Dieu a doués d'intelligence comprendront-ils que le mal qui ronge la société est en grande partie dû aux abominables brochures dont on inonde la pauvre France? Quand donc ouvrira-t-on les yeux pour apercevoir que cet abîme, vers lequel courent la société et la famille, est creusé par ces publications qui ne sont que l'apothéose du mal, où les passions sont couronnées et le vice sanctifié?

Travaillons donc de plus en plus à lutter contre le torrent. En cela, monsieur, je n'ai pas besoin de vous donner de conseils. Je n'ai qu'à vous offrir mes félicitations et mes sympathies avec l'assurance de mes sentiments respectueux.

» Signé : SYLVAIN CLAUZEL, *vicaire de Sarlat.* »

Mais il y a une lettre dont trois lignes valent mieux que tous les témoignages des quatre-vingts autres diocèses de France : *c'est celle du président de l'Œuvre dans le diocèse de Bayeux et Lisieux.* Elle est d'autant plus précieuse que c'est la seule dont la Direction ait été honorée par lui.

« Monastère des Bénédictines de Caen, le 10 décembre 1859.

» Monsieur,

» Plusieurs de nos confrères de Falaise et des environs ont pris des abonnements au journal *l'Arc-en-Ciel,* **et sont régulièrement servis.** *Un seul a été oublié.* Permettez-moi , en qualité **de Président de l'œuvre pour le diocèse de Bayeux,** de vous prier de réparer cet oubli. . . . (*L'abonné oublié de Falaise n'avait pas été inscrit et n'a jamais payé son abonnement.*)

» Agréez, monsieur, l'expression de mes respectueux sentiments.

» Signé : Frémont, *chapelain des Bénédictines de Caen.* »

Ainsi, le 10 décembre 1859, dans le diocèse de Bayeux, au sein de la coalition , *le président diocésain de l'Œuvre reconnaissait par écrit que* **les abonnés de Falaise, LE FOYER MÊME OU A ÉCLATÉ L'ACCUSATION, étaient régulièrement servis ! ! !**

Si ce témoignage, uni à celui de *M. l'abbé Bosquain, de Lisieux,* **avouant par ses lettres qu'il a reçu ses soixante abonnements demandés et jamais payés,** n'a pas suffi pour éclairer les magistrats de Normandie , il y avait encore quelques autres preuves matérielles qui eussent pu du moins les faire hésiter à appuyer de mesures si violentes cette accusation de non-existence.

Il y avait dans les bureaux même où M. le procureur impérial de Lisieux faisait opérer sa descente et sa saisie, les factures des imprimeurs qui constataient que dès le début, en 1856, le tirage du *Courrier de la Jeunesse* était au *minimum* de 2,500 exemplaires, et que celui de *l'Arc-en-Ciel* s'était élevé à *onze mille* exemplaires, et qu'en résumé il avait été fourni plus de *trois cent mille* livraisons.

Il y avait d'autres mémoires qui constataient que, en sus, *cent mille* volumes au moins avaient été également imprimés ; et *vingt-cinq* mille de ces volumes étaient encore là, avec des montagnes de livraisons, pour venir à l'appui des mémoires.

Il y avait, de plus, la facture acquittée d'un seul fabricant de papier, et cette facture s'élevait à la somme de **quinze mille francs,** et elle n'était pas suspecte, car le fabricant qui l'avait signée est l'un des honorables juges du tribunal de commerce de la Seine.

Il y avait enfin la lettre-mémoire d'un prêtre normand, le zélé correspondant de l'Œuvre au Havre (M. l'abbé Bellanger), et cette lettre, datée du 29 décembre 1859, constatait qu'*il avait été dépensé par l'Œuvre,* **dans cette seule année et dans la seule ville du Havre, pour le port et la distribution des livraisons de** *l'Arc-en-Ciel,* **la somme de trois cent douze francs soixante-cinq centimes.**

Et pourtant les organes de l'accusation déclaraient officiellement, dans les formes les plus solennelles et les plus menaçantes, que le journal n'existait pas et que les abonnés n'existaient que pour jouer le rôle de dupes.

Enfin , au dire de l'accusation, l'administration de l'Œuvre elle-même était un rêve : elle consistait en un *vieil invalide* (sic) chargé d'ouvrir la porte et d'éconduire le public.

Il est vrai,—et elle n'en rougit nullement — qu'au lieu des huissiers en habit noir ou des laquais en livrées éclatantes qu'étaient dans leurs antichambres tant d'administrations équivoques, l'Œuvre s'était contentée du modeste uniforme des braves, et elle avait confié à un honorable vétéran de nos armées, fort capable de ce service, le soin de répondre à tout venant, et, en l'absence des administrateurs, d'inscrire les abonnements. Ceux qu'on a jugés dignes de garder les tombeaux de Turenne et de Napoléon ne semblent pas indignes de garder la porte et même les bureaux d'un journal.

Mais là n'était pas toute l'administration. Toujours, jusqu'au mois d'avril 1860, il y a eu un gérant aux appointements de dix-huit cents francs par an : c'était modeste, mais l'Œuvre n'a jamais eu la prétention d'enrichir personne. En outre, elle avait, soit comme rédacteurs fixes, soit comme copistes, soit comme employés divers, un personnel *rétribué* qui, dans les quatre années, s'est composé de vingt-deux personnes (1). C'était certes suffisant pour une administration qui tenait à honneur et à devoir de s'imposer l'économie pour première loi et qui se gardait avant tout du luxe dispendieux d'un brillant état-major. Son ambition était de faire des livres d'or, mais non d'avoir des lambris dorés. Elle comptait sur le zèle et le travail plus que sur les gros appointements pour réaliser son programme. Au dehors, elle payait, modestement aussi, mais convenablement, une quarantaine de collaborateurs.

Ainsi tous ceux dont on réclamait l'utile labeur en recevaient le loyal salaire, sauf ceux qui, plus dévoués à l'Œuvre ou plus étroitement liés à ces vicissitudes et plus vivement affectés de ses besoins, voulurent lui consacrer gratuitement leurs soins, leur plume, leurs fatigues et leurs veilles jusqu'à ce qu'elle ait franchi les premières années de sa laborieuse croissance. Tels furent d'honorables ecclésiastiques et des cœurs zélés appartenant à toutes les classes : de ce nombre était le directeur, qui, pendant quatre ans, s'est contenté de l'espoir et de l'honneur de fonder une grande et salutaire institution ; de ce nombre était aussi son frère qui accomplissait, sur les grandes routes et au même prix, la même et honorable tâche. Seulement, en renonçant à tout salaire, ils avaient le droit de ne pas s'attendre à celui que leur réservaient les souscripteurs de Falaise et de Lisieux.

Quand on a sacrifié sans regret son temps et son argent pour une bonne œuvre, il est dur, il est au moins étrange de se voir traduit devant la justice criminelle par ceux-là même dont les bonnes œuvres sont la tâche quotidienne et l'unique profession.

Ah! une fois déjà l'Œuvre avait comparu devant la justice ; mais ce n'était point sur le banc des accusés, et c'est elle-même qui avait appelé ses sévères investigations. Un jour, hélas! elle avait été réduite à la triste nécessité de choisir entre le danger d'une ruine complète et le secours du bras armé de la société.

(1) Pour ne laisser aucun doute sur ce point, nous citerons les noms des principaux auxiliaires qui ont donné à l'Œuvre leur concours rétribué : M. Bathild Bouniol, rédacteur en chef; M. Berlioz d'Auriac, rédacteur administrateur, aujourd'hui bibliothécaire à l'administration municipale de Paris; M. Eugène Royer, gérant, aujourd'hui instituteur communal à Angervillers (Seine-et-Oise); M. Paul Leloup, gérant adjoint, caissier à la librairie de M. Ch. Douniol; MM. le vicomte de Rafelis, de Broves, de Fornel, de La Laurencie, Mathieu de Bonnay, Charles Guènebaut, employés à divers titres; enfin une douzaine de commis subalternes qui se sont succédé durant les quatre années.

En 1857, elle s'était vue exploitée par un inconnu qui recueillit en son nom pendant plusieurs mois des souscriptions dans les diocèses de Nantes et d'Angers.

Au commencement de 1858, un agent, qui lui avait été vivement recommandé, s'était également approprié la totalité des souscriptions qu'il avait recueillies dans les diocèses de Mende et du Puy.

La gendarmerie avait spontanément arrêté le premier ; l'autre s'était arrêté devant les menaces de la Direction, qui fit grâce à son repentir.

Dans les quatre diocèses, l'Œuvre s'était hâtée de servir gratuitement, par respect pour elle-même et par considération pour les victimes, tous les abonnements ainsi surpris et détournés.

Mais bientôt un autre agent congédié parcourt, à son insu, les diocèses de Luçon et de Poitiers, et, à l'aide d'un mandat et d'un nom usurpés, réalise aux dépens de l'Œuvre et des souscripteurs une somme d'environ *trois mille francs*. Tardivement informée, la Direction le fait avertir par sa famille que, s'il ne s'arrête à l'instant même, il va être livré à la justice. Sourd aux supplications des siens et aux sommations réitérées des directeurs, il échappe à toutes les recherches pacifiques et court à la dérobée de diocèse en diocèse, continuant son œuvre de pillage et de destruction. Que pouvait faire la Direction ? Elle pouvait bien pardonner le passé, et elle y était résolue, mais pouvait-elle livrer ainsi l'avenir à un homme qui ne daignait pas même s'arrêter ni devant la menace ni devant le pardon ?

Écrasée par ce service énorme et toujours croissant d'abonnements gratuits, menacée de voir son honneur compromis et son existence même en péril, elle était dans le cas le plus grave de légitime défense, et, toutes les voies amiables ayant été tentées sans succès, il ne lui restait qu'à faire appel à la force publique.

Assurément si les souscripteurs normands se fussent trouvés dans cette périlleuse situation, personne n'eût songé à les blâmer d'appeler à leur aide la justice criminelle, et l'on n'eût pas même exigé qu'ils épuisassent d'abord, comme le fit la Direction, tous les avertissements et tous les moyens de pacifique défense.

L'Œuvre se résigna donc à remplir son douloureux devoir, et elle remit à M. le procureur impérial de Poitiers le soin de sa propre défense et de celle de tous les diocèses exposés au même danger.

Les directeurs se hâtèrent ensuite d'écrire à Mgr l'évêque de Poitiers une lettre dont ce fragment fait assez connaître le sens et l'esprit :

« Monseigneur,

» L'urgence et la gravité des circonstances ont nécessité une dénonciation immédiate au parquet. Il était impossible de laisser plus longtemps le mensonge exploiter ainsi les personnes et les choses les plus dignes de respect.

» Notre premier devoir était d'empêcher que le mal s'aggravât et s'étendît ; le second sera de réparer celui qui a été fait, en servant scrupuleusement tous les abonnements que le malheureux a recueillis comme si l'argent eût été versé entre des mains fidèles. Il importe avant tout que personne ne soit dupe d'une indélicatesse commise au nom et sous le manteau de notre Œuvre.

» Grâce à la liste que nous avons déjà, grâce aux soins de M. le procureur impérial, et, au besoin, à l'obligeance de l'un de messieurs vos vicaires généraux, nous espérons qu'aucune réclamation ne pourra nous échapper, et que nous serons les seules victimes de ces détournements.

» Signé : MONTERA, *Chanoine du Chapitre impérial de Saint-Denis,*
Président du Comité central de l'Œuvre;
» VICOMTE de CIVRY, *Secrétaire Directeur.* »

A cette loyale communication, Mgr Pie répondit par une lettre commençant ainsi :

« **Évêché de Poitiers.**   Poitiers, le 9 mai 1858.

» Monsieur,

» Assurément, je ne commettrai pas l'injustice d'être moins bien disposé envers votre Œuvre par suite d'un fait non moins affligeant pour les membres de votre comité que pour nous-mème. Cet homme qui a trompé notre confiance, etc.

» Je vous prie de bien assurer tous ces messieurs de la persévérance de mes sentiments pour votre Œuvre, et de croire vous-même, monsieur, à mon sincère et entier dévouement.

» † L. E. *Évêque de Poitiers.* »

Des commissions d'enquête furent envoyées à Paris et ailleurs par le parquet de Poitiers, et il en résulta un jugement du tribunal correctionnel, rendu le 5 juillet 1858 et confirmé par la cour impériale, qui condamnait le malheureux à cinq années de prison.

Il n'est point inutile aujourd'hui de rappeler quelle fut alors, sur l'Œuvre et sur les personnes, l'appréciation de la justice, et de quels termes elle se servit pour les qualifier dans son arrêt :

« *Attendu qu'il est constaté que,* **dans une sainte et salutaire pensée,** *le comte et le vicomte de Civry ont fondé à Paris,* en 1856, *un journal intitulé* le Courrier de la Jeunesse, etc., etc. »

Telle était l'appréciation de la cour impériale de Poitiers en 1858. On voit qu'elle est loin d'être d'accord avec celle du parquet de Lisieux en 1860.

Mais si ce jugement rendait un éclatant hommage à l'Œuvre et à ses directeurs, il affligeait profondément leur cœur. Aussi s'efforcèrent-ils d'en atténuer les effets, autant qu'ils le purent, en donnant des secours pécuniaires à la femme du malheureux condamné et en apostillant plus tard une demande en grâce ; et ils s'honorent d'avoir encore dans leurs cartons la longue série de lettres où le fils du prisonnier les appelle **« ses chers bienfaiteurs. »**

L'Œuvre se mit en mesure de réparer au plus vite le mal dans le diocèse de Luçon, comme elle l'avait fait dans le diocèse de Poitiers. La lettre suivante en fait foi :

« **Évêché de Luçon.**   Luçon (Vendée), le 16 juin 1858.

» Monsieur le vicomte,

» Je vous remercie des renseignements que vous avez bien voulu me donner sur le ma heureux qui a abusé de notre confiance.

» Conformément à vos désirs, je vous envoie le nom des personnes que je sais avoir pris et payé des abonnements à votre prétendu mandataire.

» J'ai exposé votre projet de servir les abonnements à toutes les honorables personnes que je viens de nommer. Elles vous savent gré de votre exquise délicatesse, mais elles veulent y mettre aussi la même délicatesse et ne veulent pas vous rendre victime d'une escroquerie qui ne vous est nullement, pas même indirectement, imputable. Elles abandonnent volontiers l'argent qu'elles ont versé, et elles me chargent de vous dire qu'il leur semblerait bien dur de faire peser sur vous les conséquences de la faute d'un escroc. M. le curé de la cathédrale, qui par sa position est plus à même que personne de propager votre Œuvre, accepte cependant votre offre avec plaisir.

» Monseigneur me charge de vous dire que ce malheureux incident, dont personne ne peut vous rendre responsable, n'a fait qu'augmenter le bienveillant intérêt qu'il porte au *Courrier de la Jeunesse.*

» Veuillez agréer, monsieur le vicomte, avec nos remercîments, l'expression de mon très-respectueux dévouement.

» Signé : G. Simon, chanoine honoraire, secrétaire de l'évêché. »

Ce noble désintéressement de la part des souscripteurs trompés de la Vendée, ne formulant aucune plainte et refusant même de recevoir une légitime indemnité de peur de nuire à une bonne Œuvre, n'est-il pas le plus salutaire exemple à mettre en regard des souscripteurs normands, qui n'ont jamais rien perdu, qui n'ont pas même payé ce qu'ils doivent et qui s'efforcent d'appeler toutes les foudres de la justice sur une Œuvre désertée par eux ?

Malgré ce généreux refus, il va sans dire que la Direction persista à envoyer aux souscripteurs de la Vendée, comme à tous les autres, les abonnements dont elle n'avait pas reçu le prix, et qu'elle continua à les servir scrupuleusement.

Enfin en 1859, un autre malheureux, sans l'ombre d'un mandat, trouve bon d'exploiter à son tour la bonne renommée de l'Œuvre dans les environs de Paris, et ce n'est qu'au mois d'avril 1860 que la gendarmerie peut mettre fin à ses lucratives promenades.

Les lettres suivantes, prises parmi cinquante autres pareilles, montrent encore quelle fut, en cette dernière circonstance, la conduite de la Direction :

« Écouen (Seine-et-Oise), 12 juillet 1859.

» Monsieur le directeur,

» Je vous remercie mille fois de votre offre gracieuse; je l'accepte, et, en retour, je m'engage à prendre un nouvel abonnement.

» Signé : F. De Chemilly. »

« La-Chapelle-Saint-Denis (Seine), le 28 juillet 1859.

» Monsieur l'administrateur du journal *l'Arc-en-Ciel.*

» J'accepte de tout cœur votre proposition, elle est plus qu'équitable, elle est noble.

» Signé : D. Sirou, chef d'institution. »

« Cerny, près Pontoise (Seine-et-Oise), 8 novembre 1859.

» Monsieur le directeur de *l'Arc-en-Ciel.*

» Je vous envoie les noms de MM....., qui comme nous ont été indignement trompés par cet escroc.

» Comme nous, ils acceptent avec reconnaissance l'offre que vous nous faites, et, en retour, chacun dans notre sphère, nous nous efforcerons de vous procurer d'autres abonnements.

» Signé : Ottrant, instituteur communal. »

Si de pareils chevaliers eussent eu fantaisie d'aller chevaucher ainsi dans la basse Normandie, on comprendrait que les accusateurs actuels se fussent adressés à la justice ; — et encore les souscripteurs trompés des autres contrées n'ont eu besoin que de s'adresser à l'Œuvre. — Mais ce qu'on comprend plus difficilement, c'est qu'on accuse aujourd'hui ceux qui, loin d'être coupables de l'ombre d'aucune indélicatesse, n'ont cessé pendant trois ans de réparer à leurs frais les escroqueries des autres.

Pouvaient-ils jamais s'attendre aux accusations de Falaise et de Lisieux, ceux qui agissaient ainsi, spontanément, librement, volontairement, sans qu'aucune obligation pût les y contraindre et après qu'ils en avaient été dispensés par le généreux refus des souscripteurs eux-mêmes ? Quand on sacrifie ainsi sa bourse à l'honneur de son œuvre, aurait-on pu sacrifier son propre honneur à la stérile satisfaction de surprendre la signature d'un souscripteur rétif ?

Puisqu'il est démontré que, loin d'être un mythe et une mystification, l'Œuvre avait l'existence la plus réelle, la plus sérieuse et la plus honnête, puisqu'elle avait glorieusement subi les investigations de la justice, et que les chevaliers d'industrie eux-mêmes n'avaient été pour elle qu'un titre de plus à l'estime publique, qu'y avait-il donc en elle qui pût motiver une désertion en masse ?

Est-ce donc qu'elle aurait caché, sous ses dehors de bienfaisance, un caractère de spéculation vénale qui, une fois reconnu, l'eût rendue tout à coup indigne des illustres patronages dont elle s'honorait ? Les souscripteurs normands, plus habiles que les évêques, auraient-ils découvert une avare rapacité se drapant pompeusement dans le manteau de la morale et de la religion ?

Rien n'est plus facile et plus simple que de résoudre cette question : les chiffres seuls y répondront avec toute l'éloquence des mathématiques.

Le prix du *Courrier de la Jeunesse*, paraissant tous les quinze jours, en livraisons de 16 pages, grand in-8°, avec illustrations, gravure, musique, etc., était de **3 fr. 75 c.** par an. Les 75 centimes étaient réservés à la poste pour le port seul du journal : le prix véritable n'était donc en réalité que de **trois francs**.

Sur ces *trois francs* il y avait encore bien d'autres prélèvements à faire, avant que l'argent arrivât à la caisse de l'Œuvre :

1° Si l'abonnement était fait par *un libraire* ou *un propagateur salarié*, la moyenne de la retenue était de 75 c. ; ce qui certes n'était pas trop pour payer les frais de voyage : la preuve en est que, des voyageurs mercenaires, la plupart ont donné leur démission et deux n'ont trouvé bon de continuer que pour s'emparer du prix total des souscriptions.

2° Si celui qui procurait les abonnements était associé à l'Œuvre de *la Propagation de la Foi*, ou à celle de *la Sainte-Enfance* (*et c'était presque le cas universel*), il retenait le *prix du dixième* pour le verser à l'une de ces deux Œuvres.

3° Si c'était un membre de la société de Saint-Vincent-de-Paul, il gardait 50 *centimes par abonnement* pour la caisse des pauvres.

Enfin le *centième de tous les abonnements* inscrits sur les registres de l'Œuvre, *quelle que fût leur provenance*, était *gratuit* et destiné, soit aux conférences de

Saint-Vincent-de-Paul, soit à toute société ou institution de bienfaisance, pour être distribué aux enfants ou aux familles pauvres.

Le calcul exact de ces divers prélèvements formant une moyenne de 75 centimes à retrancher des *trois francs*, il ne restait donc en définitive que **deux francs vingt-cinq centimes** pour payer un volume illustré de 400 pages et faire face à tous les frais de service et d'administration pendant une année !!!

Et ces largesses d'une libéralité toute chrétienne n'existaient pas seulement sur les programmes et les titres d'abonnement. Mille témoignages sont là pour l'attester. Citons-en seulement un de chaque catégorie :

« Reçu de M. le comte de Civry, sur le prix de 22 abonnements au *Courrier de la Jeunesse*, la somme de *onze francs* pour être versée à la caisse des pauvres de Saint-Vincent-de-Paul.

» Amiens, 10 janvier 1857. Signé : l'abbé DE BERLY, *directeur de l'Œuvre du patronage.* »

« Reçu de M. de Civry sur les souscriptions au *Courrier de la Jeunesse* les sommes ci-dessous pour être remises à l'*Œuvre de la Sainte-Enfance* : 5 fr. 50 c., etc., etc.

» Roye (Somme), 7 avril 1857.

» Signé : Sœur STE-ÉLISABETH, *supérieure de la salle d'asile.* »

« Reçu de M. le comte de Civry sur les abonnements procurés par moi au *Courrier de la Jeunesse*, les sommes suivantes, pour être versées à la caisse de la *Propagation de la Foi* : 3 fr. 75 c., etc.

» Noyon (Oise), 25 mai 1857.

» Signé : JAILLOT, *vicaire de Noyon.* »

« Paris, 23 février 1860.

» Nous venons, comme membres de la société de Saint-Vincent-de-Paul, réclamer notre petite part des bienfaits que vous répandez si généreusement parmi les classes pauvres, et solliciter de votre bienveillance *un ou plusieurs abonnements gratuits à l'Arc-en-Ciel* pour l'Œuvre du patronage de la maison Saint-Charles (rue Bossuet), qui compte aujourd'hui plus de 200 apprentis et jeunes ouvriers.

» Pour prévenir les funestes effets des mauvaises lectures, nous nous efforçons de mettre entre les mains de nos enfants le plus de bons livres et de revues possible. Nul ne saurait nous être d'un plus utile et plus puissant secours que l'*Arc-en-Ciel*.

» Certain d'avance que vous serez heureux de rendre ainsi un important service à cette classe si intéressante des pauvres apprentis et des jeunes ouvriers de Paris, nous avons l'honneur de vous offrir l'expression de nos sentiments de haute vénération et de profonde reconnaissance.

» Signé : Frère JEAN-MARIE, *directeur.* »

Qui croirait que le frère Jean-Marie est du même ordre que les frères de Lisieux, de Falaise, de Louviers et autres lieux de Normandie?

Ainsi, tout en donnant ses publications à ses souscripteurs pour des prix presque fabuleux, l'Œuvre trouvait moyen d'en distribuer gratuitement de toutes parts, de donner son obole aux pauvres, par les cinq cents conférences de Saint-Vincent-de-Paul, enfin de s'associer à l'évangélisation des peuples barbares, par l'Œuvre de *la Propagation de la Foi*, et à la rédemption des enfants abandonnés de la Chine, par celle de *la Sainte-Enfance*.

Le prix de la *Petite bibliothèque de la Jeunesse* était plus minime encore que celui du journal : pour **1 fr. 50 c.** on avait **quarante petits volumes**, *rendus franco à* *domicile* jusque dans le dernier village de France. Le port déduit, il ne restait guère que *un franc* : ce qui faisait *deux centimes et demi pour un volume illustré de 36 pages.* A ce prix-là, tous les prêtres, tous les instituteurs et toutes les institutrices de l'Empire pouvaient avantageusement remplacer le don de leurs millions d'images par le don, bien autrement utile, de ces bienfaisants petits livres.

Quand l'Œuvre se sentit assez forte pour donner plus de développement au *Courrier de la Jeunesse* et le faire paraître chaque semaine sous le titre d'*Arc-en-Ciel*, le prix, quoique en apparence un peu plus élevé, fut encore en réalité considérablement abaissé, puisque le nombre des livraisons était plus que doublé.

Sur les *cinq francs* que coûtait un cachet d'un an de *l'Arc-en-Ciel*, il fallait retrancher d'abord 1 fr. 75 c. pour la poste. De plus, à chaque série de 20 abonnements, le souscripteur recevait en prime 3 *abonnements gratuits ou* 300 *petits volumes* (d'une valeur de 19 fr. 50 c.), et enfin (1) *l'intérêt des cent francs pendant trois ans* (15 fr.), double prime qui enlevait encore 1 fr. 75 c. par abonnement.

Donc, déduction faite de 1 *fr.* 75 c. *pour la poste* et 1 *fr.* 75 c. *pour les primes*, il restait, des *cinq francs*, la somme de UN FRANC CINQUANTE CENTIMES (1 fr. 50 c.) pour payer les **cinquante-deux livraisons de l'année, formant deux volumes illustrés de 400 pages chacun.**

Et, de même que les primes étaient exactement servies, les intérêts promis aux fondateurs étaient fidèlement payés.

Si quelques souscripteurs faisaient généreusement abandon de ces intérêts, qui n'étaient qu'une bénévole rémunération de leur propagande, la plupart étaient loin de refuser cette largesse de l'Œuvre, comme le prouvent cent lettres semblables à ce mot du frère directeur de Montivilliers (31 mai 1859) : « *Je vous envoie les deux coupons d'intérêt que vous voulez bien accorder aux fondateurs honoraires de votre excellent journal que les enfants lisent toujours avec tant de plaisir.* » Signé : *Frère Prix.* Dans la seule ville du Havre une somme de 160 fr. fut envoyée en mai 1859 pour le seul payement de ces intérêts.

Ainsi, l'Œuvre n'était point une de ces entreprises où l'on promet *des pièces de cent sous pour quatre francs*, et où l'on ne donne que des prospectus. Elle promet tait *de bonnes lectures à bon marché*, et, en réalité, elle donnait *cinquante-deux livraisons, richement illustrées et scrupuleusement rédigées, pour* **un franc cinquante centimes.** C'était à peu près le prix du papier ; et il fallait solder, en sus, l'imprimeur, les dessinateurs, graveurs, etc.; plus, les mille frais d'administration et de rédaction. Assurément, du moins, nul parmi les souscripteurs, *même de ceux qui ont payé mille francs*, ne s'avisera de dire ou de croire qu'il a payé un centime des

---

(1) Au renouvellement de l'abonnement en 1859, cet article fut modifié, et, dans les nouveaux prospectus et titres de fondateurs, il fut établi que, *pour les souscriptions futures*, on ne payerait désormais l'intérêt que *lorsque les cachets n'auraient point été placés et convertis en abonnements.* Il était cent fois juste en effet que l'Œuvre ne fût plus écrasée par un service d'intérêt pour des fonds qu'elle avait remboursés en nature, et que le souscripteur n'avait peut-être même jamais déboursés, puisqu'il avait pu les recueillir en détail par le placement des cachets avant l'échéance de son obligation. La Direction ne s'engagea donc plus à payer d'intérêt que pour *l'argent réellement avancé.* Les souscripteurs normands trouvèrent sans doute que ce n'était pas suffisant.

frais de voyage. Nous ne parlons pas de ceux qui n'ont rien payé, pas même les livraisons qu'ils ont reçues.

Nous n'avons pas besoin d'appeler ici le témoignage des gens du métier pour savoir s'il y avait là-dessous une entreprise de lucre. Nous demanderons seulement si, hormis les publications protestantes que les sociétés bibliques donnent pour rien grâce aux généreuses cotisations de leurs associés, on a jamais vu *une publication quelconque se vendre à un tel prix.*

Et il s'est trouvé en Normandie des gens pour dire que c'était encore *trop cher!!!* Et ils parlaient des journaux *à un sou!* Mais que ne s'adressaient-ils au premier libraire venu! Il leur aurait démontré mathématiquement que, déduction faite des primes et des frais de poste dont ils sont affranchis, ces journaux à un sou sont d'un prix deux fois plus élevé que *l'Arc-en-Ciel.* Aussi donnent-ils de bons revenus à leurs éditeurs, tandis que *l'Arc-en-Ciel,* se fût-il vendu, comme eux, *à cent mille exemplaires,* — ce qui ne semblait pas encore proche à en juger par le résultat des diocèses de Bayeux et d'Évreux, — n'eût fait que couvrir strictement ses frais et indemniser convenablement sa rédaction.

Mais ce n'était pas seulement le bas prix qui prouvait quelle était la pensée réelle et constante de l'Œuvre; tout en elle démontrait la propagande morale et tout démentait la spéculation vénale. Le curé du plus pauvre village pouvait faire à ses paroissiens l'aumône spirituelle d'une bonne lecture et d'une récréation gratuite : à défaut d'argent, l'Œuvre ne lui demandait que ses prières. En voici la preuve :

« Au mois d'août dernier, me trouvant à la retraite ecclésiastique de Beauvais, j'appris que l'on offrait ce qui avait paru du *Courrier de la Jeunesse,* ainsi qu'un titre d'abonnement pour le reste de l'année, aux curés de campagne qui s'engageaient à dire cinq messes aux intentions des directeurs de l'Œuvre; j'acceptai cette condition, et je reçus le journal jusqu'au moment de sa métamorphose en *Arc-en-Ciel.* Outre le charme et l'intérêt que cette publication offre à tous, j'y ai trouvé un attrait particulier dans les nouvelles scientifiques, qui y sont très-bien traitées; aussi, je viens, monsieur, vous demander si vous voulez bien continuer à me l'envoyer aux mêmes conditions chaque année.

» Signé : Dubois, *curé.*

» Saint-Martin-Longueau (Oise), 27 février 1859. »

« Je me suis abonné cette année au *Courrier de la Jeunesse* en acquittant cinq messes. Si vous voulez bien y consentir, je désirerais continuer mon abonnement en acquittant le même nombre de messes chaque année.

» Signé : Warmé, *curé de la Houssaye.*

» La Houssaye (Oise), 16 novembre 1858. »

Mais la plus éclatante preuve que toute pensée mercantile était loin de l'esprit des directeurs, n'est-ce point la facilité avec laquelle ils ont toujours accédé au moindre vœu des souscripteurs qui désiraient diminuer ou annuler leurs souscriptions? Pour être délié de toute obligation envers l'Œuvre, il suffisait de le demander. Cette désertion des deux diocèses, qui sera à jamais pour les déserteurs un si triste souvenir, n'est-elle pas pour les directeurs la plus éloquente apologie? Où trouver de plus victorieux témoignages de leur désintéressement et de leur abnégation? Armés de deux cents signatures inattaquables, ils ont fait, sans l'ombre d'hésitation ou de discussion, le sacrifice de toutes leurs dépenses et de tous leurs droits, et, au risque d'être écrasés par ce licenciement volontaire et général, ils ont, de leurs mains et à leurs frais, ouvert eux-mêmes la porte à tous ceux qui ont voulu fuir.

Ce n'est pas seulement dans les accusateurs que l'Œuvre trouve ici ses apologistes ; elle avait déjà fait ses preuves ailleurs durant trois années. Citons seulement deux lettres, l'une du diocèse de Rouen et l'autre du diocèse de Soissons :

« Oissel (Seine-Inférieure), 25 août 1859.

« L'un de messieurs les directeurs de l'Œuvre, sachant que je n'avais pas placé tous mes cachets, a eu la bonté de m'envoyer un billet de cent francs pour m'aider à acquitter mon engagement, et il m'a dit d'envoyer l'argent au bureau central quand je les aurais placés. Je vous l'envoie aujourd'hui avec tous mes remercîments et l'hommage de mes sentiments respectueux.

» Signé : Sœur CARDON, de la Providence, *directrice de l'école d'Oissel.* »

« Abbaye de Prémontré, 30 septembre 1859.

» J'arrive de voyage et je trouve votre lettre, ainsi que le billet de cent francs que vous avez bien voulu m'envoyer pour solder mon engagement. **Un procédé aussi délicat me fait concevoir pour votre association et votre Œuvre une profonde estime et un véritable intérêt.** Aussi, je vous promets, monsieur, de travailler désormais activement et de toutes mes forces à sa propagation.

» Recevez, je vous prie, l'assurance du respect avec lequel j'ai l'honneur d'être, etc.

» Signé : CATILLON, *chanoine honoraire, directeur de Prémontré.* »

A M. le vicomte de Givry.

Ainsi, d'un côté, le cachet de désintéressement qui n'a cessé de marquer tous les actes de la Direction; de l'autre, le bas prix, presque fabuleux, de ses publications, tout démontre avec l'éclat du soleil que c'était bien véritablement une Œuvre chrétienne, et non une entreprise de marchands s'installant dans le temple.

Mais il y a un dernier témoignage qui couronne tous les autres, c'est la suprême conclusion des chiffres : la première année a donné une perte de dix mille francs; la seconde une perte de vingt-deux mille francs; la troisième une perte de dix-neuf mille francs.

Ainsi, en trois ans, le résultat financier a été une perte totale de CINQUANTE MILLE FRANCS. Nous ne parlons pas de la quatrième année, qui, grâce au généreux concours des déserteurs et des accusateurs, a ajouté à ce chiffre des chiffres sans nombre et des dommages qui ne s'estiment plus au poids de l'or.

Or, qui a eu à supporter ce déficit de cinquante mille francs?

Sont-ce les souscripteurs des diocèses de Bayeux et d'Évreux? Quel est celui d'entre eux qui peut dire qu'il y a donné une obole? Quel diocèse de France en a fourni les fonds et peut s'en attribuer l'honneur? — Aucun.

Qui donc a payé les frais de cette croisade de trois années? Personne .. que ceux qui en ont arboré le noble drapeau, qui en ont supporté les longues fatigues et qui en ont rapporté les glorieuses blessures.

On pouvait donc bien légitimement dire partout avec raison ce qu'écrivait, le 15 janvier 1858, le chanoine correspondant que Mgr d'Autun avait chargé de diriger l'Œuvre dans son diocèse, sous la présidence de l'évêque actuel d'Évreux : **« Votre Œuvre n'étant pas une affaire de spéculation, mais l'entreprise de cœurs vraiment chrétiens, il est bien juste que nous fassions tous nos efforts pour aider votre zèle. »**

Et voilà les gens dont l'accusation ne craint pas de dire dans son réquisitoire : **« Ils étaient parvenus à capter la confiance de quelques prélats et à surprendre à leur bienveillance plusieurs lettres de recommandation !!! »**

Armés du patronage officiel de vingt-cinq archevêques et évêques, que n'eussent pas pu faire les directeurs, s'ils eussent voulu en abuser ou seulement en user à leur profit personnel ? N'eussent-ils pas pu l'exploiter pour en faire une mine d'or, sans même sortir des honnêtes limites tracées par la morale publique ? Au contraire, qu'ont-ils fait de cette puissance exceptionnelle confiée à leur loyauté ? Ils s'en sont servis... pour jeter dans une bonne Œuvre quatre années de leur vie et cinquante mille francs de leur fortune. C'était certes un grand honneur pour eux d'avoir su conquérir une telle confiance et une telle puissance ; mais il est bien effacé par l'honneur d'en avoir fait un tel usage.

Cependant, si libérale et pour ainsi dire si chevaleresque qu'elle fût dans sa constitution et ses allures, l'Œuvre n'était pas fondée sur des bases essentiellement dévorantes et ruineuses. Les sacrifices qu'elle s'était imposés pour son organisation dans les diocèses et ceux qui lui avaient été imposés par les circonstances ne devaient pas être sans borne ni sans fruit. Elle s'était préparé une ressource qui devait être à la fois une compensation à ses pertes passées, *un moyen de maintenir le bas prix de ses publications, de l'abaisser même encore,* sans compromettre son existence : c'était d'ajouter à sa feuille hebdomadaire une simple couverture servant de bulletin d'annonce pour tous les bons livres. Tandis que ce bulletin gratuit eût été un service réel rendu aux abonnés qui y eussent trouvé une indication complète et sérieuse pour s'éclairer sur le choix de toutes les saines publications de la librairie, la librairie catholique, de son côté, eût trouvé dans le patronage de cette feuille, patronée elle-même par tout l'épiscopat et s'adressant à un auditoire immense et choisi, un organe inappréciable de publicité.

Le seul fermage de ces utiles annonces eût été une rente perpétuelle qui eût assuré l'existence de l'Œuvre contre toutes les éventualités, et eût multiplié ses bienfaits dans des proportions incalculables.

L'Œuvre était donc aussi riche d'avenir que d'honneur. Et s'il fallait encore des preuves matérielles pour constater combien son organisation était sérieuse, et combien elle inspirait de confiance à tous les juges compétents, nous n'aurions qu'à citer les propositions des éditeurs et des libraires les plus honorables, qui dix fois sollicitèrent d'en devenir les acquéreurs pour lui donner une plus grande extension financière, tout en lui conservant son caractère éminemment moral et religieux.

Au mois de février dernier, au moment où la coalition normande mettait l'Œuvre dans le plus grand embarras, un fonctionnaire même de l'administration municipale de Paris demandait qu'on la lui livrât, à la condition qu'il servirait gratuitement pendant le reste de l'année tous les abonnés inscrits, et qu'il payerait pendant dix ans aux directeurs sortant une rente annuelle de six mille francs.

D'honorables scrupules empêchèrent les directeurs d'accepter des combinaisons qui leur eussent assuré le remboursement de leurs avances, mais qui ouvraient un libre champ à la spéculation et qui pouvaient par là dénaturer le caractère de l'Œuvre à laquelle ils avaient attaché leur honneur et leur nom.

A la dernière heure même, en face de l'accusation qui suspendait l'Œuvre et la menaçait de mort, le respectable ecclésiastique qui dirige avec succès depuis seize ans *l'Apôtre des Chaumières* offrit d'acquérir *l'Arc-en-Ciel* pour ne faire de ces deux utiles publications, se complétant l'une l'autre, qu'une seule œuvre apostolique.

Enfin, un prêtre investi par son génie, par ses capitaux et par la confiance de ses confrères, d'une puissance considérable, entrevit à son tour, avec son œil pénétrant et sa vaste expérience, quel énorme et salutaire moyen d'action il y avait dans une Œuvre ainsi organisée (1).

Il en étudia avec soin le mécanisme et l'histoire, il en admira et en loua sans réserve l'attitude morale, il s'affligea surtout amèrement de la coalition hostile dont elle était l'objet ; et il offrit généreusement de se faire le champion d'une noble cause persécutée, et de mettre au service de cette bienfaisante institution une part de son activité, de son influence et de sa fortune.

Et le 1er juin 1860, s'adressant, dans son organe spécial, aux cent mille lecteurs qui forment son auditoire habituel, il examinait ainsi quels sont les devoirs du clergé et des gens de bien vis-à-vis de cette Œuvre :

« Il n'y a qu'un cri dans le monde catholique pour reconnaître que la religion et la morale se perdent par les mauvaises lectures. Cette plainte n'est que trop légitime. Le mal qui se fait chaque jour par les romans et les journaux que publie une littérature incroyante et sans pudeur est incalculable.

» De leur côté, les familles chrétiennes disent : Nous n'avons pas de bonnes publications que nous puissions lire et laisser lire sans danger. S'il en paraissait qui eussent tout l'intérêt des feuilles corruptrices sans en avoir les funestes inconvénients, nous les substituerions à celles que nous sommes tentés de lire parce que nous n'en avons point d'autres.

» Le mal, concentré encore dans nos grandes villes, envahit peu à peu la province ; et il est permis de prédire que bientôt des journaux illustrés, et dès lors les romans les plus dangereux, deviendront l'aliment intellectuel et moral de quiconque sait lire dans le dernier de nos hameaux.

» En présence de ces faits, que nous n'exagérons pas, quels doivent être et quels sont les devoirs du clergé et des vrais amis de la religion et des bonnes mœurs, surtout en ce moment où les intérêts de l'œuvre de Dieu semblent si sérieusement engagés? Nous n'hésitons pas à proclamer qu'il y a hâte pour tous de chercher, non à arrêter le mouvement, ce qui serait impossible, mais, au contraire, d'entrer dans ce mouvement pour le diriger et faire profiter les saines doctrines de religion et de morale des avantages d'une publicité qui, dans un sens ou dans l'autre, doit avoir des résultats incroyables. »

Ainsi, l'homme au génie pratique et l'homme au cœur apostolique s'accordaient à merveille sur l'Œuvre ; ainsi, tout le monde (*sauf les souscripteurs et accusa*

(1) M. l'abbé Clergeau, chanoine de Sens, ancien aumônier de M. de Chateaubriand.

teurs de Normandie) était parfaitement d'accord pour reconnaître en elle une création des plus sérieuses et surtout une Œuvre de la plus haute moralité.

C'était précisément ce double caractère d'incontestable utilité et de haute moralité qui, ayant présidé à sa conception et à chaque jour de son existence, faisait toute sa force et fait aujourd'hui toute sa défense.

Ce but d'une immense prédication par la presse, tel que les directeurs l'avait conçu et tel qu'il l'ont poursuivi au prix de tous les sacrifices, se composait de trois objets distincts :

1° Ils voulaient propager les bonnes lectures : d'un côté, par les journaux et les petits livres émanés de l'Œuvre elle-même, et destinés surtout à la jeunesse; de l'autre, par la diffusion de tous les bons livres que l'Œuvre, intermédiaire officieux, devait se charger de procurer à tous ses souscripteurs, afin de les affranchir des exigences de la librairie.

2° Ils voulaient que leurs journaux missent gratuitement leur vaste publicité au service de toutes les bonnes œuvres dont ils devaient être l'organe naturel et l'utile trait d'union.

3° Ils voulaient enfin que leurs publications devinssent le rendez-vous général, le pacifique champ clos et aussi le champ nourricier de toutes les plumes honnêtes et catholiques, afin d'épargner à tant de jeunes écrivains la triste alternative d'abdiquer devant la misère ou de se vendre à une littérature mercantile.

Ce triple but n'était pas seulement un projet : il commençait à être atteint chaque jour dans chacune de ses parties. Le témoignage de *quinze mille souscripteurs* d'un côté, et de *cent collaborateurs* de l'autre, l'attestait déjà suffisamment pour leur part. Quant aux bonnes œuvres, trois fragments de lettres prises au hasard montreront assez quel prix on attachait au patronage de *l'Arc-en-Ciel*, et avec quelle fraternelle libéralité il l'accordait :

« Société de Saint-Vincent-de-Paul.   Maison du patronage, Paris, 9 décembre 1859.

« Je viens solliciter la recommandation de *l'Arc-en-Ciel* pour une petite fête que nous donnons à l'occasion de Noël, *au profit du Patronage....* Nous avons pensé que votre bon journal, si aimé dans les familles chrétiennes, voudrait bien nous recommander à ses jeunes abonnés et leur annoncer le dépôt de nos billets dans ses bureaux.

« Je vous remercie à l'avance, monsieur, de ce que vous voudrez bien faire pour notre Œuvre en cette circonstance, et je vous renouvelle mes sentiments respectueux et dévoués.

» Signé : Maurice Maignen. »

A M. le vicomte de Givry.

« Longué (Maine-et-Loire), 11 mai 1859.

» Des travaux multipliés m'ont empêché jusqu'à présent de vous remercier d'avoir bien voulu insérer dans votre excellent recueil une si bienveillante notice sur *Notre Dame de la légion d'honneur.* Permettez-moi de vous mettre au courant de nos petites affaires : la charité bienveillante qui perce dans toutes les lignes de votre journal m'a rendu hardi....

» Daignez agréer, monsieur, les sentiments respectueux avec lesquels je suis votre très-humble et reconnaissant serviteur.

» Signé : J. Massonneau, *curé de Longué, chevalier de la légion d'honneur.* »

« Communauté des Sœurs-Aveugles de Saint-Paul. Paris, 13 août 1859.

» Vous saisissez avec un empressement si charitable toutes les occasions de parler de la chère Œuvre à laquelle j'ai voué mon existence, que je ne puis différer plus longtemps de satisfaire au besoin de nos cœurs en vous remerciant du touchant intérêt que vous prenez à nos pauvres filles aveugles. Votre approbation, monsieur le directeur, et les articles bienveillants que vous nous consacrez, sont pour nous un puissant encouragement de persévérer dans cette Œuvre si difficile que nous avons entreprise, Mᵐᵉ la supérieure et moi, pour soulager les filles atteintes de cécité.

» Permettez que de nouveau je vous exprime mes sincères remercîments et veuillez agréer, je vous prie, etc.

» Signé : HENRY JUGE, *aumônier.* »

Une Œuvre qui était instituée dans ce triple but de bienfaisance et qui n'a cessé de la poursuivre ainsi durant quatre années, aux frais de ses directeurs qui y donnaient gratuitement, outre leur intelligence, leurs fatigues et leurs veilles, cinquante mille francs de leur argent, n'était assurément pas une vulgaire entreprise du lucre, indigne des gens de cœur et de foi. Ce n'est certes donc pas le caractère vénal de l'Œuvre qui a pu inspirer aux souscripteurs normands une répulsion capable de les mettre tous en fuite.

Serait-ce donc, par hasard, la manière dont le propagateur remplissait sa mission qui aurait compromis l'Œuvre dans les diocèses de Bayeux et d'Évreux? M. Eugène de Civry aurait-il personnellement représenté d'une manière indigne une Œuvre honorable? Avait-il les allures du commis-voyageur ou les façons du colporteur? Il semble qu'il n'y ait pas même besoin de répondre. L'homme qui avait un tel passé, l'homme qui s'asseyait à la table des archevêques et des évêques, l'homme qui avait recueilli en tant de lieux les témoignages les plus éclatants de confiance et de sympathie, n'était ni un manœuvre grossier ni un mercenaire rapace. Cent prêtres, qu'il ne connaissait point il y a quatre ans et qui sont aujourd'hui ses amis, peuvent se lever et dire comment il a rempli sa délicate mission. La manière dont on l'accueillait presque partout est d'ailleurs par elle-même assez éloquente : ici les vicaires généraux réunissaient autour de lui dans leurs salons toutes les personnes qu'ils supposaient capables de concourir à l'Œuvre ; là les archiprêtres l'accompagnaient eux-mêmes dans toutes ses visites; plus loin on lui offrait une hospitalité, splendide ou modeste, mais toujours cordiale; dans un diocèse, les doyens mettaient leurs voitures à sa disposition et le conduisaient de château en château ; dans un autre, on le faisait présider des académies de jeunes gens et des distributions de prix ; dans presque tous, on assemblait extraordinairement pour lui les conférences de Saint-Vincent-de-Paul; au Havre et ailleurs, on convoquait tout le clergé et les notabilités catholiques pour l'entendre exposer les détails de l'Œuvre et pour en délibérer ; enfin partout on lui faisait avec une bienveillante courtoisie les honneurs des établissements d'éducation et de bienfaisance : hospices, asiles, colléges, écoles, etc. ; on l'invitait aux réunions et aux séances charitables; on l'initiait à toutes les œuvres, aux détails les plus intimes, aux vœux, aux besoins, et parfois même aux petites misères morales, d'une foule de paroisses, de communautés et de pieuses institutions. Est-ce ainsi qu'on traite les mercenaires et les colporteurs ?

Et, de son côté, ses actes étaient ils ceux d'un homme avide de bénéfices? ou ceux d'un homme se dévouant à la propagande d'une bonne Œuvre?

Pour savoir avec quelle réserve et quelle délicatesse il sollicitait le concours des souscripteurs, il suffit de voir avec quel loyal empressement il s'est toujours prêté personnellement à la libération bénévole et gratuite de tous ceux qui ont voulu résilier leurs engagements.

Il est impossible d'en avoir une preuve plus éclatante que celle qui émane d'un des monastères les plus respectables de la métropole normande. Il ne s'agit pas cette fois de la restitution d'une signature équivoque ; il s'agit d'or volontairement et librement donné, aussi volontairement et aussi librement rendu.

» Je soussigné, supérieure du second monastère de la Visitation, à Rouen :

» Voulant suppléer au témoignage que je pourrais avoir à rendre en justice, déclare et affirme les faits suivants :

» Au mois de janvier 1859, lors de la première visite que me fit M. le comte de Civry, je souscrivis pour cent cachets d'abonnement à l'*Arc-en-ciel*, et payai, en échange, *cinq cents francs comptant*. Quelques jours après, ayant eu connaissance des nombreux placements déjà réalisés à Rouen, et ne voyant guère la possibilité de placer la totalité des cent cachets, j'écrivis à la Direction de l'Œuvre, à Paris, que je désirais restreindre ma souscription à vingt cachets et que je la priais de me rembourser les quatre cents francs, valeur des quatre-vingts autres cachets. Sur cette demande, M. de Civry étant revenu à Rouen, s'est empressé d'acquiescer à mon désir, **et m'a remis immédiatement les quatre cents francs réclamés.**

» J'ajoute que, en retour de son bon procédé, je consentis à continuer ma propagande et à garder provisoirement les 80 cachets ; mais, malgré ma bonne volonté, je ne pus les placer, et M. de Civry me dégagea complètement de toute obligation à cet égard. Quant aux cachets que j'avais placés, les abonnements ont été servis pendant l'année dernière.

» Je donne avec satisfaction cette attestation à M. le comte de Civry, avec lequel je n'ai eu que de très-bons rapports et qui, dans ses voyages à Rouen, vint quatre ou cinq fois s'informer avec sollicitude près de moi si le service du journal se faisait bien, si j'avais des observations à faire ou des conseils à donner pour la bonne marche et l'amélioration de l'Œuvre.

» En foi de quoi, j'ai fait écrire, puis j'ai signé de ma main le présent, fait à Rouen, le 4 juin 1860.

Signé : Sœur MARIE DE SALES-DUGARD, *supérieure.*

Cette honorable attestation était accompagnée de ces quelques lignes, qui en doublent la valeur :

» Monsieur le comte,

» Nous regrettons bien sincèrement que votre dévouement vous ait attiré une si pénible affaire. Nous désirons de tout notre cœur que vous soyez bientôt délivré de tout ennui à ce sujet. Nous l'apprendrons avec une satisfaction égale à notre haute considération pour vous, monsieur le comte.

» Veuillez en agréer l'expression et me croire,

Votre très-humble en Notre Seigneur,

» Signé : Sœur MARIE EDWIGE L'EVESQUE,

» *Maîtresse du pensionnat de la Visitation de Sainte-Marie.*

» De notre Monastère de Rouen, le 4 juin 1860. »

Écoutons maintenant la voix même d'un des diocèses accusateurs. Elle va nous dire, par l'organe d'un de ses plus dignes prêtres, comment on annulait les obligations les plus sérieuses, *même renouvelées*, et comment on refusait *l'argent offert à titre de don.*

» Je soussigné, Adolphe Gaillard, prêtre aumônier de l'hospice de Honfleur, déclare et atteste les faits suivants :

» 1° Que la direction de l'*Arc-en-Ciel* a spontanément annulé les billets de souscription signés par moi, en m'envoyant les fonds,

» Par Mme la supérieure de la Salle d'asile, en lui faisant restituer ses deux billets par le banquier ;

» Par Mme la supérieure de la Congrégation, en lui envoyant les fonds.

» Par Mme la supérieure du pensionnat, en lui envoyant deux fois les fonds d'un billet de cinq cents francs, *deux fois renouvelé par elle.*

» 2° Que Mme la supérieure de l'hospice, n'ayant pas voulu ni s'abonner, ni souscrire, mais ayant voulu contribuer à l'œuvre en remettant de l'argent à M. le comte de Civry, **ce dernier le lui rendit immédiatement, en disant qu'il ne recevait rien à titre d'offrande et qu'il ne pouvait prendre d'argent ou de billet qu'en échange de cachets ou d'abonnements.**

» Je donne avec plaisir la présente attestation à M. le comte de Civry, pour rendre hommage à la vérité.

» Signé : A. GAILLARD, *aumônier de l'hospice.*

» Honfleur, le 5 juin 1860-

Après le diocèse de Bayeux, interrogeons celui d'Évreux. Un seul fait va nous montrer que M. de Civry savait non-seulement plier son zèle à tous les désirs des souscripteurs, mais en donner une part à d'autres œuvres.

A Bernay, M. l'abbé Fresne souscrit pour soixante cachets et conduit M. de Civry chez une maîtresse de pension qui souscrit aussi pour le même nombre et qui lui offre à son tour des billets pour une loterie de charité. Le propagateur se hâte, comme cela lui arrivait si souvent, de faire échange de bons procédés et prend une dizaine de billets qu'il paie à l'instant. Bientôt après, sous l'inspiration d'une prudence tardive ou d'un vent plus froid, monsieur l'abbé et madame l'institutrice expriment le regret de s'être engagés d'une façon si formelle et pour un chiffre si élevé. M. de Civry leur répond que, avec lui, ils sont aussi libres après avoir signé qu'auparavant et que leurs signatures sont à leur disposition, pour peu qu'ils le désirent. Ils acceptent ; leur double engagement est déchiré séance tenante, et ils gardent chacun leurs soixante cachets, en promettant la plus chaleureuse propagande et en exprimant la plus vive gratitude. Il va sans dire que M. de Civry ne réclama pas la même faveur pour ses billets de loterie, et que jamais on n'entendit parler depuis ni des deux souscripteurs ni de leurs cachets. Ceux-là du moins n'ont pas porté plainte.

M. de Civry mettait à profit ses voyages, pour concourir à d'autres bonnes œuvres d'une façon plus sérieuse.

A Nogent-le-Rotrou il avait eu le bonheur de réussir à fonder, avec l'un de ses confrères (M. du Can de la Tullaye), et à placer sous la direction de l'honorable président du tribunal, une conférence de Saint-Vincent de Paul, que les quatre curés de la ville appelaient de tous leurs vœux depuis dix ans, que M. le sous-préfet lui même désirait, mais que d'éphémères obstacles et de mesquines rivalités avaient retardée jusqu'alors.

Dans une autre ville plus importante, une conférence se trouvait en scission ouverte avec la société générale, qui la désavouait ; cette scission établissait la désunion entre le clergé et les fidèles, entre les membres même du clergé de cinq paroisses, paralysait le bien dans tous les sens et menaçait d'aboutir aux plus déplorables résultats. M. de Civry se servit de son œuvre comme d'un terrain neutre pour rapprocher les adversaires, consacra huit jours à négocier séparément avec les principaux chefs de chacun des partis et eut la satisfaction d'aller annoncer à l'évêque que toutes les voies étaient préparées et qu'on n'attendait plus que Sa Grandeur pour signer le pacte de la réconciliation.

C'est ainsi qu'on utilise ses pas et ses heures quand, enrôlé au service d'une bonne œuvre, on part avec un cœur chrétien et une grande pensée. Les bonnes œuvres ne sont point exclusives : elles sont toutes sœurs. Quand les Croisés partaient pour aller délivrer le tombeau du Christ, ils ne dédaignaient aucune des nobles actions qui en chemin s'offraient à eux et ils mettaient volontiers leur épée au service de la veuve et de l'orphelin.

Mais ce n'est point ainsi qu'emploient leur temps ceux qui font argent de chacun de leurs pas et qui croient perdues toutes les heures qu'ils ne vendent pas.

Celui qui sillonnait ainsi les diocèses, qui visitait les hospices des pauvres et les asiles de l'enfance, qui frappait à la porte des vieilles abbayes et des institutions naissantes, qui pénétrait dans les sanctuaires de la science et dans ceux de la charité, y cherchait autre chose qu'un lucre vulgaire. Il y cherchait en effet un bénéfice, mais un bénéfice digne de sa peine, un double trésor : le premier c'était la vie d'une grande œuvre ; le second était pour lui-même, et ce trésor personnel qu'il comptait rapporter de son long pèlerinage, c'était le précieux résumé de ses observations quotidiennes et les riches éléments d'un tableau général et comparatif des diocèses de France.

Cette conquête était préméditée de longue date, et, avant le départ, la main du voyageur en avait fait l'aveu public dans cette page non équivoque :

« L'histoire le proclame depuis bientôt quatorze siècles : *Ce sont les Évêques qui ont fait la France*. Chaque fois que nous portons nos regards dans le passé pour y rechercher le berceau de nos ancêtres, nous trouvons la main, la sueur ou le sang d'un évêque dans les fondements du royaume Très-Chrétien. Soit qu'ils défrichent le vieux sol des Gaules, ou qu'ils recueillent dans le pan de leur robe les débris des lettres antiques et les germes des littératures nouvelles ; soit que, au milieu des ruines du monde romain, ils posent la première pierre des monuments de l'avenir, ou qu'ils fassent de la loi de Dieu l'inébranlable base de toutes les lois sociales ; soient qu'ils foudroient de leurs anathèmes la corruption païenne, ou qu'ils domptent par leurs vertus évangéliques la fougue du barbare ; soit qu'ils baptisent les tribus ou qu'ils sacrent les rois, nos évêques apparaissent à tous les yeux intelligents comme les premiers fondateurs de ce majestueux édifice qui a porté quarante générations sans fléchir et qui a servi de modèle à tous les peuples de la Chrétienté. Apôtres, pasteurs, ministres, docteurs, écrivains, orateurs ou martyrs, la France salue et reconnaît en eux ses instituteurs et ses pères.

Mais cette grande œuvre qui se manifeste avec tant d'éclat au début de notre histoire n'est point de celles qui se terminent et qui s'arrêtent à heure fixe comme la journée d'un mercenaire. La tâche des Évêques est de toutes les heures et de tous les siècles. Elle a dû se perpétuer avec la nation dont elle avait protégé le berceau et la suivre pas à pas dans toutes les phases de sa longue carrière.

La houlette du pasteur n'est point une de ces antiquités de musée, dont la sève d'un jour, pétrifiée pour les siècles, dort dans un sépulcre de verre sous le regard curieux des savants. Toujours active et toujours debout, ne sachant ni se reposer ni vieillir, elle se renouvelle et reverdit comme l'impérissable rejeton des forêts.

S'appropriant aux besoins des peuples et aux diversités des âges, la haute mission du Pontife se transforme sans jamais s'abdiquer ou s'affaiblir. Gardien des vérités éternelles et des sources de la civilisation, l'Évêque ne saurait déserter son poste un instant sans mettre tôt ou tard l'ordre social en péril.

Pénétré de la puissance et de la sainteté de son rôle, l'épiscopat français a courageusement continué sans relâche ce qu'il avait si glorieusement commencé, méritant de porter lui-même le titre qu'il avait fait décerner à nos rois : le titre de *Fils aîné de l'Église.* A quelque page qu'on ouvre les annales de l'Église de France, on le reconnaît à l'éclat de ses lumières et de ses vertus bien plus qu'à celui de sa mitre; et l'anneau pastoral, nouvelle étoile des mages, apparaît de loin, montrant à tous le sentier du salut et de la vérité.

Depuis les jours où saint Hilaire réfutait Arius et où saint Remy baptisait Clovis, jusqu'au jour où Fénelon et Bossuet se levèrent à la fois pour instruire Louis XIV et combattre Luther, qui comptera les services, les bienfaits, les institutions et les monuments dus au dévouement des évêques? A l'heure même où le souffle chrétien semblait avoir conservé parmi nous le moins de puissance, l'héroïsme évangélique rayonnait dans toute sa majesté sur le front du prélat transformant son palais en hôpital, et les beaux esprits de la Régence s'arrêtaient au milieu de leurs plaisirs pour contempler Belzunce au milieu de ses pestiférés.

Quand enfin le dix-huitième siècle crut que tant d'œuvres et de combats avaient épuisé la sève de l'Église, il se trouva que, après avoir connu la hache des Césars, l'épiscopat français avait encore dans ses veines assez du sang des martyrs pour en teindre les échafauds de Robespierre.

Avec le trône de ses évêques, la vieille France vit tomber une à une toutes les colonnes de sa puissance et de sa grandeur. Il sembla qu'elle allait disparaître à jamais de la famille des nations, et que sa place ne s'y révélerait plus que par l'immensité de ses ruines.

Mais Dieu voulut la sauver, et le prince des évêques, appelé par le prince des capitaines, vint lui-même relever la croix sur la terre dévastée de Clovis et de saint Louis, et lui rouvrir les portes de l'avenir. A sa voix, les successeurs des apôtres remontèrent sur leurs siéges désolés, et reprirent courageusement, au milieu des décombres, le labeur des anciens jours.

Cette grande œuvre réparatrice, dont les incalculables bienfaits ne s'apprécient dans toute leur plénitude qu'après de longues années, mais dont les premiers fruits apparaissent déjà de toutes parts, tiendra une grande place dans l'histoire de l'Église, et elle sera un jour l'honneur de la France moderne comme elle en fut le salut. Une immense restauration religieuse et sociale, la seconde fondation d'un empire chrétien, l'éducation nouvelle d'un peuple dont les traditions avaient été violemment interrompues, la cicatrisation de tant de blessures faites par le glaive et la plume, la difficile réconciliation de deux mondes armés l'un contre l'autre, telle est la gigantesque tâche qui s'offrait à l'épiscopat au début de ce siècle; tel est le rude et glorieux labeur qui en a rempli les cinquante premières années et dont nos enfants recueilleront avec orgueil et bonheur l'impérissable héritage.

Observer de près ce merveilleux accomplissement d'une tâche nationale et divine, suivre sillon par sillon ces travailleurs évangéliques arrosant de leurs sueurs ce vaste champ qu'on appelle la France, c'est assister à l'un des plus beaux spectacles qu'il soit donné à l'homme de contempler. Mais ce spectacle est perdu pour la plupart des yeux, et ceux même qui, moins distraits, ont le privilége d'en saisir une partie et d'en apprécier la valeur, sont presque à jamais dans l'impuissance d'en saisir le magnifique ensemble.

Nos pères, qui savaient non-seulement faire de grandes œuvres, mais aussi les écrire, nous ont légué, parmi leurs plus beaux monuments littéraires, l'histoire de tous les diocèses de France depuis l'établissement du christianisme dans les Gaules. Ces fastes religieux du royaume Très-Chrétien, ces glorieuses annales où le regard pouvait embrasser, de page en page, tout ce que Dieu avait fait de siècle en siècle pour la France et par la France, *gesta Dei per Francos*, semblait un phare placé entre le passé et l'avenir pour éclairer l'un et l'autre et montrer aux générations nouvelles la route frayée par leurs devanciers.

Ce vaste monument, tout à la fois catholique et national, où la Religion et la Patrie se montraient indissolublement unies, où le temps, au lieu de détruire, devait chaque jour ajouter une pierre, offrait à toute heure et à tous d'incomparables enseignements puisés dans les œuvres et dans les souvenirs de quinze siècles. On eût dit la patrie elle-même qui, dégagée des nuages de la politique et du tumulte des partis, apparaissait à ses enfants dans toute sa majesté séculaire et sa puissante vitalité, pour leur révéler la loi de ses destinées et les secrets de sa mission providentielle. Ce nom seul, inscrit au frontispisce, disait tout dans sa brève éloquence : Gallia Christiana, la France Chrétienne.

Interrompu par la révolution, qui vint briser du même coup la plume de l'écrivain et la main de l'ouvrier, ce grand travail est resté suspendu dans sa gloire, comme ces gigantesques basiliques du moyen âge qui dressent dans les airs leurs flèches inachevées, attendant en vain leur continuateur et leur couronnement.

Nous en avons pourtant l'espoir, nos regrets ne seront point éternels. Un jour, sous les voûtes de quelque cloître restauré par la main d'un évêque, la main de quelque moine reprendre cette grande tâche historique. Mais, en attendant ce jour désiré, il nous a paru qu'il y avait lieu de mettre à profit les heures et les œuvres de chaque jour. Ce que des hommes choisis ont fait pour les siècles passés, ce que d'autres hommes choisis feront pour les siècles futurs, nous avons cru devoir le tenter pour le nôtre, dans l'humble mesure de nos forces et dans le cadre approprié à une époque de transition. Ne dût-on voir dans notre œuvre que des notes prises au vol sur les faits contemporains et des portraits crayonnés d'après nature, ces pages ne seront ni perdues ni stériles, et l'avenir en tiendra compte comme d'un résumé consciencieux de témoignages irrécusables. Ce sera le tableau, sinon éloquent, du moins fidèle, de la France chrétienne dans la première moitié du dix-neuvième siècle. La foi y trouvera de nouvelles forces, l'espérance de plus vastes perspectives, la charité de plus vifs aiguillons, le patriotisme de grandes consolations et la science de hauts enseignements.

Quel esprit ne serait point saisi d'admiration, quel cœur ne serait point ému à la vue de tout ce que la sève catholique a produit de merveilles depuis cinquante ans sur le sol bouleversé de la France ?

Partout, les innombrables monuments, que la piété de tant de générations nous avait légués et que la tempête était venue renverser en une heure, voient leurs pierres étonnées se redresser une à une sous le magique effort d'une main qui ne se repose jamais. A côté de la maison de Dieu, se relèvent la maison de l'hospitalité, la maison du soulagement et de la paix, la maison de la prière et de l'étude, la maison du repentir et de l'espérance, la maison de l'apostolat et de la charité.

A leur ombre reparaissent, sous l'humble et glorieux uniforme du dévouement, ces bataillons sacrés d'une armée qui, depuis qu'elle existe, a toujours su combattre et vaincre sans verser jamais d'autre sang que le sien, et qui, aujourd'hui, reprend avec une plus vive ardeur sa lutte infatigable contre les misères et les ennemis de l'homme.

On la croyait à jamais détruite, et la voilà qui se reforme plus nombreuse et rajeunie par le martyre.

Derrière les frocs dix fois séculaires et les fils ressuscités de saint Benoît et de saint Bernard, de saint Dominique et de saint Bruno, se montrent des robes inconnues et des cohortes naissantes, créées pour des besoins nouveaux, de nouveaux services et de nouveaux combats.

Au premier rang on distingue les héroïnes de la charité revendiquant leur antique privilége d'assister l'enfance, la vieillesse, la maladie et la mort. Elles sont partout en même temps, dans nos chaumières, dans nos écoles, dans nos hôpitaux et jusque sur nos champs de bataille.

Sous tous ces noms et ces habits divers, c'est le génie de la religion luttant corps à corps, d'un côté, avec le génie de la destruction se glorifiant du nom de révolution ; de l'autre, avec le génie de la corruption usurpant le nom de civilisation.

Si nombreuses et si profondes que soient les plaies de notre époque, elles trouvent à toute heure des mains pour les panser, souvent pour les guérir. Si ingénieux que soit l'homme à se créer de nouvelles tortures, l'Église est plus ingénieuse encore à multiplier ses consolations et ses secours.

Sollicitude pour le corps et pour l'âme, services de tout prix et bienfaits de toute nature ; crèches, asiles, écoles pour l'enfant du pauvre, hospices, retraites pour l'infirme et le vieillard ; pépinière d'apôtres pour porter la lumière au peuple et la montrer au savant qui l'ignore, saintes associations de la richesse et de l'indigence, de la faiblesse et de la protection, innombrables créations du dévouement et de la foi ; tout lutte à l'envi de sève et de fécondité, pour faire oublier les désastres du passé et préparer les moissons de l'avenir.

Jamais peut-être plus beau, plus vaste sujet d'étude ne s'est offert au regard du chrétien et du fils de la patrie. »

Comte de CIVRY.

Celui qui avait écrit cette page était-il capable d'abuser de la confiance d'un évêque et d'exploiter la bonne foi d'une religieuse ou d'un prêtre?

Rien donc, ni dans l'œuvre elle-même ni dans les propagateurs, n'a pu donner l'ombre d'un motif légitime à cette incroyable désertion et encore moins à ces inqualifiables accusations.

C'est donc ailleurs qu'en devaient être les causes véritables et secrètes. Il n'est peut-être pas impossible de les connaître.

L'existence d'une coalition se révèle avec la dernière évidence dans cette désertion subite et générale de deux diocèses : elle ne peut laisser aucun doute, elle n'a pas besoin de démonstration, elle se prouve d'elle même, elle éclate à tous regards, elle est incontestable et manifeste.

Quelques nouveaux témoignages écrits ne sont cependant point encore inutiles pour nous mettre sur la voie de la solution complète du problème.

Citons d'abord ces lignes écrites le 21 décembre 1859 par un curé même de Normandie :

» Il n'a pas tenu à moi que vous n'ayez un plus grand nombre d'abonnés à votre excellent recueil ; la plus grande partie de mes confrères sont dans une position plus avantageuse que moi ; ils pourraient venir en aide à votre religieuse entreprise. **Mais leurs volontés ne sont pas de mon domaine.** »

Voici maintenant l'appréciation d'un laïque qui a voué sa fortune et sa vie à l'éducation et au soulagement des enfants pauvres. On comprendra quel sentiment de délicate réserve nous engage à supprimer ici les signatures :

» Il ne faut pas nous faire d'illusion : on se plaint, ici comme partout ailleurs, du mal que font les mauvais livres et les mauvais journaux, puis quand se présente pour combattre leur funeste influence un généreux champion comme l'*Arc-en-Ciel*, on devient aveugle et sourd. Nos ennemis ne le sont cependant pas. Avec quel acharnement les Protestants sèment leurs traités ; les corrupteurs, leurs romans déguisés en journaux à deux sous qui se vendent avec une rapidité effrayante à tous nos jeunes gens, vieillards et enfants ! Ce qui se passe içi ne diffère guère de ce qui a lieu à Paris. Il se fait partout, par la voie de ces écrits déplorables, un mal qui plus tard aura d'affreuses conséquences, si l'on ne s'efforce de lui opposer une barrière puissante.

» Cette barrière, la seule possible, c'est une œuvre comme la vôtre. Vos publications ne devraient-elles pas être répandues à profusion par les personnes charitables, les catholiques intelligents, *les ecclésiastiques surtout*, avec un zèle égal à celui que nos ennemis mettent à propager sans relâche le vice et l'erreur ? Mais ceux qui devraient donner l'exemple et vous aider dans cette lutte capitale du bien contre le mal sont les premiers à vous tourner le dos. Un bon livre pourtant, disait M. l'abbé Mullois, vaut bien un morceau de pain, et l'aumône de l'un est souvent plus utile que celle de l'autre !

» Malheureusement ! ! ! Je ne perds cependant pas courage, et vous prie de compter sur mon faible mais dévoué concours.

» A M. le vicomte de Civry.

Signé : *Votre confrère en Saint-Vincent-de-Paul.*

La lettre suivante révèle plus que de l'abstention ; elle dénonce nettement l'opposition.

» Monsieur le vicomte,

» L'augmentation considérable de votre charmante publication, les améliorations sensibles de sa rédaction m'avaient plu infiniment, et tout naturellement je cherchais des abonnés. **Malheureusement, notre curé fait de l'opposition,** *et il écarte le journal qui aurait pu faire le plus de bien. Je n'accuse pas, je raconte. Il n'a goûté aucune de mes raisons. C'est un auxiliaire puissant sur lequel il ne faut plus compter. Je ne désespère* c ependant pas. Puisse Dieu se jouer de l'humanité dans ce qu'elle a de faible et protéger une œuvre qui, à mon sens, est l'une des meilleures de notre époque.* »

M. l'archiprêtre de Pont-Lévêque (diocèse de Bayeux) et M. le doyen de Rugles (diocèse d'Évreux) n'étaient donc pas les seuls à faire ouvertement de l'opposition.

Mais le véritable trait de lumière se trouve dans ce conseil qu'un prêtre donnait sous une forme amicale dans sa lettre du 13 novembre 1859 : « *Il me semble que vous auriez bien fait de traiter la question du Souverain Pontife dans le sens de la* Civiltà Catholica. *Soyez persuadé que votre journal se répandrait bien mieux et ferait beaucoup plus de bien.* »

Le même avertissement avait été donné plus d'une fois déjà de vive voix et en termes moins adoucis au directeur, aux rédacteurs et surtout aux propagateurs de l'Œuvre. Dans une ville de la Normandie et du diocèse de Rouen, le correspondant local disait sans détour à M. Eugène de Civry, au mois d'octobre 1859, **en lui montrant les articles de l'Arc-en-Ciel sur la guerre d'Italie :** « *Vous avez deux cents abonnés ici : tenez pour certain qu'à la fin de l'année vous n'en aurez pas deux !* » La prophétie ne tarda pas à se réaliser : des deux cents abonnements il en resta dix.

Le coup qui a tué l'Œuvre en Normandie vient donc de plus loin qu'on ne l'aurait pensé. C'est un boulet égaré des canons rayés de Magenta et de Solferino qui est venu la frapper jusque dans les champs de la Basse-Normandie.

L'auteur du livre de *l'Armée française* n'avait pu rester insensible aux triomphes de nos armes de l'autre côté des Alpes ; et l'Œuvre à laquelle il s'était consacré porta, pendant plusieurs mois, sur toutes les pages de ses publications l'empreinte émue des sentiments sympathiques de ses directeurs.

Mais il est des esprits chagrins qui assombrissent tous les tableaux et qui ne pardonnent pas les émotions généreuses; il est des esprits absolus qui apportent dans l'étude des faits contemporains la rigueur de l'algèbre, et qui tirent de toute chose les conséquences les plus extrêmes. Les uns et les autres virent dans les sympathies de *l'Arc-en-Ciel* pour l'armée d'Italie une désertion de la cause pontificale, et le journal catholique ne tarda pas à être traité par eux comme s'il eut été l'organe de Garibaldi et de la révolution.

Cette cause inattendue de désaffection fut bientôt habilement exploitée, d'un côté, par l'hostilité des libraires indigènes, qui voyaient dans l'Œuvre une concurrence d'autant plus redoutable qu'elle était au-dessus de la spéculation mercantile ; de l'autre, par la rivalité de certains journaux religieux et illustrés qui se sentaient menacés par la puissante organisation de *l'Arc-en-Ciel*.

On remarqua malicieusement que l'Œuvre n'avait plus, comme les années précédentes, l'imprimeur du Saint-Père, et ses publications, sorties de presses moins titrées, semblèrent avoir encouru l'anathème : étrange et fortuite coïncidence qui paraissait donner raison à la supposition d'un désaveu du Saint-Siège.

A cette cause première, perfidement propagée et exagérée, vinrent s'ajouter peu à peu les mille petites causes que les circonstances pouvaient faire naître ou que le génie du mal pouvait susciter : erreurs involontaires, articles dénaturés, paroles travesties, démarches interprétées, remarques hostiles, critiques sans fin, jugements sans raison, condamnations sans motif et calomnies sans pitié. Çà et là l'Œuvre reçut, dans divers diocèses, le contre-coup du conflit que la question romaine soulevait entre les esprits des deux camps. Mais en Normandie, où le terrain était sans doute plus favorable à la lutte et où l'Œuvre était dans la période laborieuse de son premier établissement, l'hostilité prit les proportions d'une coalition générale et armée, et les souscripteurs, n'étant enrôlés que de la veille et n'ayant encore donné que leur signature, crurent que tous les moyens étaient bons pour déserter un drapeau qu'on leur disait être au ban de l'Église.

Tous évidemment ne se sont pas rendu le même compte exact des motifs de leur conduite ; tous n'ont n'ont pas eu également conscience du mobile qui les faisait agir : la diversité des esprits et des positions, les petites raisons et les petites passions personnelles ont modifié les procédés et gradué la violence de l'hostilité, mais tous ont obéi à la même impulsion générale. L'organisation même de l'Œuvre, si favorable à sa prompte et large propagande dans chaque diocèse, favorisait également la désertion par la facilité avec laquelle le mot d'ordre pouvait se transmettre aux chefs de série qui tenaient dans leurs mains les abonnements de toute une ville ou de tout un canton. La hiérarchie des communautés la facilitait encore, et, plus d'une fois, le propagateur eut la preuve que diverses supérieures du même ordre avaient reçu de la maison-mère, relativement à l'Œuvre, des instructions directement contraires à la lettre épiscopale.

La désertion a donc eu lieu de proche en proche et s'est étendue jusqu'aux extrémités des deux diocèses par un mouvement d'ensemble pareil à celui d'une marée. Quant au motif déterminant, il est impossible d'en admettre un autre que celui de l'opposition qu'on a cru découvrir entre l'Œuvre et la cour de Rome. Cette erreur, si grossière qu'elle fût, était du moins aux yeux des déserteurs une excuse honorable. Toute autre hypothèse serait inadmissible, et elle aurait surtout le tort d'aggraver leur conduite en la dépouillant de sa seule excuse.

Mais pendant que des esprits absolus ou prévenus désertaient l'Œuvre parce que ses organes ne tenaient pas le même langage qu'une partie de la presse catholique, d'autres esprits, emportés par un zèle bien différent, voyaient dans cette vaste association s'organisant sous le patronage des évêques et instituant partout ses comités et ses correspondants, un redoutable instrument d'agitation religieuse dont le but et le drapeau se trahissaient par **le portrait de Pie IX récemment offert par elle aux souscripteurs.** Au moment où l'excitation causée de toutes parts par la question romaine menaçait de prendre des proportions de plus en plus vives, ces sentinelles trop vigilantes s'inquiétèrent du danger que pouvait présenter un pareil faisceau d'influences disposant d'une immense publicité et agissant sur la jeunesse et les masses par des organes multiples et presque gratuits.

De ce côté aussi, la guerre fut résolue contre l'œuvre, guerre plus sérieuse et plus inquiétante. Les souscripteurs normands ne demandaient qu'à déser.ter l'œuvre et à lui fermer la porte de leurs diocèses; les nouveaux adversaires voulaient la tuer. Mais, comme ils ne pouvaient l'attaquer de front, vu qu'elle ne leur offrait aucune prise; comme elle était invulnérable au point de vue du droit et que son passé pouvait surtout au besoin lui servir de bouclier, ils cherchèrent s'ils ne pourraient pas la déshonorer, sachant que, pour une œuvre de cette nature, c'est une condamnation à mort. Ils ne cherchèrent pas longtemps : l'occasion vint au devant d'eux. Ils connurent bien vite la scission qui existait au camp de l'Œuvre en Normandie, et se hâtèrent d'en tirer profit. Il y a des gens dont le grand génie militaire consiste à provoquer la désertion dans l'armée de leur adversaire. Or, ici, la désertion était presque accomplie : ils se chargèrent de la généraliser, de la faciliter, et surtout de la légitimer, à la seule condition qu'un certain nombre de déserteurs consentissent, en fuyant, à lancer sur l'Œuvre le trait du Parthe. Tous n'y ont pas consenti, témoin *la supérieure de l'Éducation chrétienne de Falaise*, qui a resisté aux sollicitations *les plus étranges réitérées pendant deux jours*, témoins les *dix souscripteurs de Condé* et *cent autres*. Mais tous ont été sollicités et poussés : témoins *les souscripteurs de Falaise qui déclarent n'avoir cédé qu'aux obsessions les plus vives*, témoin l'un d'eux *qui avoue que c'était une conspiration acharnée*, témoin *le vicaire de Vernon qui, libéré depuis quatre mois, écrit qu'il est sur le point d'être contraint de joindre sa plainte à celle des autres;* témoin *la sœur d'école de Condé qui déclare, par la voix de son pasteur, qu'elle n'a pas compris la plainte qu'on lui a fait signer;* témoins enfin *les désistements et les lettres de regrets de tous les plaignants de Falaise, de Rugles,* etc., etc. Quoiqu'il en soit, le double but a été atteint : la désertion a été consommée et l'accusation a porté fruit.

Ainsi c'est sous les coups de deux hostilités contraires, se rencontrant et s'unissant pour une heure, que l'Œuvre est tombée dans les diocèses de Bayeux et d'Évreux.

Prise entre deux feux, entourée d'embûches, elle a succombé sans pouvoir combattre. Les uns s'en prirent à la main droite qui avait arboré le drapeau de **Magenta** ; les autres voulurent frapper la main gauche qui portait la bannière de Pie IX,

Et pourtant l'Œuvre pouvait défier à la fois ses deux adversaires : les pages jetées par elle à tous les vents du ciel étaient là pour confondre partout la double accusation et pour prouver à tous que ses directeurs ne savaient déserter ni le devoir du chrétien ni le devoir du citoyen. Ou plutôt les deux accusations se détruisaient l'une l'autre et étaient la plus éloquente justification de l'Œuvre.

Mais il n'est pas nécessaire de feuilleter les mille pages de ses publications : une seule page écrite par la main même du pèlerin de la Normandie va nous montrer comment les directeurs savaient associer dans leur cœur et sous leur plume la foi du chrétien et le patriotisme du Français. Voici comment M. Eugène de Civry, dans son chapitre des *Devoirs de l'armée*, entend l'alliance de la croix et du drapeau :

» Les devoirs religieux de l'armée ne doivent donc être ni moins saints ni moins grands à ses yeux que ses devoirs sociaux et ses devoirs militaires. Elle est la protectrice de la religion, aussi bien que de la famille et de la patrie : toutes trois sont également menacées et toutes trois comptent également sur elle. Toutes les grandes armées ont obéi à cette première loi des sociétés : elles n'ont jamais séparé l'autel et le foyer, et les païens eux-mêmes, quand ils allaient combattre, disaient : *pro aris et focis!*

» Mais l'armée française, plus que tout autre, doit s'honorer de remplir ces grands devoirs devant lesquels les héros s'inclinent comme les rois, et qui, durant des siècles, ont fait sa force comme sa gloire. Elle n'a qu'à interroger ses annales et à regarder ses drapeaux : elle verra que ses plus fiers souvenirs sont tous marqués du sceau de la Croix, et que dans toutes ses grandes victoires elle avait Dieu pour premier capitaine. »

Le chapitre intitulé : **Expédition de Rome** est bien autrement significatif. Écrit il y a bientôt dix ans, il n'a point été fait assurément pour le besoin de la cause actuelle, et néanmoins il en est la plus victorieuse défense :

» La révolution, désarmée à l'aurore de ce siècle par la main du grand capitaine et bâillonnée par la victoire, venait de se relever plus terrible au milieu des imprudents et des lâches qui avait cru la vaincre en la courtisant.

Cette fois, ce n'était plus la France seule, c'était l'Europe qui allait disparaître dans le naufrage universel de la civilisation.

Il n'y a ici-bas que deux forces qui puissent garder ou sauver les sociétés : la force des croyances et la force des armes ; l'autorité morale et l'autorité faite homme.

La force morale, partout et depuis longtemps minée, venait de voir disparaître en cette heure solennelle son premier trône et son dernier asile. Le siège auguste où régnait, protégée par sa faiblesse matérielle et sa pacifique majesté, l'autorité la plus haute de la terre, avait été renversé dans le sang et la boue par la main des tyrans populaires accourus de tous les points du globe.

Rome n'avait plus de pontife, l'œuvre de Charlemagne allait périr.

Une seule force restait debout : c'était l'armée.

A peine eut-elle remporté un premier triomphe sur les Barbares qui menaçaient le foyer domestique, qu'elle se tourna vers la noble puissance qui succombait au loin sous les coups d'une brutale oppression, et se hâta de mettre au service du représentant de la conscience humaine la force victorieuse de son bras filial.

Le canon du fort Saint-Ange a salué joyeusement le drapeau de ses libérateurs ; et ce noble drapeau, après avoir dominé et protégé les ruines de l'antique Rome et les monuments de la Rome chrétienne ; après avoir couvert de son ombre le Panthéon et le Colysée, le Capitole et les Catacombes, a vu s'abriter sous ses plis généreux le seul roi devant lequel s'inclinent les rois de la terre.

Saint-Jean-de-Latran et Saint-Pierre ont ouvert leurs portes séculaires pour recevoir avec respect la vaillante armée qui, ne craignant pas plus le sarcasme de l'impie que les boulets de l'ennemi, ramenait triomphalement au tombeau des Apôtres leur successeur exilé.

Les deux augustes basiliques ont senti leur parvis tressaillir sous les pas et les armes des soldats français, et, sous leurs voûtes sacrées qui ne s'en alarmaient pas, des voix françaises ont fait entendre le commandement militaire.

Et lorsque, du haut du Vatican, en face du dix-neuvième siècle à son midi, le Pontife souverain a béni Rome et le monde, la France était la première sous sa main, la croix de Charlemagne brillait à ses regards, le canon d'Austerlitz tonnait à ses oreilles et l'étendard des Pyramides flottait sur sa tête.

L'armée française venait de recommencer après plus de mille ans l'œuvre magnifique qui l'avait illustrée dès les débuts de son histoire.

Aujourd'hui quand une parole libre et souveraine part du Quirinal ou du Vatican, pour aller jusqu'aux confins de la terre enseigner, sous tous les soleils, la justice aux rois et la modération aux peuples, apprendre leurs droits et leurs devoirs aux sauvages comme aux citoyens, aux grands et aux puissants comme aux petits et aux faibles, donner aux malheureux et aux opprimés de tout nom et de tout pays l'espérance ou la consolation, et porter à tous la lumière et la vérité.....; le premier ou le dernier des chrétiens, qu'il habite un palais ou une chaumière, qu'il soit perdu dans les glaces du Pôle ou les forêts du Nouveau-Monde, qu'il erre sur l'Océan ou dans le désert, qu'il parle la langue des bords du Rhin ou celle des bords du Gange, sait à cette heure, et il ne l'oubliera jamais, quelle nation a rendu la puissance et la liberté à ce pauvre prêtre désarmé qui parle à tous au nom du père de tous,..... et il prononce, en le bénissant, le nom sacré de la France. »

Après cette éclatante profession de foi du Catholique et du Français, a-t-on besoin de se défendre encore contre d'odieuses insinuations et n'a-t-on pas le droit de porter fièrement réunis dans sa main le drapeau de l'Église et le drapeau de la France? Mais, si éloquent que soit ce témoignage, il y en a un plus éloquent encore.

L'écrivain a eu l'extraordinaire bonheur de se rencontrer, dans une glorieuse communauté de pensée et souvent d'expression, sur ce brûlant terrain avec l'évêque même du diocèse où ont surgi ces étranges accusations. Le 1ᵉʳ mai 1852, la Providence a permis qu'il devinât, pour ainsi dire, pour s'y conformer d'avance, la pensée intime que le vénérable prélat devait exprimer au mai 1859, sur cette orageuse guerre d'Italie. N'est-ce point le plus merveilleux bouclier que Sa Grandeur ait pu lui donner d'avance contre les attaques de ses propres diocésains? Ce bonheur est complété par l'heureuse priorité de la date, car si l'auteur de *l'Armée française* se fût laissé devancer d'une heure, il se serait trouvé des membres du clergé normand qui n'eussent pas manqué de l'accuser, non plus seulement d'avoir surpris la signature de leur évêque, mais d'avoir volé sa pensée et son style :

Extrait du livre intitulé l'Armée française, sa Mission et son Histoire, *par le comte* DE CIVRY. Mai 1852.	*Extrait du mandement de S. G. Mgr l'Evêque de* |Bayeux *et* Lisieux, *à l'occasion de la* guerre d'Italie. Mai 1859.
« La guerre est dans les décrets de Dieu, la guerre est immortelle, la guerre est partout, depuis le cœur révolté de l'homme, qui en est l'intarissable source, jusqu'aux plus	« .... La guerre, malgré ses horreurs, est divine dans ses causes comme dans ses résultats. C'est, depuis le péché, une des lois de ce monde; elle entre évidemment

iointaines extrémités de la terre, dont chaque sillon est un champ de bataille.....

» Le Dieu de miséricorde et de justice s'est appelé lui-même le *Dieu des armées et le Dieu des combats*......

» Jetons un regard en arrière et sachons ce que c'est que cette merveilleuse puissance des armes, qui est aussi vieille que le monde, qui protége les peuples au berceau et qui sauve les peuples à l'agonie; qui survit à toutes les institutions humaines, et que les plus belles utopies n'ont jamais pu ni remplacer ni détruire......

» Dieu lui-même n'a pas dédaigné de prendre part à ces querelles qui semblaient n'être l'affaire que de deux hommes ou de deux peuples, mais dans lesquelles se débattaient les principes éternels de la justice et de la vérité.......

» Le droit a dû appeler la force à son aide parce que la révolte ou l'injustice l'avait appelée la première.......

» C'est sous l'éclair du glaive que sont nées et qu'ont grandi toutes les grandes et nobles choses que les hommes vénèrent : la civilisation avec ses institutions et ses lois, avec ses douces et ses mâles vertus......

» Défenseur de la civilisation chrétienne, prêt à en être à toute heure le martyr, le guerrier doit en être aussi le missionnaire....

» Cette mission civilisatrice et apostolique, le soldat français la connaît depuis longtemps. Il a donné et il donne encore aujourd'hui, sous tous les soleils et sur toutes les mers, l'exemple de ce sacerdoce militaire........ Partout où nos soldats et nos marins posent le pied et arborent le pavillon de la France, le Christianisme et la Civilisation y débarquent avec eux.....

» Le missionnaire et le soldat qui vont porter et honorer le nom français jusqu'aux extrémités du monde, se sont rencontrés si souvent sur le même chemin et dans la même tâche, qu'ils ont fini par devenir deux frères confondant leur prière et leur sang......

» Dieu, qui a voulu que le christianisme et la civilisation eussent toujours, sur tous les flots de l'Océan et sur toutes plages du globe, deux sentinelles avancées, semble avoir voulu réserver à la France l'honneur de les fournir. A toute heure, et sous toutes les latitudes; il y a une goutte de sang français qui tombe sur la terre pour la féconder, et une prière française qui monte vers le ciel pour l'implorer ou lui rendre grâces,,,...

» Si brillante que soit l'auréole dont la civilisation et le génie ont entouré le front de la première des nations chrétiennes, sa gloire militaire en a fourni les plus beaux rayons, et, si haut qu'elle ait élevé la tête, elle a toujours vu son drapeau flotter au-dessus d'elle.

dans les plans de la Providence, comme instrument de justice ou de miséricorde.....

» Dieu s'est appelé lui-même le *Dieu des armées*.....

» Et voilà pourquoi nous nous croyons autorisé à vous dire, les yeux fixés sur l'histoire, que la guerre, cette maladie aussi vieille que les sociétés, ce fléau dont il est aussi facile de constater les désastres qu'impossible d'extirper les causes, n'est jamais, dans la pensée de Dieu, sans quelque utilité pour les nations. Elle rend une nouvelle énergie aux sociétés.

» Bien qu'en apparence elle soit un appel à la force, elle finit par faire triompher le droit. Elle remue et féconde les esprits par les spectacles des grandes luttes; elle est l'un des instruments les plus actifs de la civilisation.

» Missionnaire à sa façon, le guerrier devient souvent l'auxiliaire de l'apôtre et le propagateur de la vérité.

» Assurément personne ne niera la grandeur de la nation française. Eh bien ! c'est la guerre qui l'a faite ce qu'elle est. Si toujours elle a marché à la tête de la vraie civilisation, si aujourd'hui encore, malgré tant de révolutions, elle est la première des nations chrétiennes par les dons de l'intelligence et la noblesse des sentiments généreux et chevaleresques, c'est qu'il n'est pas sur ce globe un coin de terre que n'ait sanctifié la prière de ses prêtres ou le sang de ses soldats. »

' » Pour avoir foi dans l'avenir, l'armée française n'a qu'a regarder le passé.

» Elle a créé la France à Tolbiac; elle a sauvé l'Occident à Tours; elle a civilisé l'Europe avec Charlemagne et construit avec lui le trône de la chrétienté; elle a remué l'Orient et fait grandir la France par les exploits et les bienfaits des croisades;...... avec Jeanne d'Arc, elle a arraché le trône salique des mains de l'étranger; avec Napoléon, elle a brisé l'échafaud d'un coup de son épée et écrasé la Révolution sous le poids des lauriers..... à Alger, elle a créé un nouveau royaume, civilisé la barbarie et peuplé le désert; sur le sol de la patrie, elle vient de sauver la société et la civilisation; enfin, à Rome, elle est allée, dans des jours de décadence et d'égoïsme, relever le nom français par une dernière et sublime croisade...

» *Gesta Dei per Francos!* »

Comte DE CIVRY.

« A Tolbiac, c'est d'une armée française que sort la première nation chrétienne......; A Tours, ce sont nos soldats qui sauvent l'Europe menacée par la Barbarie. Avec Charlemagne, l'armée civilise la France et élève un trône libre et indépendant, au vicaire de Jésus-Christ. Avec Godefroy de Bouillon et saint Louis, elle remue l'Orient et va porter le nom français jusqu'aux sables de l'Afrique. Avec Jeanne d'Arc, elle arrache la France aux mains de l'étranger...... Avec Napoléon, elle brise d'un coup d'épée l'échafaud politique et étouffe la Révolution sous le poids de ses lauriers. A Alger, elle crée une nouvelle France, un nouveau royaume chrétien. De nos jours, et sous nos yeux, elle sauve la civilisation menacée par une barbarie nouvelle. A Rome, elle est allée relever le trône de saint Pierre, dans une sublime croisade......

» *Gesta Dei per Francos.* »

CHARLES, *Évêque de Bayeux.*

Assurément, si les souscripteurs du diocèse de Bayeux avaient lu cette page du livre de l'*Armée française*, ils en auraient traité l'auteur avec plus de bienveillance, ne fut-ce que par respect pour leur premier pasteur, et ils ne l'auraient peut-être point accusé d'être en opposition avec le Saint-Siége quand il était en si parfaite harmonie avec leur évêque, et quand leur évêque, après avoir écrit cette page, a été élevé à la dignité de *prélat assistant au trône pontifical.*

Ainsi, à quelque point de vue qu'on se place et à quelque recherche qu'on se livre, aucune des accusations élevées soit contre l'œuvre elle-même, soit contre ses directeurs, soit contre ses propagateurs, n'a l'ombre ou l'apparence de raison et de fondement.

Tout ce qui ressort de cette longue, sincère et minutieuse étude, c'est qu'une grande Œuvre, déjà riche des nobles témoignages du passé, riche surtout de bienfaits pour l'avenir, a eu des ennemis puissants et habiles, qu'ils ont trouvé des complices faciles, et qu'elle est tombée sous les coups d'une coalition trop fortement soutenue pour être brisée.

A l'heure où le torrent des mauvaises lectures grossit sans cesse et prend des proportions jusqu'alors inconnues, à l'heure où le colportage inonde chaque année la France de dix millions de brochures, où la presse parisienne produit chaque semaine un million de feuilletons illustrés, à l'heure où les ministres eux-même écrivent des rapports à l'Empereur et des circulaires à tout l'Empire pour en signaler le danger et en provoquer le remède, à l'heure où le souverain-pontife et tous les évêques proclament la nécessité, si l'on ne veut périr dans un naufrage universel, de multiplier les bonnes lectures à l'égal des mauvaises, et de combattre jour et nuit les funestes effets de la presse immorale par les bienfaits de la presse chrétienne, les diocèses de Bayeux et d'Evreux viennent de donner un triste exemple de zèle apostolique.

Grâce Dieu, l'œuvre qui a été ainsi accueillie et assassinée sur leur sol hospitalier, est tombée les mains vides de leur or ; elle leur a laissé ses dépouilles, mais elle n'a pas connu leurs aumônes, et celui qui, missionnaire méconnu et calomnié , a parcouru pendant six mois leurs cités industrieuses et leurs riches pâturages , peut secouer ses pieds sur la limite de leurs domaines, et leur dire pour adieu : « J'ai semé chez vous non argent, ma sueur et mon zèle, et je n'emporte que la poussière de vos chemins et les blessures de vos réquisitoires ! ! ! »

Que le colporteur y porte maintenant en toute liberté ses livres et ses feuilletons ! Le zèle des propagateurs de bonnes lectures ne lui fermera pas la route et, pourvu qu'il ne frappe point à certaines portes dangereuses, il ne trouvera sans doute que des lecteurs de bonne volonté qui ne le livreront point à la gendarmerie.

Que le premier-venu, sans éducation, sans littérature et sans principe, s'enferme dans un bouge pour y faire noircir des rames de papier, il pourra, pour peu que le poison ne soit pas trop violent ou soit assez dissimulé, saturer à son aise de ses productions malsaines la tête et le cœur de deux cent mille lecteurs, et cet honnête métier le conduira sans doute à la fortune, sans passer par la police correctionnelle.

Mais que des hommes, qui ont une éducation, des principes et un passé dont ils peuvent se glorifier, qui ont pour répondants une famille honorée, des amis illustres et dix évêques unis à eux par les liens les plus étroits, qui ont écrit des pages louées par toute la presse française et traduites par l'étranger, qui ont reçu, des plumes les plus augustes et des voix les plus saintes, des témoignages exceptionnels d'estime et d'affection, qui ont fai enfin à leurs principes et à leur foi les sacrifices les plus éloquents, s'associent à des prélats et à des prêtres animés du feu sacré de l'apostolat et qu'ils se dévouent pour évangéliser par la presse les générations nouvelles,... il se trouvera, dans deux diocèses de France , des prêtres chargés de la direction des âmes, et des religieuses vouées au sacerdoce de l'éducation, qui, sur un conseil perfide, sur un vain prétexte, sur un mot, sur une crainte chimérique, sur la crainte peut-être qu'on ne les force à avoir plus de zèle qu'ils n'en ont , vont, sans avoir subi l'ombre d'un préjudice, livrer à la justice criminelle, comme des malfaiteurs, ces hommes, coupables..... d'avoir eu trop de zèle et d'avoir cru à leur parole !

Mais qu'un mot amer ne termine point ces pages qui sont écrites pour justifier et non pour accuser ! Ne maudissons pas, plaignons seulement, plaignons beaucoup ceux qui ont eu le malheur d'écouter un instant d'autres inspirations que celles de leur cœur et d'oublier un jour qu'ils portaient la sainte robe de la charité !

Dieu ne permettra pas que leurs regrets se changent en remords et que le mal causé par une erreur passagère devienne irréparable. Si les annales de la propagande catholique ont aujourd'hui une page douloureuse à enregistrer, la magistrature française ne voudra pas, en donnant la victoire à d'injustes et folles accusations , inscrire dans ses annales une page plus douloureuse encore. Elle les anéantira sous la sagesse de son arrêt, et le pardon du chrétien leur servira de linceul.

ŒUVRE DES BONNES LECTURES

L'Arc-en-Ciel, Journal illustré des familles.

Le _____ 18__

Le _____ prochain, je payerai contre le présent Mandat à l'ordre de M. le Directeur de l'Œuvre des bonnes lectures ou son fondé de pouvoirs, la Somme de _____

pour solde des cachets d'abonnement que j'ai pris en qualité de fondateur honoraire.

ŒUVRE DES BONNES LECTURES.

L'ARC-EN-CIEL

COURRIER DE LA JEUNESSE, JOURNAL ILLUSTRÉ DES FAMILLES

Cachet d'Abonnement d'un an

(TITRE DE FONDATEUR HONORAIRE Nº 5 F. AU LIEU DE 6 F. 50).

A partir du mois de _____ 186_

Payé **cinq francs** par M

à servir à

Pour recevoir le Journal, envoyer ce cachet, franco, à la Direction centrale de l'Œuvre, à Paris, rue Servandoni, 28.

ŒUVRE DES BONNES LECTURES

BIBLIOTHÈQUE DE L'ARC-EN-CIEL

Cachet de CINQ FRANCS

Donnant droit à 50 petits Livres à 10 centimes chacun

ou à 20 id. à 25 c.

ou à 10 volumes à 50 c.

ou à 5 id. à 1 fr.

A servir par trimestre dans le cours de l'année 18

à M

Envoyer franco ce cachet (en soulignant la catégorie que l'on choisit), à la Direction centrale de l'Œuvre, à Paris, rue Servandoni, 26.

APPENDICE

Lettres des anciens Souscripteurs renouvelant leurs abonnements

Au dire des accusateurs de l'œuvre, la publication n'était qu'un mythe et les souscripteurs que des victimes. Quelques rares livraisons avaient été imprimées pour servir d'amorce aux dupes. Mais quant à un journal sérieux et suivi, illusion ! néant

Ce n'est point avec des dissertations que se refutent de pareilles accusations.

Une poignée de lettres, prises au hasard dans les cartons de quatre années, e. deux lignes seulement de chacune de ces lettres suffiront pour pulvériser ce fantôme eréé par le génie de la malveillance.

Ces lettres sont signées de toutes les mains, depuis celle du procureur impéria jusqu'à la sœur d'école, depuis la princesse de Caraman jusqu'au paysan des Cévennes. Elles viennent de tous les points de la France et même de l'étranger. Enfin elles portent toutes les dates depuis octobre 1856 jusqu'à mars 1860. On a seulement choisi de préférence celles qui émanent des souscripteurs les plus anciens e qui portent les dates les plus récentes, afin que leur témoignage pût s'appliquer à là fois aux années 1856, 57, 58, 59 et 60, et embrassât ainsi d'un seul coup toute là série des publications de l'œuvre.

Saintes (Charente-Inférieure), 8 décembre 1856.

« Monsieur le Vicomte,

» Vos deux derniers numéros du *Courrier* sont lus avec encore plus d'intérêt que les premiers; cet intérêt croissant doit assurer le succès de votre œuvre, et je vous en félicite. .

» Signé : A. BESNARD, Aumônier des *Filles-de-Sainte-Marie-de-la-Providence*». »

Anseauville (Meurthe), 15 janvier 1857.

« Monsieur le Vicomte,

» Il s'est établi, au moyen de votre journal, une bien douce émulation dans ma paroisse. Je fais de chaque numéro une récompense de catéchisme. L'instituteur, de son côté, en fait la lecture après la classe du soir et se sert de ses articles comme sujet de petites compositions.

» Votre excellent journal étant, répandu comme il est appelé à l'être, fera plus de bien à la génération nouvelle, servira plus la cause de la charité mutuelle, du développement de l'esprit, de la douceur des mœurs, de la civilisation des campagnes, que les plus savantes revues possibles. C'est le complément nécessaire de toute bibliothèque paroissiale.

» Signé : J.-B. ROYER, *Curé d'Anseauville.* »

A M. le vicomte de Civry.   Amiens, 25 février 1857.

» Dernièrement un jeune enfant du peuple entre dans les bureaux de votre correspondant, à Amiens. Il a un gros paquet de journaux sous le bras.

» Se débarrassant de son fardeau : « Tenez, Monsieur, dit-il, ayez la bonté de brûler ces » mauvaises lectures (c'était un assemblage de la plupart des publications hebdomadaires illustrées qui inondent en ce moment Paris et la France); je les avais achetées pour leurs images, ne sachant ce que c'était; je n'en veux plus, et je viens m'abonner au *Courrier de la Jeunesse.* » Et depuis ce jour, en effet, l'enfant vient régulièrement chercher les livraisons à mesure qu'elles paraissent.

« Signé : LE SECRÉTAIRE *de l'Œuvre de la Sainte-Enfance.* »

Chartres, juin 1857.

» C'est avec un vif intérêt et une grande avidité que vos cinquante abonnés du collége lisent, dans leur récréation du dimanche, les numéros de votre excellent et intéressant journal.

« L'Abbé HOULE, *Aumônier du collége.* »

Bordeaux, 12 octobre 1858.

» Votre journal, le *Courrier de la Jeunesse*, ayant rempli, dans notre institution, le but que nous nous étions proposé, nous sommes désireuses de renouveler notre abonnement.

» Signé : CASTEX et LEMOINE, *Maîtresses de pension.* »

Floirac (Dordogne), le 8 novembre 1858.

» Je tiens beaucoup à votre intéressant journal. Serez-vous assez bon pour me compter au nombre de vos abonnés pour la prochaine année, avec le privilège des fondateurs........

» Signé : J. GUMOIS, *Prêtre.* »

Saint-Laurent-sur-Sèvres (Vendée), ce 14 novembre 1858.

» Monsieur le Vicomte,

» Je vous envoie, etc., etc.

» Veuillez excuser mon retard en faveur de mon éloignement et me permettre de former des vœux pour le succès d'une entreprise à laquelle je m'intéresse. Du fond de nos bocages, nous contemplons avec le plus vif intérêt cette noble et sainte lutte du bien contre le mal envahissant, et nous applaudissons aux généreux efforts que vous inspire votre ardente charité.

» EUDOXIE JACQUET. »

Lassigny (Oise), 23 février 1858.

» Dans l'intérêt de plusieurs jeunes personnes d'une commune de mon canton, je désire prendre sept abonnements à votre excellent journal, etc.

» Signé : Martin, *Juge de paix à Lassigny.* »

Noyon (Oise), 26 février 1858.

.Monsieur le Comte,

« J'ai eu le plaisir de vous procurer, il y a quelques jours, sept nouveaux abonnements dont vous avez dû recevoir le prix pour la paroisse de Candas. M. le Curé m'a prié de vous demander la remise d'un abonnement qui compterait pour l'année prochaine. Je vous soumets sa demande; peut-être trouverez-vous qu'il faut encourager ces abonnements pris par les conseils municipaux pour les enfants pauvres et la classe ouvrière de leurs communes...

» *L'Abbé* V. Lécot, *Directeur du petit séminaire de Noyon.*»

A M. le vicomte de Givry.

Bascharage (grand-duché de Luxembourg), le 13 mai 1858.

« Il est temps que je paye l'abonnement au *Courrier de la Jeunesse,* que je lis avec beaucoup d'intérêt dans ma solitude. Il est à regretter que dans ce pays allemand il n'y ai pas moyen de le propager, malgré la meilleure volonté. Ah! si vous pouviez le faire traduire en notre langue!

» Signé : J. Thill, *Curé doyen.* »

Rouen, le 26 novembre 1858.

« J'ai reçu les cent exemplaires du premier numéro de *l'Arc-en-Ciel,* dimanche matin.

» Je vous prie d'avoir la bonté de nous envoyer encore cent exemplaires du n° 1 et deux cents du n° 2. A l'avenir et jusqu'à ce que je puisse en récolter d'autres, veuillez chaque semaine nous envoyer 200 exemplaires.

» Signé : *Frère* Gilles, *Directeur*

» P. S.... Les parents, les élèves et les maîtres ont été enchantés de votre excellente publication. »

Rouen, 2 décembre 1858.

» J'ai le plaisir de vous adresser 910 francs tant en billets de Banque qu'en timbresposte, pour 182 abonnements payés : les 18 autres (car je persévère au nombre de 200) sont ceux accordés par le prospectus à chaque dizaine placée et payée.

» Nos jeunes gens s'en trouvent bien et leurs parents sont satisfaits; il est à croire que cette catholique et intéressante feuille ne fera que gagner entre les mains habiles et exercées des gérants et collaborateurs, et que nous nous féliciterons tous d'avoir épaulé une si belle œuvre,

Signé : *Frère* Gilles.

» P. S. Je ne négligerai rien pour étendre votre excellente publication, dont les résultats seront très-avantageux à la religion et bienfaisants pour les âmes. »

Rouen, le 4 février 1859.

« Monsieur le Comte,

» Nos enfants vous remercient de l'intéressant article commencé par votre plume dans le dernier numéro; l'honneur de vous connaître en a doublé pour nous le charme et le prix; la fin est attendue avec impatience.

» Agréez, etc.

« Signé : *Sœur* Marie-Edwige Lévesque, *Religieuse de la Visitation-Sainte-Marie.* P.S.B.

SOCIÉTÉ DE SAINT-CHARLES BORROMÉE

POUR LA PROPAGATION DES BONS LIVRES.

Tournay (Belgique), 18 mars 1859.

» Nous vous prions de porter à vingt-cinq le nombre de nos abonnements à votre journal, cela fait deux nouveaux, dont vous voudrez bien nous faire parvenir les numéros qui ont paru déjà depuis le commencement de l'année.

» *Pour le comité*, signé : A. DESCLÉE. »

Lettre du Frère Directeur des Écoles d'Elbeuf, qui avait souscrit pour cent abonnements.

Elbeuf, 24 mars 1859.

» Mes abonnés à votre journal *l'Arc en Ciel* désirent recevoir les quinze premiers numéros. Déjà vous avez eu la bonté de m'envoyer pour soixante et dix abonnés.

» Maintenant j'ai encore *cinq* personnes qui désirent s'abonner, ce serait donc à l'avenir cent dix tous les samedis en mon nom.

» Signé : Frère APPOLLONIUS, *Directeur des Écoles chrétiennes.* »

P. S. Veuillez en mettre trois ou quatre de plus. Je compte sur votre obligeance accoutumée.

Petit séminaire de Bergerac (Dordogne), ce 31 mai 1859.

» Me trouvant abonné au *Courrier de la Jeunesse* et ayant déjà payé mon abonnement quand le journal a paru sous le titre de *l'Arc en Ciel* avec augmentation de prix, j'ignore aujourd'hui si je me trouve dans la catégorie de ceux qui ne devaient pas subir un surcroît de payement; dans tous les cas, pour ne pas éprouver de retards dans l'envoi de *l'Arc-en-Ciel*, je vous expédie le complément.

« Signé : L'abbé G. DE VERDENOY. »

Loudun, 5 juin 1859.

« Je vous prie de considérer dès à présent comme renouvelé mon abonnement qui expire au mois d'octobre.

« Signé : BELLIARD. »

Caudebec lès Elbeuf, 27 juillet 1859.

» Je remercie l'administration de *l'Œuvre des bonnes lectures* d'avoir bien voulu faire droit à ma requête.

Ici *l'Arc-en-Ciel* est très-bien reçu et très-goûté par nos élèves et par leurs parents. Les petites romances sont surtout fort bien accueillies.

Votre très-respectueuse

» Sœur Ste SÉRAPHINE. »

Layrac (Lot-et-Garonne), 7 octobre 1859.

» Nous avons reçu en très-bon état les numéros de votre intéressant journal. La rentrée du pensionnat nous a empêchées de vous faire passer notre abonnement de l'année dernière ainsi que celui de l'année prochaine.

Nous vous promettons de faire de la propagande, puisque les bons principes que renferme *l'Arc-en-Ciel*, ne peuvent qu'aider le travail que l'éducation exige de nous.

« Signé : La Secrétaire de la maison du Sacré-Cœur de Layrac. »

La Fère (Aisne), le 18 octobre 1859.

» Je vous prie d'envoyer *l'Arc-en Ciel* à . . . . Si je puis vous procurer d'autres abonnements, je le ferai avec le plus grand plaisir. Je m'estimerai heureux de concourir à l'œuvre que vous avez entreprise dans l'intérêt de la morale et de la religion.

» Signé : Detz, *curé doyen de la Fère.*

Triel (Seine-et-Oise), ce 20 novembre 1859.

» Mon abonnement au journal finissant, je viens le renouveler pour une année ; je n'ai aucune plainte à faire sur l'envoi des numéros anciens.

» Signé : Chazelle, *Curé de Triel.*

Hérimoncourt (Somme), 26 octobre 1859.

» Ne craignez pas de faire les frais d'imprimer la bande de mon journal, car je vous assure que je suis votre abonné pour longtemps.

» Signé : André Quain. »

Marvejols (Lozère), 28 octobre 1859.

» Je viens avec le plus vif empressement renouveler mon abonnement pour l'année à votre estimable journal.

» Je suis toujours très-contente de la rédaction de *l'Arc-en-Ciel.*

» Je fais toujours de la propagande.

Signé : Félicie Souteyran. »

Thory, par Ailly-sur-Noye (Somme), le 7 novembre 1859.

» La première année de *l'Arc-en-Ciel* étant sur le point de finir, je me dispose à brocher tous les numéros parus . . . .

» Je suis très-content de votre excellent journal. La lecture en est très-attachante et très-instructive par la variété de ses articles. L'esprit et le cœur sont également satisfaits.

« Signé : L'abbé Gourguechon. »

Collége de Rambervillers (Vosges), 13 novembre 1859.

» Je suis un des anciens abonnés du *Courrier de la Jeunesse* et j'ai procuré l'an dernier deux abonnés à *l'Arc-en-Ciel,* outre le mien. J'ai l'honneur de vous envoyer mon renouvellement.

» Signé : L'abbé Conraud, *Bibliothécaire du Collége.* »

Mouy (Oise), le 13 novembre 1859.

» Vos jeunes abonnées de Mouy sont satisfaites de votre exactitude. Dans une quinzaine de jours une personne se présentera à vos bureaux, porteur de la somme des réabonnements et nouveaux abonnements avec les noms de nos enfants.

Il me reste à vous remercier, Monsieur, de l'attention obligeante que vous avez eue de nous continuer l'envoi du numéro de dizaine, quoiqu'elle ne fût pas complète entièrement.

» Signé : Sœur Dieudonné. »

La Rochelle, 18 novembre 1859.

» C'est avec plaisir que je renouvelle mon abonnement à *l'Arc-en-Ciel,* afin de contribuer pour ma part à soutenir une publication qui peut faire beaucoup de bien. Il en est tant d'autres qui font un mal affreux.

» Signé : P. Fraugas, *Prêtre.* »

Ruillé-sur-Vicoin, près Laval (Mayenne, 23 novembre 1859).

» J'ai trop de plaisir à lire votre excellent journal pour ne pas m'empresser de renouveler mon abonnement.

» Veuillez donc continuer, etc.

» Signé : CHAUVIN, *Curé.* »

Tonnay-Charente, 28 novembre 1859.

» J'ai l'honneur de vous adresser le renouvellement de mon abonnement au journal l'*Arc-en-Ciel*, cette intéressante publication qu'on ne saurait trop encourager............

» Signé : S. DE MONTALEMBERT. »

Lévignac-de-Seyches (Lot-et-Garonne, 30 novembre 1859.

» Je profite de l'occasion pour vous témoigner le plaisir que j'éprouve de la publication de l'*Arc-en-Ciel*; il est bien supérieur, à mon avis, à la *Semaine des Enfants*, que je recevais il y a deux ans. Les enfants aussi en éprouvent beaucoup de satisfaction. Dès que j'ai reçu chaque numéro, je l'affiche dans la cour de l'école, puis je le donne en récompense aux élèves.

» Signé : BOUCHE, *Instituteur public.* »

Bordeaux, le 6 décembre 1869.

» Seriez-vous assez bon pour me maintenir au nombre de vos abonnés à l'*Arc-en-Ciel*? Vous m'obligeriez infiniment, ainsi que mes pauvres orphelines, qui attendent avec une nouvelle impatience vos numéros toujours (pour elles) trop lents à venir.

» C'est vous dire le plaisir qu'elles goûtent à vos délicieuses histoires, qui leur fait grand bien.

» Signé : FL. ROUSSEL, *Chanoine honoraire.* »

Nantes, 6 décembre 1859.

» Comme je suis très-satisfaite de la lecture de votre bon petit journal l'*Arc-en-Ciel*, je désire renouveler l'abonnement de mon frère.

» Signé : A. RADIGEOIS. »

Saint-Jean-d'Angely (Charente-Inférieure), 14 décembre 1859.

» Je viens vous prier de me continuer l'envoi de votre excellent journal.

» J'ose espérer que vous voudrez bien m'accepter au nombre des *fondateurs* d'une œuvre à laquelle j'ai adhéré de grand cœur dès qu'elle m'a été proposée

» Signé : P. ROMIN, *prêtre, Vicaire de Saint-Jean d'Angély.* »

Le Mesnil Saint-Denis (Seine-et-Oise), 16 décembre 1859.

» Dans votre dernier numéro de l'*Arc-en-Ciel* vous parlez de 50 petits volumes que vous destinez aux abonnés *fondateurs*, dont je crois faire partie. Je désirerais bien avoir les petits volumes pour les distribuer aux enfants

» Signé : BILLON, *Curé.* »

La Rochelle, 18 décembre 1859.

» Les observations contenues dans votre dernier numéro, m'engagent à vous rappeler que *nous avons été des premières à souscrire à votre intéressant journal.*

» Continuez à nous l'envoyer; notre bonne Mère supérieure vous en adressera le montant.

» Signé : *Pour Mme la Supérieure des Ursulines de Jésus,* SŒUR SAINTE-AGATHE. »

Rochefort-sur-Mer, 18 décembre 1859.

» *Abonné à votre publication intéressante depuis le premier jour de son apparition*, je désire continuer mon abonnement.

» Signé : L'ABBÉ JACQUES, *Vicaire de Saint-Louis.* »

Ensisheim (Haut-Rhin), 22 décembre 1859.

» Pour vous donner une preuve de la satisfaction que j'éprouve en lisant votre feuille, je vous prierai de me compter de nouveau parmi vos abonnés.

» Signé : FREYBURGER, *Curé d'Ensisheim.* »

Saint-Pierre-lès-Calais, 19 décembre 1859.

» J'attendais la réception du n° 52 pour vous adresser le renouvellement de mes abonnements. Je joins à cette lettre un mandat sur la poste de 70 fr. pour 14 abonnements, non compris celui de dizaine.

» Signé : SŒUR SAINT-PIERRE. »

Rouen, ce 2 janvier 1860.

» L'année dernière, Mᵐᵉ de Caraman, Supérieure des Sœurs de Charité, m'avait placé plusieurs cachets pour l'abonnement du journal l'*Arc-en-Ciel*; je désire continuer les quatre abonnements que j'avais pris.

» A. LE MARCHANT. »

Bocqueville (Seine-Inférieure), le 2 janvier 1860.

» J'ai l'honneur de vous adresser ci-joint cinq cachets d'abonnement de l'*Arc-en-Ciel,* pour être servis en 1860, par continuation aux jeunes gens désignés sur ces cachets qui étaient déjà abonnés l'année dernière, plus mon cachet de fondateur qui me donne droit à le recevoir aussi par continuation.

» Conformément à l'article inséré en tête de votre n° 52, je désirerais échanger un cachet d'abonnement contre cinquante petits volumes pouvant servir de récompenses.

» Signé : CARDON, *Instituteur communal.* »

Fécamp (Seine-Inférieure), 2 janvier 1860.

» J'ai reçu hier mes douze exemplaires du 54ᵉ numéro de votre aimable *Arc-en-Ciel.*
» Je désire aussi l'échange des trois cachets ci-joints contre le droit aux cinquante petits volumes annoncés dans votre journal :

» Signé : Sʳ. PONTUS, *Religieuse de la Providence.* »

Grasse (Var), le 3 janvier 1860.

» La lecture aussi agréable qu'instructive de votre journal m'a inspiré un bien vif intérêt; comptez-moi donc au nombre de vos abonnés et de vos lecteurs les plus assidus. J'ai envoyé à quelques-uns de mes confrères les livraisons qui me restent, avec l'espérance de faire connaître et apprécier votre estimable journal et vous procurer de nouveaux abonnés.

» Signé : A. CHOBERT, *Prêtre.* »

Déville-lez-Rouen, 8 janvier 1860.

» Afin de n'éprouver aucun retard à l'abonnement de votre excellent journal, je m'empresse de vous envoyer mon cachet de réabonnement.

» Signé : MUGAT. »

Gommerville (Seine-Inférieure), 15 janvier 1860.

» On reçoit maintenant votre journal très-exactement. Mon frère de Saint-Arnoult, par Caudebec, voudrait aussi renouveler son abonnement.

« Signé : COQUEREL, *Curé de Gommerville.* »

La Rochelle, 2 février 1860.

» Ayant été abonnée à votre journal depuis sa fondation, j'ai toujours eu l'abonnement au prix de cinq francs par an. Je vous envoie donc, cette nouvelle année, etc.

» Signé : A. DE LA VICARDIÈRE GRATEAU. »

Prisches par Landrecies (Nord), 10 février 1860.

» Espérant que l'*Arc-en-Ciel* marchera toujours dans la bonne voie où il est entré, je renouvelle bien volontiers mon abonnement.

» Signé : P. CAMBRÉLENG, *Curé.*

Guise (Aisne), 23 février 1860.

» Je vous adresse quelques abonnements de plus et je vous joins des cachets de ré-abonnement pour une seconde année.

» E. MARCUSE. »

Il suffira, pour ne pas trop multiplier ces citations qui seraient inombrables, d'y ajouter seulement quelques noms choisis parmi les anciens abonnés et fondateurs qui se réabonnèrent à la fin de 1859 et au commencement de 1860. C'est le plus éloquent témoignage de la fidélité des sympathies que l'œuvre inspirait à sa quatrième année d'existence :

M. L'ABBÉ MALLEVILLE, curé de Cabans (Dordogne)...............	5	Novembre	1859
M. L'ABBÉ DUBOIS, aumônier, à Clermont (Oise)................	12	—	
Mme LA COMTESSE DE BUSSY, à Amiens (Somme)................	14	—	
M. LE VICOMTE DE BRIMONT, à Amiens (Somme)................	14	—	
M. MASSEAU, Secrétaire de l'évêché de la Rochelle (Charente-Infér.)	16	—	
Mme N. DE BRUCK, économe du Sacré-Cœur de Niort (Deux-Sèvres).	16	—	
SŒUR MALFROY, à Saint-Pierre-lès-Calais.....................	17	—	
Mme Ve BARLET DE LA TRÉSORIÈRE, à la Rochelle (Charente-Inférieure)	17	—	
M. FORGEAUX, à Bordeaux (Gironde),......................	25	—	
M. L'ABBÉ BIET, Vicaire, à Chantilly (Oise)...................	28	—	
M. L'ABBÉ CRUET, Vicaire, à Saint-Michel, au Havre (Seine-Inférieure)	1er	Décembre	1859
M. DUCHEMIN, au Havre (Seine-Inférieure)...................	3	—	
Mme LAUMONIER, Religieuse au monastère de la Flèche (Sarthe).....	3	—	
Mlle CÉLINE DE FAVA, Religieuse célestine, à Château-Thierry (Aisne).	5	—	
M. L'ABBÉ DUCLOS, Curé d'Angoulins (Charente-Inférieure)........	16	—	
Mme STE-AGATHE, Religieuse des Ursulines à la Rochelle.........	18	—	
Mme Ve DE SAINT-AULAU, à Montlieu (Charente-Inférieure).........	26	—	
M. L'ABBÉ RONDEAU, curé de Montlieu (Charente-Inférieure).......	26	—	
M. L'ABBÉ BOUTÉ, Chanoine honoraire, à Saint-Riquier (Somme)....	7	Janvier	1860
M. NAUDÉ, Élève du collége de Saint-Vincent, à Senlis (Oise).......	8	—	
Mlle BÉCHAUX, à Porentruy................................	17	—	
Mme MARIE MATTEL, Religieuse de la Visitation de Rouen..........	19	—	
M. LORIN DE HEU, Chanoine Archiprêtre de Louhans (Saône-et-Loire).	31	—	

Enfin, il faut citer à part :

M. Émile Hémart, à Amiens, Fondateur et l'un des premiers
abonnés *du Courrier de la Jeunesse* en 1856, qui se réabonne le... 1er Janvier 1860
M. l'Abbé Billard, Vicaire de Saint-Remy, à Dieppe, Fondateur
et correspondant, qui envoie des réabonnements le.............. 24 Décembre 1859
M. Le Curé de Sotteville-lès-Rouen, Fondateur, qui envoie une
première liste de réabonnements, promettant tous ses efforts pour en
accroître le nombre.. 26 Décembre 1859
M. L'Abbé Regnault, premier Vicaire à Yvetot, Fondateur et correspondant, qui renonce, en faveur de l'œuvre, à ses coupons d'intérêt, et qui, en envoyant 12 réabonnements, fait espérer l'abonnement de *presque tous* les élèves des deux monastères d'Yvetot. ... 16 —
M. L'Abbé Langlois, premier Vicaire de *Doudeville* (Seine-Inférieure), Fondateur et correspondant, qui promet la continuation de
son concours le plus zélé (10 réabonnements)................. 14 —
M. L'Abbé Neveu, premier Vicaire de *Montivilliers*, Fondateur et
correspondant, qui fait l'abandon de ses coupons d'intérêt, et envoie
une première liste de 17 réabonnements........ .... 28 —
M. L'Abbé Beaupel, Chanoine, Curé de Saint-Vincent-de-Paul-du-
Hâvre, Fondateur, qui envoie des réabonnements............ ... 31 Janvier 1860
M. L'Abbé Godefroy, *Chanoine de Lorette et de Rouen*, Curé de
Notre-Dame-de-Bon-Secours-lès-Rouen, Fondateur et correspondant,
qui envoie une première liste de 25 réabonnements.............. 29 Février 1860

Lettres constatant les réclamations d'un certain nombre de Souscripteurs.

On n'a pas craint d'avancer et d'écrire, dans les termes les plus solennels, que
les bureaux de l'œuvre étaient assiégés de réclamations auxquelles jamais on ne faisait droit, ce qui devait être évidemment si le but était d'exploiter et non de servir
les souscripteurs.

Or, on ne peut le nier, il y a eu des réclamations. Il n'y a pas d'administration
qui ne commette des erreurs, surtout lorsque, comme celle-ci, elles n'ont pas un gros
budjet et de gros bénéfices pour solder un personnel nombreux et intelligent. De
plus, celle-ci qui était une œuvre de sacrifice, où l'économie était le premier devoir,
n'avait que trop souvent à supporter les erreurs de l'administration des postes qui
n'a pas les mêmes excuses.

Quoiqu'il en soit, au sujet de ces quelques jours de retard ou de ces quelques livraisons égarées, il faut entendre les témoins qui seuls ont le droit d'accuser : les
souscripteurs payants et non servis ou mal servis.

Voici le témoignage écrit des principaux d'entre eux : on verra qu'il n'est pas
bien terrible. Il y a des gens qui n'hésiteraient même pas à y trouver des titres de
justification et d'honneur.

Saint-Bertrand, le 9 novembre 1859.

« Monsieur le Vicomte ,

« Je n'ai qu'à me louer de l'empressement que l'administration de *l'Arc-en-Ciel* met à réparer les négligences aussitôt qu'elle les connaît, et je vous remercie de la lettre que vous m'avez fait l'honneur de m'adresser.

« Je suis enchanté, Monsieur, que mes plaintes, en vous fournissant l'occasion de m'écrire, m'aient fourni celle de faire la connaissance d'un homme que j'avais déjà appris à apprécier dans l'excellente rédaction de l'*Arc-en-Ciel*. J'aime à le répéter : la création de l'*Arc-en-Ciel* m'a toujours paru être un bienfait de notre temps. . . . .
Je rêvais une place sur ce glorieux champ de bataille où vous, Monsieur le Vicomte et vos honorables amis, portez si haut et si bien le drapeau de la religion et de la morale en réagissant contre le torrent des mauvaises lectures.. . . . . [. . .

« Signé : L. GARRAVÉ, *Professeur au Séminaire de Polignac (Haute-Garonne).*»

Charly (Aisne), 5 août 1859.

« Je puis vous donner la certitude aujourd'hui que les demandes faites dans ma dernière lettre sont exactement servies, et je vous en remercie. En retour, je vous promets, de la part de notre Mère supérieure, que nous serons de plus en plus, autant qu'il nous sera possible, zélatrices de l'œuvre dans notre petite sphère.

« Signé : Sœur STE-JUSTINE, *Religieuse de Notre-Dame-de-Bon-Secours.*»

Ansauville (Meurthe). 10 novembre 1858.

« Veuillez, je vous prie, m'envoyer les numéros..... qui me manquent, afin que je puisse, comme l'an dernier, faire relier cette collection, si utile pour l'éducation chrétienne de la jeunesse. Les numéros de l'an dernier sont reliés proprement et conservés précieusement. Je me plais à en relire quelques passages à mes élèves, qui écoutent cette lecture avec un respectueux et religieux silence, etc.

« Signé : LALANDE, *Instituteur.* »

Saint-Hippolyte par Ribeauvillé (Haut-Rhin), 15 octobre 1859.

« L'intérêt qui s'attache à l'excellent *Arc-en-Ciel* me fait vivement regretter les numéros qui se seraient égarés. . . . .
« Ma prière est un hommage sincère rendu au bon esprit qui dirige votre rédaction.

« Signé : L'abbé LANGUE, *ci-devant à Merles (Oise).* »

Montlieu (Charente-Inférieure), 5 avril 1859.

« Les numéros de l'*Arc-en-Ciel* qui manquaient à ma mère sont arrivés à leur adresse. Je vous remercie de la peine que vous vous êtes donnée à cet égard et des choses aimables que renferme votre lettre, tant à mon égard qu'à celui de M. le Supérieur.
« Ma réponse arrive un peu tardivement, c'est à mon tour de me justifier. . . . . . .

« Signé : P. M. MOREAU, *Prêtre, Professeur au petit séminaire de Montlieu.*

Clairoix (Oise), 13 novembre 1859.

« Il se commet dans vos bureaux une erreur à votre préjudice dont je crois devoir vous avertir. On adresse sous bande blanche chaque numéro de votre journal à M. le Comte de Tocqueville, à Compiègne, et le même, sous bande bleue, à M. le comte de Tocqueville, à Clairoix, par Compiègne. Ces deux Tocqueville ne sont qu'une seule et même personne.

« Signé : Le Comte DE TOCQUEVILLE. »

Saint-Ouen-l'Aumône près Pontoise (Seine-et-Oise), le 17 novembre 1859.

« Votre journal l'*Arc-en-Ciel* me plaît beaucoup et est très-goûté dans ma paroisse. Il n'a qu'un défaut, c'est de ne pas arriver exactement. Il n'arrive souvent que le lundi, et la soirée du dimanche que l'on croyait intéresser se passe assez tristement . . . . . .

« Ma plainte, ci-dessus motivée, fait par là même 'éloge de votre intéressante publication.

« Signé : Sagot, *Curé de Saint-Ouen.* »

Vouziers (Ardennes), 29 novembre 1859.

« Veuillez, Monsieur, continuer l'envoi de votre intéressant journal l'*Arc-en-Ciel* à notre supérieure, sœur Gabrielle Roubaud, de la Doctrine Chrétienne, à Vouziers.

« Les numéros. . . . . nous manquent et nous les attendons de votre obligeance pour compléter un volume que nous tenons à conserver-

« Signé : Sœur Candide Chopine, *de la Doctrine Chrétienne.* »

Vic-sur-Aisne (Aisne), 29 novembre 1859.

« D'après l'offre que vous faites à vos abonnés de leur envoyer les livraisons qu'ils n'auraient pas reçues, je me permets de vous réclamer les numéros qui précèdent le 27e.

« Je serais flattée de les posséder. Quant au réabonnment de cette année qui commence, je ne sais si je suis en droit de le reprendre, ce sont nos supérieurs qui décident de ces choses.

« Signé : Sœur M.-Joseph, *Directrice de l'établissement de Vic-sur-Aisne.*»

Angoulême (Charente), le 14 janvier 1860.

« Au moment de faire relier le volume de l'*Arc-en-Ciel* (années 1858-59) je m'aperçois que le numéro 44 ne m'a pas été envoyé.

« Je vous prie de me le transmettre pour compléter mon volume.

« Signé : Habasque, *Procureur impérial.* »

Saint-Céré (Dordogne), le 16 janvier 1860.

« Il me manque les derniers numéros. Je vous prie de ne pas mettre de retard, car mon frère et ma sœur, qui sont vos abonnés, attendent avec impatience la continuation de vos jolis récits.

« Agréez, Monsieur, avec nos félicitations, etc., etc.

« Signé : Marie de Padirac. »

Rouen, le 25 janvier 1860.

« J'ai eu l'honneur de vous écrire vers les premiers jours de ce mois, et vous ai prié de m'envoyer quelques numéros de votre journal qui me manquaient de l'année dernière et que vous avez eu la bonté de m'envoyer, ce dont je vous remercie.

« J'en ai placé encore quelques-uns.

« Comptant sur votre obligeance, je vous prie, par avance, d'agréer mes sentiments de gratitude, etc.

« Signé : Sœur Caraman. »

Sainte-Marguerite près Fauville (Seine-Inférieure), 24 janvier 1860.

« J'ai parfaitement reçu les numéros que je vous avais demandés et vous en remercie.

» Signé : Ale Gelée. »

Tribunal de Commerce de Lyon.   Lyon, le 6 février 1860.

» J'ai l'honneur de vous remercier de votre envoi.

» Le numéro qu'il me faudrait encore pour compléter ma collection, est le n° 2 du *Courrier*, année 1856. Je vous serai extrêmement reconnaissant de vouloir bien me l'envoyer.

» Signé : Ad. Paturle. »

Sacré-Cœur de Layrac (Lot-et-Garonne), 11 février 1860.

» Madame l'Économe du Sacré-Cœur n'a pas reçu le n° 54 de votre estimable journal.

» Nous serions bien fâchées de ne pas combler une lacune qui préjudicierait à un tout si intéressant.

» Signé : E. Pouget, *Religieuse du Sacré-Cœur, secrétaire.* »

Roberval (Oise), 7 novembre 1859.

» Je suis étonné de ne pas avoir reçu votre estimable publication *l'Arc en Ciel*, dont l'envoi était devenu très-régulier depuis décembre 1858.

» Signé : Manuel, *Curé de Roberval.* »

Port-Mahon (Somme), 5 mars 1860.

» Abonné depuis sa fondation au journal *l'Arc en Ciel*, je faisais mes plus chères délices de la lecture de ce charmant recueil et c'était avec une joie bien vive et bien sincère que je le voyais marcher de jour en jour dans la voie des améliorations et du progrès. Mais le début de cette année est malheureux et mes livraisons sont en retard.

» Je compte sur votre obligeance pour me les envoyer.

» Signé : J.-B. Morcant. »

On sait quelles causes ont amené les dernières irrégularités du journal et enfin sa suspension. Ceux qui en sont coupables ne sont pas ceux qu'on accuse.

PARIS. — TYPOGRAPHIE DE MORRIS ET COMP., RUE AMELOT, 64.